天与地，山和水，以至人的心里，都在秋风凛然的脚步下变得空阔、安闲。落叶飘零。……披一身秋风，走向原野，看稻谷金黄，听熟透的果实砰然落地，闻浩瀚的葵林掀动起浪浪香风。

那些苍黑的古柏，你忧郁的时候它们镇静地站在那儿，你欣喜的时候它们依然镇静地站在那儿，它们没日没夜地站在那儿从你没有出生一直站到这个世界上又没了你的时候。

•
••
•

想念地坛，主要是想念它的安静。坐在那园子里，坐在不管它的哪一个角落，任何地方，喧嚣都在远处。……它早已放弃昔日荣华，一天天在风雨中放弃，五百年，安静了；安静得草木藏蕤，生气盎然。

……

把椅背放倒，躺下，似睡非睡挨到日没，

坐起来，心神恍惚，

呆呆地直坐到古祭坛上

落满黑暗然后再渐渐浮起月光，

心里才有点儿明白：

母亲不能再来这园中找我了。

四周都是参天古树，方形的祭坛占地几百平米空旷坦荡独对苍天，我看不见那个吹唢呐的人，唯唢呐声在星光寥寥的夜空里低吟高唱，时而悲怆时而欢快，时而缠绵时而苍凉……我清清醒醒地听出它响在过去，响在现在，响在未来，回旋飘转亘古不散。

· · ·

四百多年里，

它一面剥蚀了古殿檐头浮夸的琉璃，

淡褪了门壁上炫耀的朱红，

坍圮了一段段高墙又散落了玉砌雕栏，

祭坛四周的老柏树愈见苍幽，

到处的野草荒藤也都茂盛得自在坦荡。

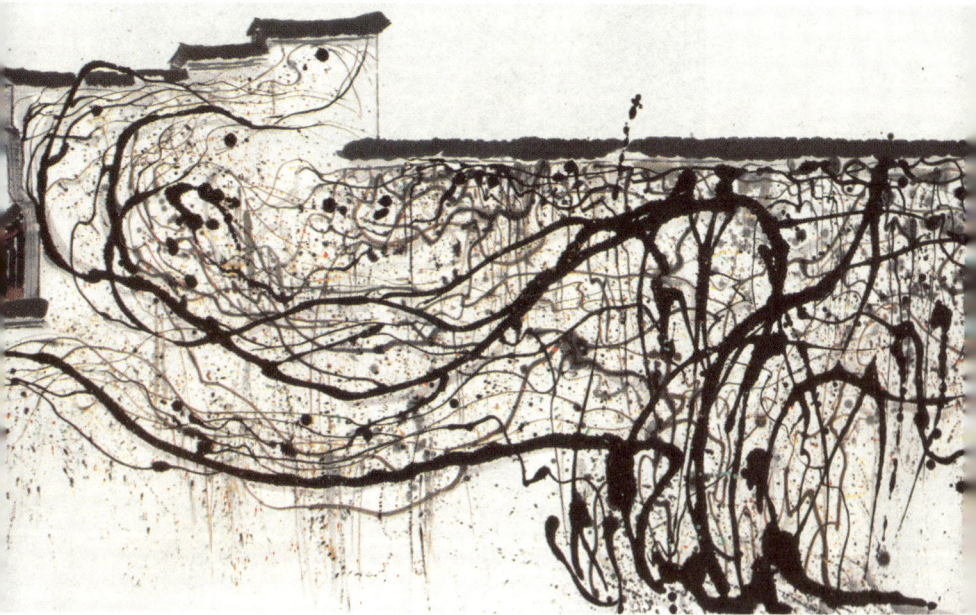

风，四处游走，串联起夜的消息，从沉睡的窗口到沉睡的窗口，去探望被白昼忽略了的心情。另一种世界，蓬蓬勃勃，夜的声音无比辽阔。

通往交道口的路，永远是一条快乐的路。那时的北京蓝天白云，细长的小街上一半是灰暗错落的屋影，一半是安闲明澈的阳光。一票在手有如节日，几个伙伴相约一路，可以玩弹球儿，可以玩"骑马打仗"。

57年北京街口 七三年重写夏亮.

　　　　　　　· ·
　　　　　　· ·
　　　　　　·

　　真是岁月无情，那座大楼已经显得单薄、丑陋、老态龙钟很难想象它也曾雄踞傲视、辉煌一时。我记得是一九五九年，我正上小学二年级，它就像一片朝霞轰然升起在天边，矗立在四周黑压压望不到边的矮房之中，明朗，灿烂，神采飞扬。

据说，过去北京城内的每一条胡同都有庙，或
大或小总有一座。这或许有夸张成分。但慢慢
回想，我住过以及我熟悉的胡同里，确实都有
庙或庙的遗迹。

∴
∵

　暮色浓重了，钟楼的尖顶上已经没有了阳光。
风过树林，带走了麻雀和灰喜鹊的欢叫。钟声
沉稳、悠扬、飘飘荡荡，连接起晚霞与初月，
扩展到天的深处，或地的尽头……

●
●
●

窗外的小花园里已是桃红柳绿，二十二个春天没有哪一个像这样

让人心抖。……

我写下一句歪诗：轻拨小窗看春色，漏入人间一斜阳。

我的河流从你的影子里奔涌

我的波涛在你的目光中平静

我的爱人

没有离别却总是重逢

我是你的你也是我的——路程

我与地坛

史铁生 著

插图珍藏版

湖南文艺出版社
HUNAN LITERATURE AND ART PUBLISHING HOUSE

博集天卷
CS-BOOKY

目录

Contents
散文篇

Contents

诗歌篇

散文篇

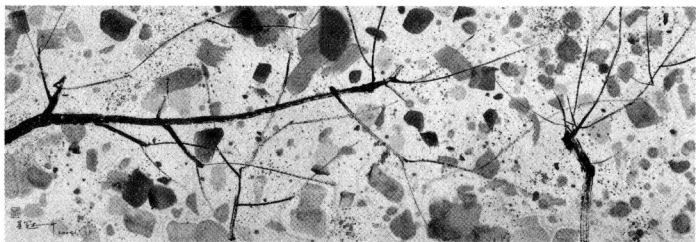

十五年前的一个下午，我摇着轮椅进入园中，它为一个失魂落魄的人把一切都准备好了。那时，太阳循着亘古不变的路途正越来越大，也越红。在满园弥漫的沉静光芒中，一个人更容易看到时间，并看见自己的身影。

我与地坛

/一/

我在好几篇小说中都提到过一座废弃的古园，实际就是地坛。许多年前旅游业还没有开展，园子荒芜冷落得如同一片野地，很少被人记起。

地坛离我家很近。或者说我家离地坛很近。总之，只好认为这是缘分。地坛在我出生前四百多年就坐落在那儿了；而自从我的祖母年轻时带着我父亲来到北京，就一直住在离它不远的地方——五十多年间搬过几次家，可搬来搬去总是在它周围，而且是越搬离它越近了。我常觉得这中间有着宿命的味道：仿佛这古园就是为了等我，而历尽沧桑在那儿等待了四百多年。

它等待我出生，然后又等待我活到最狂妄的年龄上忽地残废了双腿。四百多年里，它一面剥蚀了古殿檐头浮夸的琉璃，淡褪了门壁上炫耀的朱红，坍圮了一段段高墙又散落了玉砌雕栏，祭坛四周的老柏树愈见苍幽，到处的野草荒藤也都茂盛得自在坦荡。这时候想必我是该来了。十五年前的一个下午，我摇着轮椅进入园中，它为一个失魂落魄的人把一切都准备好了。那时，太阳循着亘古不变的路途正越来越大，也越红。在满园弥漫的沉静光芒中，一个人更容易看到时间，并看见自己的身影。

自从那个下午我无意中进了这园子，就再没长久地离开过它。我一下子就理解了它的意图，正如我在一篇小说中所说的："在人口密聚的城市里，有这样一个宁静的去处，像是上帝的苦心安排。"

两条腿残废后的最初几年，我找不到工作，找不到去路，忽然间几乎什么都找不到了，我就摇了轮椅总是到它那儿去，仅为着那儿是可以逃避一个世界的另一个世界。我在那篇小说中写道："没处可去我便一天到晚耗在这园子里。跟上班下班一样，别人去上班我就摇了轮椅到这儿来。""园子无人看管，上下班时间有些抄近路的人们从园中穿过，园子里活跃一阵，过后便沉寂下来。""园墙在金晃晃的空气中斜切下一溜阴凉，我把轮椅开进去，把椅背放倒，坐着或是躺着，看书或者想事，撅一杈树枝左右拍打，驱赶那些和我一样不明白为什么要来这世上的小昆虫。""蜂儿如一朵小雾稳稳地停在半空；蚂蚁摇头晃脑捋着触须，猛然想透了什么，转身疾行而去；瓢虫爬得不耐烦了，累了，祈祷一回便支开翅膀，忽悠一下升空了；树干上留着一只蝉蜕，寂寞如一间空屋；露水在草叶上滚动，聚集，压弯了草叶轰然坠地摔开万道金光。""满园子都是草木竞相生长弄出的响动，窸窸窣窣窸窸窣窣片刻不息。"这都是真实的记录，园子荒芜但并不衰败。

除去几座殿堂我无法进去，除去那座祭坛我不能上去而只能从各个角度张望它，地坛的每一棵树下我都去过，差不多它的每一米草地上都有过我的车轮印。无论是什么季节，什么天气，什么时间，我都在这园子里待过。有时候待一会儿就回家，有时候就待到满地上都亮起月光。记不清都是在它的哪些角落里了，我一连几小时专心致志地想关于死的事，也以同样的耐心和方式想过我为什么要出生。这样想了好几年，最后事情终于弄明白了：一个人，出生了，这就不再是一个可以辩论的问题，而只是上帝交给他的一个事实；上帝在交给我们这件事实的时候，已经顺便保证了它的结果，所以死是一件不必急于求成的事，死是一个必然会降临的节日。这样想过之后我安心多了，眼前的一切不再那么可怕。比如你起早熬夜准备考试的时候，忽然想起有一个长长的假期在前面等待你，你会不会觉得轻松一点儿？并且庆幸并且感激这样的安排？

剩下的就是怎样活的问题了。这却不是在某一个瞬间就能完全想透的，不是能够一次性解决的事，怕是活多久就要想它多久了，就像是伴你终生的魔鬼或恋人。所以，十五年了，我还是总得到那古园里去，去它的老树下或荒草边或颓墙旁，去默坐，去呆想，去推开耳边的嘈杂理一理纷乱的思绪，去窥看自己的心魂。十五年中，这古园的形体被不能理解它的人肆意雕琢，幸好有些东西是任谁也不能改变它的。譬如祭坛石门中的落日，寂静的光辉平铺的一刻，地上的每一个坎坷都被映照得灿烂；譬如在园中最为落寞的时间，一群雨燕便出来高歌，把天地都叫喊得苍凉；譬如冬天雪地上孩子的脚印，总让人猜想他们是谁，曾在那儿做过些什么，然后又都到哪儿去了；譬如那些苍黑的古柏，你忧郁的时候它们镇静地站在那儿，你欣喜的时候它们依然镇静地站在那儿，它们没日没夜地站在那儿从你没有出生一直站到这个世界上又没了你的时候；譬如暴雨骤临园中，激起一阵阵灼烈而清纯的草木和泥土的气味，让人想起无数个夏天的事件；譬如秋风忽至，再有一场早霜，落叶或飘摇歌舞或坦然安卧，满园中播散着熨帖而微苦的味道。味道是最说不清楚的，味道不能写只能闻，要你身临其境去闻才能明了。味道甚至是难于记忆的，只有你又闻到它你才能记起它的全部情感和意蕴。所以我常常要到那园子里去。

/二/

现在我才想到，当年我总是独自跑到地坛去，曾经给母亲出了一个怎样的难题。

她不是那种光会疼爱儿子而不懂得理解儿子的母亲。她知道我心里的苦闷，知道不该阻止我出去走走，知道我要是老待在家里结果会更糟，但她又担心我一个人在那荒僻的园子里整天都想些什么。我那时脾气坏到极点，经常是发了疯一样地离开家，从那园子里回来又中了魔似的什么话都不说。母亲知道有些事不宜问，便犹犹豫豫地想问而终于不敢问，因为她自己心里也没有答案。她料想我不会愿意她跟我一同去，所以她从未这样要求过，她知道得给我一点儿独处的时间，得有这样一段过程。她只是不知道这过程得要多久，和这过程的尽头究竟是什么。每次我要动身时，她便无言地帮我准备，帮助我上了轮椅车，看着我摇车拐出小院；这以后她会怎样，当年我不曾想过。

有一回我摇车出了小院，想起一件什么事又返身回来，看见母亲仍站在原地，还是送我走时的姿势，望着我拐出小院去的那处墙角，对我的回来竟一时没有反应。待她再次送我出门的时候，她说："出去活动活动，去地坛看看书，我说这挺好。"许多年以后我才渐渐听出，母亲这话实际是自我安慰，是暗自的祷告，是给我的提示，是恳求与嘱咐。只是在她猝然去世之后，我才有余暇设想，当我不在家里的那些漫长的时间，她是怎样心神不定坐卧难宁，兼着痛苦与惊恐与一个母亲最低限度的祈求。现在我可以断定，以她的聪慧和坚忍，在那些空落的白天后的黑夜，在那不眠的黑夜后的白天，她思来想去最后准是对自己说："反正我不能不让他出去，未来的日子是他自己的，如果他真的要在那园子里出什么事，这苦难也只好我来承担。"在那段日子里——那是好几年长的一段日子呵，我想我一定使母亲做过最坏的准备了，但她从来没有对我说过"你为我想想"。事实上我也真的没为她想过。那时她的儿子还太年轻，还来不及为母亲想，他被命运击昏了头，一心以为自己是世上最不幸的一个，不知道儿子的不幸在母亲那儿总是要加倍的。她有一个长到二十岁上忽然截瘫了的儿子，这是她唯一的儿子；她情愿截瘫的是自己而不是儿子，可这事无法代替。她想，只要儿子能活下去哪怕自己去死呢也行，可她又确信一个人不能仅仅是活着，儿子得有一条路走向自己的幸福，而这条路呢，没有谁能保证她的儿子终于能找到。——这样一个母亲，注定是活得最苦的母亲。

有一次与一个作家朋友聊天，我问他学写作的最初动机是什么？他想了一会儿说："为我母亲。为了让她骄傲。"我心里一惊，良久无言。回想自己最初写小说的动机，虽不似这位朋友的那般单纯，但如他一样的愿望我也有，且一经细想，发现这愿望也在全部动机中占了很大比重。这位朋友说："我的动机太低俗了吧？"我光是摇头，心想低俗并不见得低俗，只怕是这愿望过于天真了。他又说："我那时真就是想出名，出了名让别人羡慕我母亲。"我想，他比我坦率。我想，他又比我幸福，因为他的母亲还活着。而且我想，他的母亲也比我的母亲运气好，他的母亲没有一个双腿残废的儿子，否则事情就不这么简单。

在我的头一篇小说发表的时候，在我的小说第一次获奖的那些日子里，我真是多么希望我的母亲还活着。我便又不能在家里待了，又整天整天独自跑到地坛去，心里是没头没尾的沉郁和哀怨，走遍整个园子却怎么也想不通：母亲为什么就不能再多活两年？为什么在她的儿子就快要碰撞开一条路的时候，她却忽然熬不住了？莫非她来此世上只是为了替儿子担忧，却不该分享我的一点点快乐？她匆匆离我去时才只有四十九岁呀！有那么一会儿，我甚至对世界对上帝充满了仇恨和厌恶。后来我在一篇题为《合欢树》的文章中写道："坐在小公园安静的树林里，我闭上眼睛，想：上帝为什么早早地召母亲回去呢？很久很久，迷迷糊糊地，我听见回答：'她心里太苦了，上帝看她受不住了，就召她回去。'我似乎得了一点儿安慰，睁开眼睛，看见风正从树林里穿过。"小公园，指的也是地坛。

只是到了这时候，纷纭的往事才在我眼前幻现得清晰，母亲的苦难与伟大才在我心中渗透得深彻。上帝的考虑，也许是对的。

摇着轮椅在园中慢慢走，又是雾罩的清晨，又是骄阳高悬的白昼，我只想着一件事：母亲已经不在了。在老柏树旁停下，在草地上在颓墙边停下，又是处处虫鸣的午后，又是鸟儿归巢的傍晚，我心里只默念着一句话：可是母亲已经不在了。把椅背放倒，躺下，似睡非睡挨到日没，坐起来，心神恍惚，呆呆地直坐到古祭坛上落满黑暗然后再渐渐浮起月光，心里才有点儿明白：母亲不能再来这园中找我了。

曾有过好多回，我在这园子里待得太久了，母亲就来找我。她来找我又不想让我发觉，只要见我还好好地在这园子里，她就悄悄转身回去；我看见过几次她的背影。我也看见过几回她四处张望的情景，她视力不好，端着眼镜像在寻找海上的一条船；她没看见我时我已经看见她了，待我看见她也看见我了我就不去看她，过一会儿我再抬头看她就又看见她缓缓离去的背影。我单是无法知道有多少回她没有找到我。有一回我坐在矮树丛中，树丛很密，我看见她没有找到我；她一个人在园子里走，走过我的身旁，走过我经常待的一些地方，步履茫然又急迫。我不知道她已经找了多久还要找多久，我不知道为什么我决意不喊她——但这绝不是小时候的捉迷藏，这也许是出于长大了的男孩子的倔强或羞涩？但这倔强只留给我痛悔，丝毫也没有骄傲。我真想告诫所有长大了的男孩子，千万不要跟母亲来这套倔强，羞涩就更不必，我已经懂了可我已经来不及了。

儿子想使母亲骄傲，这心情毕竟是太真实了，以致使"想出名"这一声名狼藉的念头也多少改变了一点儿形象。这是个复杂的问题，且不去管它了罢。随着小说获奖的激动逐日暗淡，我开始相信，至少有一点我是想错了：我用纸笔在报刊上碰撞开的一条路，并不就是母亲盼望我找到的那条路。年年月月我都到这园子里来，年年月月我都要想，母亲盼望我找到的那条路到底是什么。母亲生前没给我留下过什么隽永的哲言，或要我恪守的教诲，只是在她去世之后，她艰难的命运、坚忍的意志和毫不张扬的爱，随光阴流转，在我的印象中愈加鲜明深刻。

有一年，十月的风又翻动起安详的落叶，我在园中读书，听见两个散步的老人说："没想到这园子有这么大。"我放下书，想，这么大一座园子，要在其中找到她的儿子，母亲走过了多少焦灼的路。多年来我头一次意识到，这园中不单是处处都有过我的车辙，有过我的车辙的地方也都有过母亲的脚印。

/三/

如果以一天中的时间来对应四季，当然春天是早晨，夏天是中午，秋天是黄昏，冬天是夜晚。如果以乐器来对应四季，我想春天应该是小号，夏天是定音鼓，秋天是大提琴，冬天是圆号和长笛。要是以这园子里的声响来对应四季呢？那么，春天是祭坛上空飘浮着的鸽子的哨音，夏天是冗长的蝉歌和杨树叶子哗啦啦地对蝉歌的取笑，秋天是古殿檐头的风铃响，冬天是啄木鸟随意而空旷的啄木声。以园中的景物对应四季，春天是一径时而苍白时而黑润的小路，时而明朗时而阴晦的天上摇荡着串串杨花；夏天是一条条耀眼而灼人的石凳，或阴凉而爬满了青苔的石阶，阶下有果皮，阶上有半张被坐皱的报纸；秋天是一座青铜的大钟，在园子的西北角上曾丢弃着一座很大的铜钟，铜钟与这园子一般年纪，浑身挂满绿锈，文字已不清晰；冬天，是林中空地上几只羽毛蓬松的老麻雀。以心绪对应四季呢？春天是卧病的季节，否则人们不易发觉春天的残忍与渴望；夏天，情人们应该在这个季节里失恋，不然就似乎对不起爱情；秋天是从外面买一棵盆花回家的时候，把花搁在阔别了的家中，并且打开窗户把阳光也放进屋里，慢慢回忆慢慢整理一些发过霉的东西；冬天伴着火炉和书，一遍遍坚定不死的决心，写一些并不发出的信。还可以用艺术形式对应四季，这样春天就是一幅画，夏天是一部长篇小说，秋天是一首短歌或诗，冬天是一群雕塑。以梦呢？以梦对应四季呢？春天是树尖上的呼喊，夏天是呼喊中的细雨，秋天是细雨中的土地，冬天是干净的土地上一只孤零的烟斗。

因为这园子，我常感恩于自己的命运。

我甚至现在就能清楚地看见，一旦有一天我不得不长久地离开它，我会怎样想念它，我会怎样想念它并且梦见它，我会怎样因为不敢想念它而梦也梦不到它。

/四/

现在让我想想，十五年中坚持到这园子来的人都有谁呢？好像只剩了我和一对老人。

十五年前，这对老人还只能算是中年夫妇，我则货真价实还是个青年。他们总在薄暮时分来园中散步，我不大弄得清他们是从哪边的园门进来，一般来说他们是逆时针绕这园子走。男人个子很高，肩宽腿长，走起路来目不斜视，胯以上直至脖颈挺直不动；他的妻子攀了他一条胳膊走，也不能使他的上身稍有松懈。女人个子却矮，也不算漂亮，我无端地相信她必出身于家道中衰的名门富族；她攀在丈夫胳膊上像个娇弱的孩子，她向四周观望似总含着恐惧，她轻声与丈夫谈话，见有人走近就立刻怯怯地收住话头。我有时因为他们而想起冉阿让与柯赛特，但这想法并不巩固，他们一望即知是老夫老妻。两个人的穿着都算得上考究，但由于时代的演进，他们的服饰又可以称为古朴了。他们和我一样，到这园子里来几乎是风雨无阻，不过他们比我守时。我什么时间都可能来，他们则一定是在暮色初临的时候。刮风时他们穿了米色风衣，下雨时他们打了黑色的雨伞，夏天他们的衬衫是白色的裤子是黑色的或米色的，冬天他们的呢子大衣又都是黑色的，想必他们只喜欢这三种颜色。他们逆时针绕这园子一周，然后离去。他们走过我身旁时只有男人的脚步响，女人像是贴在高大的丈夫身上跟着漂移。我相信他们一定对我有印象，但是我们没有说过话，我们互相都没有想要接近的表示。十五年中，他们或许注意到一个小伙子进入了中年，我则看着一对令人羡慕的中年情侣不觉中成了两个老人。

曾有过一个热爱唱歌的小伙子，他也是每天都到这园中来，来唱歌，唱了好多年，后来不见了。他的年纪与我相仿，他多半是早晨来，唱半小时或整整唱一个上午，估计在另外的时间里他还得上班。我们经常在祭坛东侧的小路上相遇，我知道他是到东南角的高墙下去唱歌，他一定猜想我去东北角的树林里做什么。我找到我的地方，抽几口烟，便听见他谨慎地整理歌喉了。他反反复复唱那么几首歌。"文化革命"没过去的时候，他唱"蓝蓝的天上白云飘，白云下面马儿跑……"我老也记不住这歌的名字。"文革"后，他唱《货郎与小姐》中那首最为流传的咏叹调。"卖布——卖布嘞，卖布——卖布嘞！"我记得这开头的一句他唱得很有声势，在早晨清澈的空气中，货郎跑遍园中的每一个角落去恭维小姐。"我交了好运气，我交了好运气，我为幸福唱歌曲……"然后他就一遍一遍地唱，不让货郎的激情稍减。依我听来，他的技术不算精到，在关键的地方常出差错，但他的嗓子是相当不坏的，而且唱一个上午也听不出一点儿疲惫。太阳也不疲惫，把大树的影子缩小成一团，把疏忽大意的蚯蚓晒干在小路上。将近中午，我们又在祭坛东侧相遇，他看一看我，我看一看他，他往北去，我往南去。日子久了，我感到我们都有结识的愿望，但似乎都不知如何开口，于是互相注视一下终又都移开目光擦身而过；这样的次数一多，便更不知如何开口了。终于有一天——一个丝毫没有特点的日子，我们互相点了一下头。他说："你好。"我说："你好。"他说："回去啦？"我说："是，你呢？"他说：

“我也该回去了。”我们都放慢脚步（其实我是放慢车速），想再多说几句，但仍然是不知从何说起，这样我们就都走过了对方，又都扭转身子面向对方。他说：“那就再见吧。”我说：“好，再见。”便互相笑笑各走各的路了。但是我们没有再见，那以后，园中再没了他的歌声，我才想到，那天他或许是有意与我道别的，也许他考上哪家专业的文工团或歌舞团了吧？真希望他如他歌里所唱的那样，交了好运气。

还有一些人，我还能想起一些常到这园子里来的人。有一个老头，算得一个真正的饮者；他在腰间挂一个扁瓷瓶，瓶里当然装满了酒，常来这园中消磨午后的时光。他在园中四处游逛，如果你不注意你会以为园中有好几个这样的老头，等你看过了他卓尔不群的饮酒情状，你就会相信这是个独一无二的老头。他的衣着过分随便，走路的姿态也不慎重，走上五六十米路便选定一处地方，一只脚踏在石凳上或土埂上或树墩上，解下腰间的酒瓶，解酒瓶的当儿眯起眼睛把一百八十度视角内的景物细细看一遭，然后以迅雷不及掩耳之势倒一大口酒入肚，把酒瓶摇一摇再挂向腰间，平心静气地想一会儿什么，便走下一个五六十米去。还有一个捕鸟的汉子，那岁月园中人少，鸟却多，他在西北角的树丛中拉一张网，鸟撞在上面，羽毛戗在网眼里便不能自拔。他单等一种过去很多而现在非常罕见的鸟，其他的鸟撞在网上他就把它们摘下来放掉，他说已经有好多年没等到那种罕见的鸟了，他说他再等一年看看到底还有没有那种鸟，结果他又等了好多年。早晨和傍晚，在这园子里可以看见一个中年女工程师，早晨她从北向南穿过这园子去上班，傍晚她从南向北穿过这园子回家。事实上我并不了解她的职业或者学历，但我以为她必是个学理工的知识分子，别样的人很难有她那般的素朴并优雅。当她在园中穿行的时刻，四周的树林也仿佛更加幽静，清淡的日光中竟似有悠远的琴声，比如说是那曲《献给艾丽丝》才好。我没有见过她的丈夫，没有见过那个幸运的男人是什么样子，我想象过却想象不出，后来忽然懂了想象不出才好，那个男人最好不要出现。她走出北门回家去，我竟有点儿担心，担心她会落入厨房，不过，也许她在厨房里劳作的情景更有另外的美吧，当然不能再是《献给艾丽丝》，是个什么曲子呢？还有一个人，是我的朋友，他是个最有天赋的长跑家，但他被埋没了。他因为在"文革"中出言不慎而坐了几年牢，出来后好不容易找了个拉板车的工作，样样待遇都不能与别人平等，苦闷极了便练习长跑。那时他总来这园子里跑，我用手表为他计时，他每跑一圈向我招一下手，我就记下一个时间。每次他要环绕这园子跑二十圈，大约两万米。他盼望以他的长跑成绩来获得政治上真正的解放，他以为记者的镜头和文字可以帮他做到这一点。第一年他在春节环城赛上跑了第十五名，他看见前十名的照片都挂在了长安街的新闻橱窗里，于是有了信心。第二年他跑了第四名，可是新闻橱窗里只挂了前三名的照片，他没灰心。第三年他跑了第七名，橱窗里挂前六名的照片，他有点儿怨自己。第四年他跑了第三名，橱窗里却只挂第一名的照片。第五年他跑了第一名——他几乎绝望了，橱窗里只有一幅环城赛群众场面的照片。那些年我们俩常一起在这园子里待到天黑，开怀痛骂，骂完沉默着回家，分手时再互相叮嘱：先别去死，再试着活一活看。现在他已经不跑了，年岁太大了，跑不了那么快了。最后一次参加环城赛，他以三十八岁之龄又得了第一名并且破了纪录，有一位专业队的教练对他说："我要是十年前发现你就好了。"他苦笑一下什么也没说，只在傍晚又来这园中找到我，把这事平静地向我叙说一遍。不见他已有好几年了，现在他和妻子和儿子住在很远的地方。

这些人现在都不到园子里来了，园子里差不多完全换了一批新人。十五年前的旧人，现在就剩我和那对老夫老妻了。有那么一段时间，这老夫老妻中的一个也忽然不来，薄暮时分唯男人独自来散步，步态也明显迟缓了许多，我悬心了很久，怕是那女人出了什么事。幸好过了一个冬天那女人又来了，两个人仍是逆时针绕着园子走，一长一短两个身影恰似钟表的两支指针；女人的头发白了很多，但依旧攀着丈夫的胳膊走得像个孩子。"攀"这个字用得不恰当了，或许可以用"搀"吧，不知有没有兼具这两个意思的字。

/五/

我也没有忘记一个孩子——一个漂亮而不幸的小姑娘。十五年前的那个下午，我第一次到这园子里来就看见了她，那时她大约三岁，蹲在斋宫西边的小路上捡树上掉落的"小灯笼"。那儿有几棵大栾树，春天开一簇簇细小而稠密的黄花，花落了便结出无数如同三片叶子合抱的小灯笼，小灯笼先是绿色，继而转白，再变黄，成熟了掉落得满地都是。小灯笼精巧得令人爱惜，成年人也不免捡了一个还要捡一个。小姑娘咿咿呀呀地跟自己说着话，一边捡小灯笼。她的嗓音很好，不是她那个年龄所常有的那般尖细，而是很圆润甚或是厚重，也许是因为那个下午园子里太安静了。我奇怪这么小的孩子怎么一个人跑来这园子里？我问她住在哪儿？她随手指一下，就喊她的哥哥，沿墙根一带的茂草之中便站起一个七八岁的男孩，朝我望望，看我不像坏人便对他的妹妹说"我在这儿呢"，又伏下身去；他在捉什么虫子。他捉到螳螂、蚂蚱、知了和蜻蜓，来取悦他的妹妹。有那么两三年，我经常在那几棵大栾树下见到他们，兄妹俩总是在一起玩，玩得和睦融洽，都渐渐长大了些。之后有很多年没见到他们。我想他们都在学校里吧，小姑娘也到了上学的年龄，必是告别了孩提时光，没有很多机会来这儿玩了。这事很正常，没理由太搁在心上，若不是有一年我又在园中见到他们，肯定就会慢慢把他们忘记。

那是个礼拜日的上午。那是个晴朗而令人心碎的上午，时隔多年，我竟发现那个漂亮的小姑娘原来是个弱智的孩子。我摇着车到那几棵大栾树下去，恰又是遍地落满了小灯笼的季节。当时我正为一篇小说的结尾所苦，即不知为什么要给它那样一个结尾，又不知何以忽然不想让它有那样一个结尾，于是从家里跑出来，想依靠着园中的镇静，看看是否应该把那篇小说放弃。我刚刚把车停下，就见前面不远处有几个人在戏耍一个少女，做出怪样子来吓她，又喊又笑地追逐她拦截她，少女在几棵大树间惊惶地东跑西躲，却不松手揪卷在怀里的裙裾，两条腿袒露着也似毫无察觉。我看出少女的智力是有些缺陷，却还没看出她是谁。我正要驱车上前为少女解围，就见远处飞快地骑车来了个小伙子，于是那几个戏耍少女的家伙望风而逃。小伙子把自行车支在少女近旁，怒目望着那几个四散逃窜的家伙，一声不吭喘着粗气，脸色如暴雨前的天空一样一会儿比一会儿苍白。这时我认出了他们，小伙子和少女就是当年那对小兄妹。我几乎是在心里惊叫了一声，或者是哀号。世上的事常常使上帝的居心变得可疑。小伙子向他的妹妹走去。少女松开了手，裙裾随之垂落下来，很多很多她捡的小灯笼便洒落一地，铺散在她脚下。她仍然算得漂亮，但双眸迟滞没有光彩。她呆呆地望着那群跑散的家伙，望着极目之处的空寂，凭她的智力绝不可能把这个世界想明白吧？大树下，破碎的阳光星星点点，风把遍地的小灯笼吹得滚动，仿佛暗哑地响着的无数小铃铛。哥哥把妹妹扶上自行车后座，带着她无言地回家去了。

无言是对的。要是上帝把漂亮和弱智这两样东西都给了这个小姑娘，就只有无言和回家去是对的。

谁又能把这世界想个明白呢？世上的很多事是不堪说的。你可以抱怨上帝何以要降诸多苦难给这人间，你也可以为消灭种种苦难而奋斗，并为此享有崇高与骄傲，但只要你再多想一步你就会坠入深深的迷茫了：假如世界上没有了苦难，世界还能够存在么？要是没有愚钝，机智还有什么光荣呢？要是没了丑陋，漂亮又怎么维系自己的幸运？要是没有了恶劣和卑下，善良与高尚又将如何界定自己又如何成为美德呢？要是没有了残疾，健全会否因其司空见惯而变得腻烦和乏味呢？我常梦想着在人间彻底消灭残疾，但可以相信，那时将由患病者代替残疾人去承担同样的苦难。如果能够把疾病也全数消灭，那么这份苦难又将由（比如说）相貌丑陋的人去承担了。就算我们连丑陋，连愚昧和卑鄙和一切我们所不喜欢的事物和行为，也都可以统统消灭掉，所有的人都一样健康、漂亮、聪慧、高尚，结果会怎样呢？怕是人间的剧目就全要收场了，一个失去差别的世界将是一潭死水，是一块没有感觉也没有肥力的沙漠。

看来差别永远是要有的。看来就只好接受苦难——人类的全部剧目需要它，存在的本身需要它。看来上帝又一次对了。

于是就有一个最令人绝望的结论等在这里：由谁去充任那些苦难的角色？又由谁去体现这世间的幸福、骄傲和欢乐？只好听凭偶然，是没有道理好讲的。

就命运而言，休论公道。

那么，一切不幸命运的救赎之路在哪里呢？

设若智慧或悟性可以引领我们去找到救赎之路，难道所有的人都能够获得这样的智慧和悟性吗？

我常以为是丑女造就了美人。我常以为是愚氓举出了智者。我常以为是懦夫衬照了英雄。我常以为是众生度化了佛祖。

/六/

设若有一位园神，他一定早已注意到了，这么多年我在这园里坐着，有时候是轻松快乐的，有时候是沉郁苦闷的，有时候优哉游哉，有时候恓惶落寞，有时候平静而且自信，有时候又软弱，又迷茫。其实总共只有三个问题交替着来骚扰我，来陪伴我。第一个是要不要去死，第二个是为什么活，第三个，我干吗要写作。

现在让我看看，它们迄今都是怎样编织在一起的吧。

你说，你看穿了死是一件无须乎着急去做的事，是一件无论怎样耽搁也不会错过的事，便决定活下去试试？是的，至少这是很关键的因素。为什么要活下去试试呢？好像仅仅是因为不甘心，机会难得，不试白不试，腿反正是完了，一切仿佛都要完了，但死神很守信用，试一试不会额外再有什么损失。说不定倒有额外的好处呢是不是？我说过，这一来我轻松多了，自由多了。为什么要写作呢？"作家"是两个被人看重的字，这谁都知道。为了让那个躲在园子深处坐轮椅的人，有朝一日在别人眼里也稍微有点儿光彩，在众人眼里也能有个位置，哪怕那时再去死呢也就多少说得过去了。开始的时候就是这样想，这不用保密。这些现在不用保密了。

我带着本子和笔，到园中找一个最不为人打扰的角落，偷偷地写。那个爱唱歌的小伙子在不远的地方一直唱。要是有人走过来，我就把本子合上把笔叼在嘴里。我怕写不成反落得尴尬。我很要面子。可是你写成了，而且发表了。人家说我写的还不坏，他们甚至说：真没想到你写得这么好。我心说你们没想到的事还多着呢。我确实有整整一宿高兴得没合眼。我很想让那个唱歌的小伙子知道，因为他的歌也毕竟是唱得不错。我告诉我的长跑家朋友的时候，那个中年女工程师正优雅地在园中穿行。长跑家很激动，他说好吧，我玩命跑，你玩命写。这一来你中了魔了，整天都在想哪一件事可以写，哪一个人可以让你写成小说。是中了魔了，我走到哪儿想到哪儿，在人山人海里只寻找小说，要是有一种小说试剂就好了，见人就滴两滴看他是不是一篇小说，要是有一种小说显影液就好了，把它泼满全世界看看都是哪儿有小说，中了魔了，那时我完全是为了写作活着。结果你又发表了几篇，并且出了一点儿小名，可这时你越来越感到恐慌。我忽然觉得自己活得像个人质，刚刚有点儿像个人了却又过了头，像个人质，被一个什么阴谋抓了来当人质，不定哪天就被处决，不定哪天就完蛋。你担心要不了多久你就会文思枯竭，那样你就又完了。凭什么我总能写出小说来呢？凭什么那些适合做小说的生活素材就总能送到一个截瘫者跟前来呢？人家满世界跑都有枯竭的危险，而我坐在这园子里凭什么可以一篇接一篇地写呢？你又想到死了。我想见好就收吧。当一名人质实在是太累了太紧张了，太朝不保夕了。我为写作而活下来，要是写作到底不是我应该干的事，我想我再活下去是不是太冒傻气了？你这么想着你却还在绞尽脑汁地想写。我好歹又拧出点儿水来，从一条快要晒干的毛巾上。恐慌日甚一日，随时可能完蛋的感觉比完蛋本身可怕多了，所谓不怕贼偷就怕贼惦记，我想人不如死了好，不如不出生的好，不如压根儿没有这个世界的好。可你并没有去死。我又想到那是一件不必着急的事。可是不必着急的事并不证明是一件必要拖延的事呀？你总是决定活下来，这说明什么？是的，我还是想活。人为什么活着？因为人想活着，说到底是这么回事，人真正的名字叫作：欲望。可我不怕死，有时候我真的不怕死。有时候，——说对了。不怕死和想去死是两回事，有时候不怕死的人是有的，一生下来就不怕死的人是没有的。我有时候倒是怕活。可是怕活不等于不想活呀？可我为什么还想活呢？因为你还想得到点儿什么，你觉得你还是可以得到点儿什么的，比如说爱情，比如说价值感之类，人真正的名字叫欲望。这不对吗？我不该得到点儿什么吗？没说不该。可我为什么活得恐慌，就像个人质？后来你明白了，你明白你错了，活着不是为了写作，而写作是为了活着。你明白了这一点是在一个挺滑稽的时刻。那天你又说你不如死了好，你的一个朋友劝你：你不能死，你还得写呢，还有好多好作品等着你去写呢。这时候你忽然明白了，你说：只是因为我活着，我才不得不写作。或者说只是因为你还想活下去，你才不得不写作。是的，这样说过之后我竟然不那么恐慌了。就像你看穿了死之后所得的那份轻松？一个人质报复一场阴谋的最有效的办法是把自己杀死。我看出我得先把我杀死在市场上，那样我就不用参加抢购题材的风潮了。你还写吗？还写。你真的不得不写吗？人都忍不住要为生存找一些牢靠的理由。你不担心你会枯竭了？我不知道，不过我想，活着的问题在死之前是完不了的。

这下好了，您不再恐慌了不再是个人质了，您自由了。算了吧您，我怎么可能自由呢？别忘了人真正的名字是：欲望。所以您得知道，消灭恐慌的最有效的办法就是消灭欲望。可是我还知道，消灭人性的最有效的办法也是消灭欲望。那么，是消灭欲望同时也消灭恐慌呢，还是保留欲望同时也保留人性？

我在这园子里坐着，我听见园神告诉我：每一个有激情的演员都难免是一个人质。每一个懂得欣赏的观众都巧妙地粉碎了一场阴谋。每一个乏味的演员都是因为他老以为这戏剧与自己无关。每一个倒霉的观众都是因为他总是坐得离舞台太近了。

我在这园子里坐着，园神成年累月地对我说：孩子，这不是别的，这是你的罪孽和福祉。

/七/

要是有些事我没说，地坛，你别以为是我忘了，我什么也没忘，但是有些事只适合收藏。不能说，也不能想，却又不能忘。它们不能变成语言，它们无法变成语言，一旦变成语言就不再是它们了。它们是一片朦胧的温馨与寂寥，是一片成熟的希望与绝望，它们的领地只有两处：心与坟墓。比如说邮票，有些是用于寄信的，有些仅仅是为了收藏。

如今我摇着车在这园子里慢慢走，常常有一种感觉，觉得我一个人跑出来已经玩得太久了。有一天我整理我的旧相册，看见一张十几年前我在这园子里照的照片——那个年轻人坐在轮椅上，背后是一棵老柏树，再远处就是那座古祭坛。我便到园子里去找那棵树。我按着照片上的背景找很快就找到了它，按着照片上它枝干的形状找，肯定那就是它。但是它已经死了，而且在它身上缠绕着一条碗口粗的藤萝。我当然记得园工们种那棵藤萝时的情景，我却不记得是在什么时候它已经长到了碗口粗。有一天我在这园子里碰见一个老太太，她说："哟，你还在这儿哪？"她问我："你母亲还好吗？""您是谁？""你不记得我，我可记得你。有一回你母亲来这儿找你，她问我您看没看见一个摇轮椅的孩子？……"我忽然觉得，我一个人跑到这世界上来玩真是玩得太久了。有一天夜晚，我独自坐在祭坛边的路灯下看书，忽然从那漆黑的祭坛里传出一阵阵唢呐声。四周都是参天古树，方形的祭坛占地几百平米空旷坦荡独对苍天，我看不见那个吹唢呐的人，唯唢呐声在星光寥寥的夜空里低吟高唱，时而悲怆时而欢快，时而缠绵时而苍凉，或许这几个词都不足以形容它，我清清醒醒地听出它响在过去，响在现在，响在未来，回旋飘转亘古不散。

必有一天，我会听见喊我回去。

那时您可以想象一个孩子，他玩累了可他还没玩够呢，心里好些新奇的念头甚至等不及到明天。也可以想象是一个老人，无可置疑地走向他的安息地，走得任劳任怨。还可以想象一对热恋中的情人，互相一次次说"我一刻也不想离开你"，又互相一次次说"时间已经不早了"，时间不早了可我一刻也不想离开你，一刻也不想离开你可时间毕竟是不早了。

我说不好我想不想回去。我说不好是想还是不想，还是无所谓。我说不好我是像那个孩子，还是像那个老人，还是像一个热恋中的情人。很可能是这样：我同时是他们三个。我来的时候是个孩子，他有那么多孩子气的念头所以才哭着喊着闹着要来，他一来一见到这个世界便立刻成了不要命的情人，而对一个情人来说，不管多么漫长的时光也是稍纵即逝，那时他便明白，每一步每一步，其实一步步都是走在回去的路上。当牵牛花初开的时节，葬礼的号角就已吹响。

但是太阳，他每时每刻都是夕阳也都是旭日。当他熄灭着走下山去收尽苍凉残照之际，正是他在另一面燃烧着爬上山巅布散烈烈朝辉之时。有一天，我也将沉静着走下山去，扶着我的拐杖。那一天，在某一处山洼里，势必会跑上来一个欢蹦的孩子，抱着他的玩具。

当然，那不是我。

但是，那不是我吗？

宇宙以其不息的欲望将一个歌舞炼为永恒。这欲望有怎样一个人间的姓名，大可忽略不计。

写于一九八九年五月五日
修改于一九九〇年一月七日

秋天的怀念

双腿瘫痪后，我的脾气变得暴怒无常。望着望着天上北归的雁阵，我会突然把面前的玻璃砸碎；听着听着李谷一甜美的歌声，我会猛地把手边的东西摔向四周的墙壁。母亲就悄悄地躲出去，在我看不见的地方偷偷地听着我的动静。当一切恢复沉寂，她又悄悄地进来，眼边红红的，看着我。"听说北海的花儿都开了，我推着你去走走。"她总是这么说。母亲喜欢花，可自从我的腿瘫痪后，她侍弄的那些花都死了。"不，我不去！"我狠命地捶打这两条可恨的腿，喊着："我可活什么劲！"母亲扑过来抓住我的手，忍住哭声说："咱娘儿俩在一块儿，好好儿活，好好儿活……"

可我却一直都不知道，她的病已经到了那步田地。后来妹妹告诉我，她常常肝疼得整宿整宿翻来覆去地睡不了觉。

那天我又独自坐在屋里，看着窗外的树叶"唰唰啦啦"地飘落。母亲进来了，挡在窗前："北海的菊花开了，我推着你去看看吧。"她憔悴的脸上现出央求般的神色。"什么时候？""你要是愿意，就明天？"她说。我的回答已经让她喜出望外了。"好吧，就明天。"

我说。她高兴得一会儿坐下，一会儿站起："那就赶紧准备准备。""唉呀，烦不烦？几步路，有什么好准备的！"她也笑了，坐在我身边，絮絮叨叨地说着："看完菊花，咱们就去'仿膳'，你小时候最爱吃那儿的豌豆黄儿。还记得那回我带你去北海吗？你偏说那杨树花是毛毛虫，跑着，一脚踩扁一个……"她忽然不说了。对于"跑"和"踩"一类的字眼儿，她比我还敏感。她又悄悄地出去了。

她出去了，就再也没回来。

邻居们把她抬上车时，她还在大口大口地吐着鲜血。我没想到她已经病成那样。看着三轮车远去，也绝没有想到那竟是永远的诀别。

邻居的小伙了背着我去看她的时候，她正艰难地呼吸着，像她那一生艰难的生活。别人告诉我，她昏迷前的最后一句话是："我那个有病的儿子和我那个还未成年的女儿……"

又是秋天，妹妹推我去北海看了菊花。黄色的花淡雅，白色的花高洁，紫红色的花热烈而深沉，泼泼洒洒，秋风中正开得烂漫。我懂得母亲没有说完的话。妹妹也懂。我俩在一块儿，要好好儿活……

一九八一年

合欢树

十岁那年，我在一次作文比赛中得了第一。母亲那时候还年轻，急着跟我说她自己，说她小时候的作文做得还要好，老师甚至不相信那么好的文章会是她写的。"老师找到家来问，是不是家里的大人帮了忙。我那时可能还不到十岁呢。"我听得扫兴，故意笑："可能？什么叫可能还不到？"她就解释。我装作根本不再注意她的话，对着墙打乒乓球，把她气得够呛。不过我承认她聪明，承认她是世界上长得最好看的女的。她正给自己做一条蓝底白花的裙子。

二十岁，我的两条腿残废了。除去给人家画彩蛋，我想我还应该再干点儿别的事，先后改变了几次主意，最后想学写作。母亲那时已不年轻，为了我的腿，她头上开始有了白发。医院已经明确表示，我的病目前没办法治。母亲的全副心思却还放在给我治病上，到处找大夫，打听偏方，花很多钱。她倒总能找来些稀奇古怪的药，让我吃，让我喝，或者是洗、敷、熏、灸。"别浪费时间啦！根本没用！"我说。我一心只想着写小说，仿佛那东西能把残疾人救出困境。"再试一回，不试你怎么知道有用没用？"她说每一回都虔诚地抱着希望。然而对我的腿，有多少回希望就有多少回失望。最后一回，我的胯上被熏成烫伤。医院的大夫说，这实在太悬了，对于瘫痪病人，这差不多是要命的事。我倒没太害怕，心想死了也好，死了倒痛快。母亲惊惶了几个月，昼夜守着我，一换药就说："怎么会烫了呢？我还直留神呀？"幸亏伤口好起来了，不然她非疯了不可。

后来她发现我在写小说。她跟我说："那就好好写吧。"我听出来，她对治好我的腿也终于绝望。"我年轻的时候也最喜欢文学，"她说。"跟你现在差不多大的时候，我也想过搞写作，"她说。"你小时候的作文不是得过第一？"她提醒我说。我们俩都尽力把我的腿忘掉。她到处去给我借书，顶着雨或冒了雪推我去看电影，像过去给我找大夫，打听偏方那样，抱了希望。

三十岁时，我的第一篇小说发表了，母亲却已不在人世。过了几年，我的另一篇小说又侥幸获奖，母亲已经离开我整整七年。

获奖之后，登门采访的记者就多。大家都好心好意，认为我不容易。但是我只准备了一套话，说来说去就觉得心烦。我摇着车躲出去。坐在小公园安静的树林里，我闭上眼睛，想：上帝为什么早早地召母亲回去呢？迷迷糊糊地，我听见回答："她心里太苦了。上帝看她受不住了，就召她回去。"我的心得到一点儿安慰，睁开眼睛，看见风正从树林里穿过。

我摇车离开那儿，在街上瞎逛，不想回家。

母亲去世后，我们搬了家。我很少再到母亲住过的那个小院儿去。小院儿在一个大院儿的尽里头，我偶尔摇车到大院儿去坐坐，但不愿意去那个小院儿，推说手摇车进去不方便。院儿里的老太太们还都把我当儿孙看，尤其想到我又没了母亲，但都不说，光扯些闲话，怪我不常去。我坐在院子当中，喝东家的茶，吃西家的瓜。

有一年，人们终于又提到母亲："到小院儿去看看吧，你妈种的那棵合欢树今年开花了！"我心里一阵抖，还是推说手摇车进出太不容易。大伙儿就不再说，忙扯些别的，说起我们原来住的房子里现在住了小两口，女的刚生了个儿子，孩子不哭不闹，光是瞪着眼睛看窗户上的树影儿。

我没料到那棵树还活着。那年，母亲到劳动局去给我找工作，回来时在路边挖了一棵刚出土的"含羞草"，以为是含羞草，种在花盆里长，竟是一棵合欢树。母亲从来喜欢那些东西，但当时心思全在别处。第二年合欢树没有发芽，母亲叹息了一回，还不舍得扔掉，依然让它长在瓦盆里。第三年，合欢树却又长出了叶子，而且茂盛了。母亲高兴了很多天，以为那是个好兆头，常去侍弄它，不敢再大意。又过一年，她把合欢树移出盆，栽在窗前的地上，有时念叨，不知道这种树几年才开花。再过一年，我们搬了家，悲痛弄得我们都把那棵小树忘记了。

与其在街上瞎逛，我想，不如就去看看那棵树吧。我也想再看看母亲住过的那间房。我老记着，那儿还有个刚来到世上的孩子，不哭不闹，瞪着眼睛看树影儿。是那棵合欢树的影子吗？小院儿里只有那棵树。

院儿里的老太太们还是那么欢迎我，东屋倒茶，西屋点烟，送到我眼前。大伙儿都不知道我获奖的事，也许知道，但不觉得那很重要；还是都问我的腿，问我是否有了正式工作。这回，想摇车进小院儿真是不能了。家家门前的小厨房都扩大，过道窄到一个人推自行车进出也要侧身。我问起那棵合欢树。大伙儿说，年年都开花，长到房高了。这么说，我再看不见它了。我要是求人背我去看，倒也不是不行。我挺后悔前两年没有自己摇车进去看看。

　　我摇着车在街上慢慢走，不急着回家。人有时候只想独自静静地待一会儿。悲伤也成享受。

　　有一天那个孩子长大了，会想起童年的事，会想起那些晃动的树影儿，会想起他自己的妈妈。他会跑去看看那棵树。但他不会知道那棵树是谁种的，是怎么种的。

一九八五年

我二十一岁那年

友谊医院神经内科病房有十二间病室，除去1号2号，其余十间我都住过。当然，绝不为此骄傲。即便多么骄傲的人，据我所见，一躺上病床也都谦恭。1号和2号是病危室，是一步登天的地方，上帝认为我住那儿为时尚早。

十九年前，父亲搀扶着我第一次走进那病房。那时我还能走，走得艰难，走得让人伤心就是了。当时我有过一个决心：要么好，要么死，一定不再这样走出来。

正是晌午，病房里除了病人的微鼾，便是护士们轻极了的脚步，满目洁白，阳光中飘浮着药水的味道，如同信徒走进了庙宇我感觉到了希望。一位女大夫把我引进10号病室。她贴近我的耳朵轻轻柔柔地问："午饭吃了没？"我说："您说我的病还能好吗？"她笑了笑。记不得她怎样回答了，单记得她说了一句什么之后，父亲的愁眉也略略地舒展。女大夫步履轻盈地走后，我永远留住了一个偏见：女人是最应该当大夫的，白大褂是她们最优雅的服装。

那天恰是我二十一岁生日的第二天。我对医学对命运都还未及了解，不知道病出在脊髓上将是一件多么麻烦的事。我舒心地躺下来睡了个好觉。心想：十天，一个月，好吧就算是三个月，然后我就又能是原来的样子了。和我一起插队的同学来看我时，也都这样想；他们给我带来很多书。

10号有六个床位。我是6床。5床是个农民，他天天都盼着出院。"光房钱一天就一块一毛五，你算算得啦，"5床说，"死呗可值得了这么些？"3床就说："得了嘿，你有完没完！死死死，数你悲观。"4床是个老头，说："别价别价，咱毛主席有话啦——既来之，则安之。"农民便带笑地把目光转向我，却是对他们说："敢情你们都有公费医疗。"他知道我还在与贫下中农相结合。1床不说话，1床一旦说话即可出院。2床像是个有些来头的人，举手投足之间便赢得大伙儿的敬畏。2床幸福地把一切名词都忘了，包括忘了自己的姓名。2床讲话时，所有名词都以"这个""那个"代替，因而讲到一些轰轰烈烈的事迹却听不出是谁人所为。4床说："这多好，不得罪人。"

我不搭茬儿。刚有的一点儿舒心顷刻全光。一天一块多房钱都要从父母的工资里出，一天好几块的药钱、饭钱都要从父母的工资里出，何况为了给我治病家中早已是负债累累了。我马上就想那农民之所想了：什么时候才能出院呢？我赶紧松开拳头让自己放明白点儿：这是在医院不是在家里，这儿没人会容忍我发脾气，而且砸坏了什么还不是得用父母的工资去赔？所幸身边有书，想来想去只好一头埋进书里去，好吧好吧，就算是三个月！我平白地相信这样一个期限。

可是三个月后我不仅没能出院，病反而更厉害了。

那时我和2床一起住到了7号。2床果然不同寻常，是位局长，十一级干部，但还是多了一级，非十级以上者无缘去住高干病房的单间。7号是这普通病房中唯一仅设两张病床的房间，最接近单间，故一向由最接近十级的人去住。据说刚有个十三级从这儿出去。2床搬来名正言顺。我呢？护士长说是"这孩子爱读书"，让我帮助2床把名词重新记起来。"你看他连自己是谁都闹不清了。"护士长说。但2床却因此越来越让人喜欢，因为"局长"也是名词也在被忘之列，我们之间的关系日益平等、融洽。有一天他问我："你是干什么的？"我说："插队的。"2床说他的"那个"也是，两个"那个"都是，他在高出他半个头的地方比画一下："就是那两个，我自己养的。""您是说您的两个儿子？"他说对，儿子。他说好哇，革命嘛就不能怕苦，就是要去结合。他说："我们当初也是从那儿出来的嘛。"我说："农村？""对对对。什么？""农村。""对对对农村。别忘本呀！"我说是。我说："您的家乡是哪儿？"他于是抱着头想好久。这一回我也没办法提醒他。最后他骂一句，不想了，说："我也放过那玩意。"他在头顶上伸直两个手指。"是牛吗？"他摇摇头，手往低处一压。"羊？""对了，羊。我放过羊。"他躺下，双手垫在脑后，甜甜蜜蜜地望着天花板老半天不言语。大夫说他这病叫作"角回综合征，命名性失语"，并不影响其他记忆，尤其是遥远的往事更都记得清楚。我想局长到底是局长，比我会得病。他忽然又坐起来："我的那个，喂，小什么来？""小儿子？""对！"他怒气冲冲地跳到地上，说："那个小玩意，娘个×！"说："他要去结合，我说好嘛我支持。"说："他来信要钱，说要办个这个。"他指了指周围，我想"那个小玩意"可能是要办个医疗站。他说："好嘛，要多少？我给。

可那个小玩意！"他背着手气哼哼地来回走，然后停住，两手一摊："可他又要在那儿结婚！""在农村？""对，农村。""跟农民？""跟农民。"无论是根据我当时的思想觉悟，还是根据报纸电台当时的宣传倡导，这都是值得肃然起敬的。"扎根派。"我钦佩地说。"娘了个×派！"他说，"可你还要不要回来嘛？"这下我有点儿发蒙。见我愣着，他又一跺脚，补充道："可你还要不要革命？！"这下我懂了，先不管革命是什么，2床的坦诚都令人欣慰。

不必去操心那些玄妙的逻辑了。整个冬天就快过去，我反倒拄着拐杖都走不到院子里去了，双腿日甚一日地麻木，肌肉无可遏止地萎缩，这才是需要发愁的。

我能住到7号来，事实上是因为大夫护士们都同情我。因为我还这么年轻，因为我是自费医疗，因为大夫护士都已经明白我这病的前景极为不妙，还因为我爱读书——在那个"知识越多越反动"的年代，大夫护士们尤为喜爱一个爱读书的孩子。他们都还把我当孩子。他们的孩子有不少也在插队。护士长好几次在我母亲面前夸我，最后总是说："唉，这孩子……"这一声叹，暴露了当代医学的爱莫能助。他们没有别的办法帮助我，只能让我住得好一点儿，安静些，读读书吧——他们可能是想，说不定书中能有"这孩子"一条路。

可我已经没了读书的兴致。整日躺在床上，听各种脚步从门外走过；希望他们停下来，推门进来，又希望他们千万别停，走过去走你们的路去别来烦我。心里荒荒凉凉地祈祷：上帝如果你不收我回去，就把能走路的腿也给我留下！我确曾在没人的时候双手合十，出声地向神灵许过愿。多年以后才听一位无名的哲人说过：危卧病榻，难有无神论者。如今来想，有神无神并不值得争论，但在命运的混沌之点，人自然会忽略着科学，向虚暝之中寄托一份虔敬的祈盼。正如迄今人类最美好的向往也都没有实际的验证，但那向往并不因此消灭。

主管大夫每天来查房，每天都在我的床前停留得最久："好吧，别急。"按规矩主任每星期查一次房，可是几位主任时常都来看看我："感觉怎么样？嗯，一定别着急。"有那么些天全科的大夫都来看我，八小时以内或以外，单独来或结队来，检查一番各抒主张，然后都对我说："别着急，好吗？千万别急。"从他们谨慎的言谈中我渐渐明白了一件事：我这病要是因为一个肿瘤的捣鬼，把它找出来切下去随便扔到一个垃圾桶里，我就还能直立行走，否则我多半就是把祖先数百万年进化而来的这一优势给弄丢了。

窗外的小花园里已是桃红柳绿，二十二个春天没有哪一个像这样让人心抖。我已经不敢去羡慕那些在花丛树行间漫步的健康人和在小路上打羽毛球的年轻人。我记得我久久地看过一个身着病服的老人，在草地上踱着方步晒太阳；只要这样我想只要这样！只要能这样就行了就够了！我回忆脚踩在软软的草地上是什么感觉？想走到哪儿就走到哪儿是什么感觉？踢一颗路边的石子，踢着它走是什么感觉？没这样回忆过的人不会相信，那竟是回忆不出来的！老人走后我仍呆望着那块草地，阳光在那儿慢慢地淡薄，脱离，凝作一缕孤哀凄寂的红光一步步爬上墙，爬上楼顶……我写下一句歪诗：轻拨小窗看春色，漏入人间一斜阳。日后我摇着轮椅特意去看过那块草地，并从那儿张望7号窗口，猜想那玻璃后面现在住的谁？上帝打算为他挑选什么前程？当然，上帝用不着征求他的意见。

我乞求上帝不过是在和我开着一个临时的玩笑——在我的脊椎里装进了一个良性的瘤子。对对，它可以长在椎管内，但必须要长在软膜外，那样才能把它剥离而不损坏那条珍贵的脊髓。"对不对，大夫？""谁告诉你的？""对不对吧？"大夫说："不过，看来不太像肿瘤。"我用目光在所有的地方写下"上帝保佑"，我想，或许把这四个字写到千遍万遍就会赢得上帝的怜悯，让它是个瘤子，一个善意的瘤子。要么干脆是个恶毒的瘤子，能要命的那一种，那也行。总归得是瘤子，上帝！

　　朋友送了我一包莲子，无聊时我捡几颗泡在瓶子里，想，赌不赌一个愿？——要是它们能发芽，我的病就不过是个瘤子。但我战战兢兢地一直没敢赌。谁料几天后莲子竟都发芽。我想好吧我赌！我想其实我压根儿是倾向于赌的。我想倾向于赌事实上就等于是赌了。我想现在我还敢赌——它们一定能长出叶子！（这是明摆着的。）我每天给它们换水，早晨把它们移到窗台西边，下午再把它们挪到东边，让它们总在阳光里；为此我抓住床栏走，扶住窗台走，几米路我走得大汗淋漓。这事我不说，没人知道。不久，它们长出一片片圆圆的叶子来。"圆"，又是好兆。我更加周到地侍候它们，坐回到床上气喘吁吁地望着它们，夜里醒来在月光中也看看它们：好了，我要转运了。并且忽然注意到"莲"与"怜"谐音，毕恭毕敬地想：上帝终于要对我发发慈悲了吧？这些事我不说没人知道。叶子长出了瓶口，闲人要去摸，我不让，他们硬是摸了呢，我便在心里加倍地祈祷几回。这些事我不说，现在也没人知道。然而科学胜利了，它三番五次地说那儿没有瘤子，没有没有。果然，上帝直接在那条娇嫩的脊髓上做了手脚！定案之日，我像个冤判的屈鬼那样疯狂地作乱，挣扎着站起来，心想干吗不能跑一回给那个没良心的上帝瞧瞧？后果很简单，如果你没摔死你必会明白：确实，你干不过上帝。

　　我终日躺在床上一言不发，心里先是完全的空白，随后由着一个死字去填满。王主任来了。（那个老太太，我永远忘不了她。还有张护士长。八年以后和十七年以后，我有两次真的病到了死神门口，全靠这两位老太太又把我抢下来。）我面向墙躺着，王主任坐在我身后许久不说什么，然后说了，话并不多，大意是：还是看看书吧，你不是爱看书吗？人活一天就不要白活。将来你工作了，忙得一点儿时间都没有，你会后悔这段时光就让它这么白白地过去了。这些话当然并不能打消我的死念，但这些话我将受用终生，在以后的若干年里我频繁地对死神抱有过热情，但在未死之前我一直记得王主任这些话，因而还是去做些事。使我没有去死的原因很多（我在另外的文章里写过），"人活一天就不要白活"亦为其一，慢慢地去做些事于是慢慢地有了活的兴致和价值感。有一年我去医院看她，把我写的书送给她，她已是满头白发了，退休了，但照常在医院里从早忙到晚。我看着她想，这老太太当年必是心里有数，知道我还不至去死，所以她单给我指一条活着的路。可是我不知道当年我搬离7号后，是谁最先在那儿发现过一团电线？并对此做过什么推想？那是个秘密，现在也不必说。假定我那时真的去死了呢？我想找一天去问问王主任。我想，她可能会说"真要去死那谁也管不了"，可能会说"要是你找不到活着的价值，迟早还是想死"，可能会说"想一想死倒也不是坏事，想明白了倒活得更自由"，可能会说"不，我看得出来，你那时离死神还远着呢，因为你有那么多好朋友"。

　　友谊医院——这名字叫得好。"同仁""协和""博爱""济慈"，这样的名字也不错，但或稍嫌冷静，或略显张扬，都不如"友谊"听着那么平易、亲近。也许是我的偏见。二十一岁末尾，双腿彻底背叛了我，我没死，全靠着友谊。还在乡下插队的同学不断写信来，软硬兼施劝骂并举，以期激起我活下去的勇气；已转回北京的同学每逢探视日必来看我，甚至非探视日他们也能进来。"怎进来的你们？""咳，闭上一只眼睛想一会儿就进来了。"这群插过队的，当年可以凭一张站台票走南闯北，甭担心还有他们走不通的路。那时我搬到了加号。加号原本不是病房，里面有个小楼梯间，楼梯间弃置不用了，余下的地方仅够放一张床，虽然窄小得像一节烟筒，但毕竟是单间，光景固不可比十级，却又非十一级可比。这又是大夫护士们的一番苦心，见我的朋友太多，都是少男少女难免说笑得不管不顾，既不能影响了别人又不可剥夺了我的快乐，于是给了我十点五级的待遇。加号的窗口朝向大街，我的床紧挨着窗，在那儿我度过了二十一岁中最惬意的时光。每天上午我就坐在窗前清清静静地读书，很多名著我都是在那时读到的，也开始像模像样地学着外语。一过中午，我便直着眼睛朝大街上眺望，尤其注目骑车的年轻人和 5 路汽车的车站，盼着朋友们来。有那么一阵子我暂时忽略了死神。朋友们来了，带书来，带外面的消息来，带安慰和欢乐来，带新朋友来，新朋友又带新的朋友来，然后都成了老朋友。以后的多少年里，友谊一直就这样在我身边扩展，在我心里深厚。把加号的门关紧，我们自由地嬉笑怒骂，毫无顾忌地议论世界上所有的事，高兴了还可以轻声地唱点儿什么——陕北民歌，或插队知青自己的歌。晚上朋友们走了，在小台灯幽寂而又喧嚣的光线里，我开始想写点儿什么，那便是我创作欲望最初的萌生。我一时忘记了死，还因为什么？还因为爱情的影子在隐约地晃动。那影子将长久地在我心里晃动，给未来的日子带来幸福也带来痛苦，尤其带来激情，把一个绝望的生命引领出死谷。无论是幸福还是痛苦，都会成为永远的珍藏和神圣的纪念。

　　二十一岁、二十九岁、三十八岁，我三进三出友谊医院，我没死，全靠了友谊。后两次不是我想去勾结死神，而是死神对我有了兴趣；我高烧到四十多度，朋友们把我抬到友谊医院，内科说没有护理截瘫病人的经验，柏大夫就去找来王主任，找来张护士长，于是我又住进神内病房。尤其是二十九岁那次，高烧不退，整天昏睡、呕吐，差不多三个月不敢闻饭味，光用血管去喝葡萄糖，血压也不安定，先是低压升到一百二接着高压又降到六十，大夫们一度担心我活不过那年冬天了——肾，好像是接近完蛋的模样，治疗手段又像是接近于无了。我的同学找柏大夫商量，他们又一起去找唐大夫：要不要把这事告诉我父亲？他们决定：不。告诉他，他还不是白着急？然后他们分了工：死的事由我那同学和柏大夫管，等我死了由他们去向我父亲解释；活着的我由唐大夫多多关照。唐大夫说："好，我以教学的理由留他在这儿，他活一天就还要想一天办法。"真是人不当死鬼神奈何其不得，冬天一过我又活了，看样子极可能活到下一个世纪去。唐大夫就是当年把我接进10号的那个女大夫，就是那个步履轻盈温文尔雅的女大夫，但八年过去她已是两鬓如霜了。又过了九年，我第三次住院时唐大夫已经不在。听说我又来了，科里的老大夫、老护士们都来看我，问候我，夸我的小说写得还不错，跟我叙叙家常，唯唐大夫不能来了。我知道她不能来了，她不在了。我曾摇着轮椅去给她送过一个小花圈，大家都说：她是累死的，她肯定是累死的！我永远记得她把我迎进病房的那个中午，她贴近我的耳边轻轻柔柔地问："午饭吃了没？"倏忽之间，怎么，她已经不在了？她不过才五十出头。这事真让人哑口无言，总觉得不大说得通，肯定是谁把逻辑摆弄错了。

但愿柏大夫这一代的命运会好些。实际只是当着众多病人时我才叫她柏大夫。平时我叫她"小柏"，她叫我"小史"。她开玩笑时自称是我的"私人保健医"，不过这不像玩笑这很近实情。近两年我叫她"老柏"她叫我"老史"了。十九年前的深秋，病房里新来了个卫生员，梳着短辫儿，戴一条长围巾穿一双黑灯芯绒鞋，虽是一口地道的北京城里话，却满身满脸的乡土气尚未退尽。"你也是插队的？"我问她。"你也是？"听得出来，她早已知道了。"你哪届？""老初二，你呢？""我六八，老初一。你哪儿？""陕北。你哪儿？""我内蒙。"这就行了，全明白了，这样的招呼是我们这代人的专利，这样的问答立刻把我们拉近。我料定，几十年后这样的对话仍会在一些白发苍苍的人中间流行，仍是他们之间最亲切的问候和最有效的沟通方式；后世的语言学者会煞费苦心地对此做一番考证，正儿八经地写一篇论文去得一个学位。而我们这代人是怎样得一个学位的呢？十四五岁停学，十七八岁下乡，若干年后回城，得一个最被轻视的工作，但在农村待过了还有什么工作不能干的呢，同时学心不死业余苦读，好不容易上了个大学，毕业之后又被轻视——因为真不巧你是个"工农兵学员"，你又得设法摘掉这个帽子，考试考试考试这代人可真没少考试，然后用你加倍的努力让老的少的都服气，用你的实际水平和能力让人们相信你配得上那个学位——比如说，这就是我们这代人得一个学位的典型途径。这还不是最坎坷的途径。"小柏"变成"老柏"，那个卫生员成为柏大夫，大致就是这么个途径，我知道，因为我们已是多年的朋友。她的丈夫大体上也是这么走过来的，我们都是朋友了；连她的儿子也叫我"老史"。闲下来细细去品，这个"老史"最令人羡慕的地方，便是一向活在友谊中。真说不定，这与我二十一岁那年恰恰住进了"友谊"医院有关。

因此偶尔有人说我是活在世外桃源，语气中不免流露了一点儿讥讽，仿佛这全是出于我的自娱甚至自欺。我颇不以为然。我既非活在世外桃源，也从不相信有什么世外桃源。但我相信世间桃源，世间确有此源，如果没有恐怕谁也就不想再活。倘此源有时弱小下去，依我看，至少讥讽并不能使其强大。千万年来它作为现实，更作为信念，这才不断。它源于心中再流入心中，它施于心又由于心，这才不断。欲其强大，舍心之虔诚又向何求呢？

也有人说我是不是一直活在童话里？语气中既有赞许又有告诫。赞许并且告诫，这很让我信服。赞许既在，告诫并不意指人们之间应该加固一条防线，而只是提醒我：童话的缺憾不在于它太美，而在于它必要走进一个更为纷繁而且严酷的世界，那时只怕它太娇嫩。

事实上在二十一岁那年，上帝已经这样提醒我了，他早已把他的超级童话和永恒的谜语向我略露端倪。

住在 4 号时，我见过一个男孩。他那年七岁，家住偏僻的山村，有一天传说公路要修到他家门前了，孩子们都翘首以待好梦联翩。公路终于修到，汽车终于开来，乍见汽车，孩子们惊讶兼着胆怯，远远地看。日子一长孩子便有奇想，发现扒住卡车的尾巴可以威风凛凛地兜风，他们背着父母玩得好快活。可是有一次，只一次，这七岁的男孩失手从车上摔了下来。他住进医院时已经不能跑，四肢肌肉都在萎缩。病房里很寂寞，孩子一瘸一瘸地到处串；淘得过分了，病友们就说他："你说说你是怎么伤的？"孩子立刻低了头，老老实实地一动不动。"说呀？""说，因为什么？"孩子嗫嚅着。"喂，怎么不说呀？给忘啦？""因为扒汽车，"孩子低声说。"因为淘气。"

孩子补充道。他在诚心诚意地承认错误。大家都沉默，除了他自己谁都知道：这孩子伤在脊髓上，那样的伤是不可逆的。孩子仍不敢动，规规矩矩地站着用一双正在萎缩的小手擦眼泪。终于会有人先开口，语调变得哀柔："下次还淘不淘了？"孩子很熟悉这样的宽容或原谅，马上使劲摇头："不，不，不了！"同时松了一口气。但这一回不同以往，怎么没有人接着向他允诺"好啦，只要改了就还是好孩子"呢？他睁大眼睛去看每一个大人，那意思是：还不行么？再不淘气了还不行么？他不知道，他还不懂，命运中有一种错误是只能犯一次的，并没有改正的机会，命运中有一种并非错误的错误（比如淘气，是什么错误呢），但这却是不被原谅的。那孩子小名叫"五蛋"，我记得他，那时他才七岁，他不知道，他还不懂。未来，他势必有一天会知道，可他势必有一天就会懂吗？但无论如何，那一天就是一个童话的结尾。在所有童话的结尾处，让我们这样理解吧：上帝为了锤炼生命，将布设下一个残酷的谜语。

住在 6 号时，我见过有一对恋人。那时他们正是我现在的年纪，四十岁。他们是大学同学。男的二十四岁时本来就要出国留学，日期已定，行装都备好了，可命运无常，不知因为什么屁大的一点儿事不得不拖延一个月，偏就在这一个月里因为一次医疗事故他瘫痪了。女的对他一往情深，等着他，先是等着他病好，没等到；然后还等着他，等着他同意跟她结婚，还是没等到。外界的和内心的阻力重重，一年一年，男的既盼着她来又说服着她走。但一年一年，病也难逃爱也难逃，女的就这么一直等着。有一次她狠了狠心，调离北京到外地去工作了，但是斩断感情却不这么简单，而且再想调回北京也不这么简单，女的只要有三天假期也迢迢千里地往北京跑。男的那时病更重了，全身都不能动了，和我同住一个病室。女的走后，男的对我说过：你要是爱她，你就不能害她，除非你不爱她，可那你又为什么要结婚呢？男的睡着了，女的对我说过：我知道他这是爱我，可他不明白其实这是害我，我真想一走了事，我试过，不行，我知道我没法不爱他。女的走了男的又对我说过：不不，她还年轻，她还有机会，她得结婚，她这人不能没有爱。男的睡了女的又对我说过：可什么是机会呢？机会不在外边而在心里，结婚的机会有可能在外边，可爱情的机会只能在心里。女的不在时，我把她的话告诉男的，男的默然垂泪。我问他："你干吗不能跟她结婚呢？"他说："这你还不懂。"他说："这很难说得清，因为你活在整个这个世界上。"他说："所以，有时候这不是光由两个人就能决定的。"我那时确实还不懂。我找到机会又问女的："为什么不是两个人就能决定的？"她说："不，我不这么认为。"她说："不过确实，有时候这确实很难。"她沉吟良久，说："真的，跟你说你现在也不懂。"十九年过去了，那对恋人现在该已经都是老人。我不知道现在他们各自在哪儿，我只听说他们后来还是分手了。十九年中，我自己也有过爱情的经历了，现在要是有个二十一岁的人问我爱情都是什么？大概我也只能回答：真的，这可能从来就不是能说得清的。无论她是什么，她都很少属于语言，而是全部属于心的。还是那位台湾作家三毛说得对：爱如禅，不能说不能说，一说就错。那也是在一个童话的结尾处，上帝为我们能够永远地追寻着活下去，而设置的一个残酷却诱人的谜语。

二十一岁过去，我被朋友们抬着出了医院，这是我走进医院时怎么也没料到的。我没有死，也再不能走，对未来怀着希望也怀着恐惧。在以后的年月里，还将有很多我料想不到的事发生，我仍旧有时候默念着"上帝保佑"而陷入茫然。但是有一天我认识了神，他有一个更为具体的名字——精神。在科学的迷茫之处，在命运的混沌之点，人唯有乞灵于自己的精神。不管我们信仰什么，都是我们自己的精神的描述和引导。

一九九〇年十二月七日

"忘了"与"别忘了"

/一/

一家残疾人刊物的编辑在向我约稿的时候，我正忙着别的事，忙得不亦乐乎，便有推辞之意。编辑怅然道："别忘了你也是残疾人。"话说得不算十分客气，但我想这话还是对的。虽然这不说明我不该忙些别的事，可我确实应该别忘了我是个残疾人。

/二/

我曾在一篇小说中写过这么一件事：一个少女与一个瘸腿的男青年恋爱。少女偶然说到一只名叫"点子"的鸽子，说这名字有点儿让人以为它是个瘸子，男青年听了想起自己，情绪坏了。少女发现了便惊惶地道歉："我忘了，你能原谅我吗？真的，我忘了。"于是男青年心底荡起渴望已久的幸福感。不是因为她的道歉，而是因为她忘了，忘了他是个残疾人。

/三/

上音乐厅去听听音乐或去体育馆看看球赛，想必都是极惬意的事，但对残疾人却是好梦。音乐厅和体育馆门前都是高高的台阶没有坡道，设计体育馆的人曾经把我们忘了一回，之后，音乐厅的设计者又把我们忘了一回。时至今日，那么多新建的大型公共场所以及住宅楼还是绝大多数都把我们忘了。这样我们自己就难忘，偶尔要忘，那些全如珠穆朗玛峰一般险峻的台阶便来提醒，于是我们便呼吁过而且还要呼吁：建筑设计师们可别忘了我们，别忘了我们是残疾人，我们上不去珠穆朗玛峰和台阶。

/四/

有一回我写的小说受到表彰，前辈们在表彰这篇小说的时候特别提到了它的作者是一名残疾人，于是台下的掌声也便不同凡响。当时我心里既感激大家对我的关怀和鼓励，又不免有一缕阴云来笼罩：到底是那小说确凿值得表彰呢？还是单因为它出自一个残疾人的笔下才有了表彰的理由？至少是这两条不能再动的腿，在那表彰的理由中占了一定的比例吧？这时，我的心头只有一句话萦绕不去：忘了我的腿吧，忘了我是个残疾人吧。又有一次我的小说遭了批判，老实说，我颇以为批判得无理。正当我愤愤然之际，有朋友来为我打抱不平了。我自然很高兴。不料这朋友却说："我跟他们（指批判者）说了你的情况，你放心吧，没事了。"什么情况？腿，残疾。本来可能还有什么事呢？为什么就又没事了呢？（顺便说一句，我仍以那朋友为朋友，但他那一刻无疑是犯了糊涂。）我如坠入五里雾中，心头又是那句话来回翻滚：忘了这腿吧，忘了我是个残疾人行不行？

/五/

有一个人，叫王素岭。她自学外语且水平相当高，她双腿残疾且残得相当重，她曾经找不到工作，便以教孩子们学外语为乐，结果证明她教学的水平也相当高。她真想当一名教师，可是学校不要她，因为校方忘不了她是个残疾人。后经各有关方面百般呼吁和努力，她终于当上了教师。可是有很长一段时间，她是吃力地架着双拐站着讲课的。四十五分钟又四十五分钟，她真累，她为什么不坐下来讲呢？因为校方说老师必须要站着讲课，否则就别当老师。这时候校方显然又忘了她是个残疾人。

/六/

有一个人，叫顾阿根，是一个公司的头头，是一个残疾人。我见过他，见他在冬日的寒风中瘸着腿为公司的事务四处奔走，蹬起自行车来也如飞。脸上的汗和脸上的笑都正常到使人相信：他那时一定把自己是个残疾人给忘了。最近他正在筹建一个"残疾人用具用品专卖店"。他还准备购置两辆三轮摩托车，为不能出门和无力提拿重物的残疾顾客送货到家。他说该店的宗旨是："让千百万残疾人得到与健康人同等的购物机会，让千百万残疾人能够买到他们所需的特殊用品，让千百万残疾人得到社会大家庭一员应有的温暖，让千百万残疾人的家属解除后顾之忧。"他说，这几年他和他的公司都有了一些钱，他在赚钱之初便一直是为着实现这一心愿。他说他忘不了残疾人，忘不了自己也是个残疾人，忘不了残疾人生活得很难。

/七/

也有这样的残疾人，怕别人注意到自己的残疾，甚至到了不愿意上街不愿意离家去工作的地步；由怕便容易转为怒，当人家完全没有恶意地说到"瘫""瘸""瞎"等字眼的时候，他也怒不可遏甚至有同人家拼命的意思；由怒而进一步就变为累月积年日趋暴烈的愤恨，觉得天地人都太不公正，都对不起他，万事万物都是没有良心的坏种。您也许会想，他一定是希望别人把他的残疾忘掉吧？但事情有时出乎您的意料：当他一旦做出一点儿成绩来，却又愿意别人注意到他的残疾，甚至自愿把那残疾渲染得更重些，仿佛那倒成了资本，越多越好。

听说还有这样的人，自恃身有残疾，便敢于在大街上闯红灯，说起警察拿他没辙来，竟似颇觉荣耀。

/八/

最后我们来看一出小戏。人物：男A，男B。时间：二十世纪八十年代中的任意一天。地点：反正不是渺无人烟或地广人疏之处。幕启时，二人已闲聊半天了。

男A："嘿，对了，我想起一件事。"

男B："什么？"

男A："你认识的人中，还有没有未婚的大龄男青年？"

男B："干吗？"

男A："有好几个人托我留心着点儿。现在未婚的大龄女青年可真是不少。"

男B想了一会儿，说："没有，没有了。"

两个人都叹一回，然后继续闲聊。

幕落。

您一定觉得这戏乏味。现在让我再把这二人详细介绍一下：男A，40岁，已婚，与男B是老熟人；男B，33岁，未婚，是个残疾人但肯定不是弱智。就是说，男B正是一个未婚大龄男青年，只是有残疾。这戏就不那么枯燥了，有可思考之处了：男A把男B忘了。男B也把男B忘了。不过，男A真把男B忘了吗？显然没有，所以他才把男B除外了。男B真的把自己忘了吗？这是最重要的问题。

/九/

综上八节而观之，到底是"忘了"好呢还是"别忘了"好？看来这问题不是用非此即此的逻辑可以寻出答案的。我想读者诸君会得出这样的结论：该忘的时候忘了好，不该忘的时候还是别忘。那么，什么时候该忘什么时候不该忘呢？这却很难具体回答。世事之复杂，非以上八节所述可以概括，但我想，只要人道主义得以弘扬并蔚成风气，人们就会自然而然地在该忘时忘，在不该忘时不忘了。

譬如第三节中提到的那些台阶，倘所有的设计师都能想到，残疾人也要参加到社会生活中来，也要有自立的骄傲和平等于人的自豪，也要有听听音乐看看球赛的雅兴和逛逛商店或公园的闲情，那么他们必会想到修一条坡道，而且会发现这并不比把观光缆车的钢索架到泰山去更麻烦。

譬如第五节中提到的校方，倘其知道大凡一个人是要吃饭的，也是要从工作中实现人之价值的；倘其知道像王素玲这样的人可以靠自学走上讲台，本身就是对孩子们的一个多么好的教育；倘其知道若为她预备一把椅子，这本身就会在孩子们心中埋下多么美好的种子，那么我相信，校方会抢着要她来教书了，并把破除那条残酷的规矩视为一种光荣。

/十/

那么，人道主义是否仅仅意味着救死扶伤，从而仅仅意味着别人来理解和帮助我们残疾人呢？显然不。人道主义的最美妙之处在于这样的倡导：一切人，不管其肉体和社会职能有什么不同，他们的精神（或说灵魂）都是平等的，因而他们生于斯世，所应享有的权利和所应尽到的义务也便是平等的。（当然，有被选举权的人不都能当上总统，而同是尽了义务的，其社会或经济效益也不可能一般大——这是另外的问题。）

现在让我们看看自己有什么毛病吧。

譬如第七节中提到的那种人，我们只好说：悲夫！他竟不知残疾本身从来不是耻辱，也永远不可能成为光荣。如果用不幸的残疾去换取某种特权，如果像个永远长不大的孩子那样总需依仗父母的娇惯，那么，当人们送来了特权也送来了嘲讽，送来了迁就也送来了轻蔑，我们就没理由反对这种搭配了，因为是我们自己先把自己摆在了低于常人的位置上，摆在了深渊里。

譬如第四节中提到的那个史铁生，他是否过于敏感了呢？人们提到他是个残疾人难道有悖事实吗？大家多给他一点儿鼓励的掌声，难道不是人情之常么？假如确有那么一缕阴云的话，也是很敏感的产物。试想这敏感若多起来，谁跟他说话能不提心吊胆百般戒备呢？这样下去哪还有平等可言呢？"呜呼！灭六国者，六国也，非秦也。族秦者，秦也，非天下也。"有时候，使我们处于不平等之地位上的，是我们自己，非他人也。所以现在的这个史铁生想，还是第六节中提到的那个顾阿根更懂得，什么时候该忘什么时候该不忘。

再来说说那出小戏。男 A 把男 B 忘了，我们只想到了遗憾二字。男 B 也把男 B 忘了，我们便想到阿 Q 画押时唯怒不能画得圆。不过我相信男 B 并没有真忘了自己，只不过心向往之而不敢为罢了，于是渐渐把自己推向了麻木。所以我想，"忘我"未必都是好事，有时竟是生命的衰竭和绝望。不争者的不幸，一方面可怜，一方面可怒。这小戏是个象征：人道主义不仅意味着我们该有人的权利，还意味着我们必须理直气壮地去争取，倘自己先就胆怯，则天上掉大饼的机会微乎其微。

总之，我们既然要求的是平等，既然不谋为鬼也不想成神，事情其实就很简单了：让我们的肉体不妨继续带着残疾，但要让我们的精神像健康人一样与世界相处。

一九八七年

我的梦想

也许是因为人缺了什么就更喜欢什么吧，我的两条腿一动不能动，却是个体育迷。我不光喜欢看足球、篮球以及各种球类比赛，也喜欢看田径、游泳、拳击、滑冰、滑雪、自行车和汽车比赛，总之我是个全能体育迷。当然都是从电视里看，体育馆场门前都有很高的台阶，我上不去。如果这一天电视里有精彩的体育节目，好了，我早晨一睁眼就觉得像过节一般，一天当中无论干什么心里都想着它，一分一秒都过得愉快。有时我也怕很多重大比赛集中在一天或几天（譬如刚刚闭幕的奥运会），那样我会把其他要紧的事都耽误掉。

其实我是第二喜欢足球，第三喜欢文学，第一喜欢田径。我能说出所有田径项目的世界纪录是多少，是由谁保持的，保持的时间长还是短。譬如说男子跳远纪录是由比蒙保持的，二十年了还没有人能破；不过这事不大公平，比蒙是在地处高原的墨西哥城跳出这八米九零的，而刘易斯在平原跳出的八米七二事实上比前者还要伟大，但却不能算世界纪录。这些纪录是我顺便记住的，田径运动的魅力不在于纪录，人反正是干不过上帝；但人的力量、意志和优美却能从那奔跑与跳跃中得以充分展现，这才是它的魅力所在。它比任何舞蹈都好看，任何舞蹈跟它比起来都显得矫揉造作甚至故弄玄虚。也许是我见过的舞蹈太少了。而你看刘易斯或者摩西跑起来，你会觉得他们是从人的原始中跑来，跑向无休止的人的未来，全身如风似水般滚动的肌肤就是最自然的舞蹈和最自由的歌。

我最喜欢并且羡慕的人就是刘易斯。他身高一米八八，肩宽腿长，像一头黑色的猎豹，随便一跑就是十秒以内，随便一跳就在八米开外，而且在最重要的比赛中他的动作也是那么舒展、轻捷、富于韵律；绝不像流行歌星们的唱歌，唱到最后总让人怀疑这到底是要干什么。不怕读者诸君笑话，我常暗自祈祷上苍，假若人真能有来世，我不要求别的，只要求有刘易斯那样一副身体就好。我还设想，那时的人又会普遍比现在高了，因此我至少要有一米九以上的身材；那时的百米速度也会普遍比现在快，所以我不能只跑九秒九几。做小说的人多是白日梦患者。好在这白日梦并不令我沮丧，我是因为现实的这个史铁生太令人沮丧，才想出这法子来给他宽慰与向往。我对刘易斯的喜爱和崇拜与日俱增。相信他是世界上最幸福的人。我想若是有什么办法能使我变成他，我肯定不惜一切代价；如果我来世能有那样一个健美的躯体，今生这一身残病的折磨也就得到了足够的报偿。

奥运会上，约翰逊战胜刘易斯的那个中午我难过极了，心里别别扭扭别别扭扭的一直到晚上，夜里也没睡好觉。眼前老翻腾着中午的场面：所有的人都在向约翰逊欢呼，所有的旗帜和鲜花都向约翰逊挥舞，浪潮般的记者簇拥着约翰逊走出比赛场，而刘易斯被冷落在一旁。刘易斯当时那茫然若失的目光就像个可怜的孩子，让我一阵阵心疼。一连几天我都闷闷不乐，总想着刘易斯此时会怎样痛苦，不愿意再看电视里重播那个中午的比赛，不愿意听别人谈论这件事，甚至替刘易斯嫉妒着约翰逊，在心里找很多理由向自己说明还是刘易斯最棒；自然这全无济于事，我竟然比刘易斯还败得惨，还迷失得深重。这岂不是怪事么？在外人看来这岂不是发精神病么？我慢慢去想其中的原因。是因为一个美的偶像被打碎了么？如果仅仅是这样，我完全可以惋惜一阵再去竖立起约翰逊嘛，约翰逊的雄姿并不比刘易斯逊色。是因为我这人太恋旧骨子里太保守吗？可是我非常明白，后来者居上是最应该庆祝的事。或者是刘易斯没跑好让我遗憾？可是九秒九二是他最好的成绩。到底为什么呢？最后我知道了：我看见了所谓"最幸福的人"的不幸，刘易斯那茫然的目光使我的"最幸福"的定义动摇了继而粉碎了。上帝从来不对任何人施舍"最幸福"这三个字，他在所有人的欲望前面设下永恒的距离，公平地给每一个人以局限。如果不能在超越自我局限的无尽路途上去理解幸福，那么史铁生的不能跑与刘易斯的不能跑得更快就完全等同，都是沮丧与痛苦的根源。假若刘易斯不能懂得这些事，我相信，在前述那个中午，他一定是世界上最不幸的人。

在百米决赛的第二天，刘易斯在跳远决赛中跳出了八米七二，他是个好样的。看来他懂，他知道奥林匹斯山上的神火为何而燃烧，那不是为了一个人把另一个人战败，而是为了有机会向诸神炫耀人类的不屈，命定的局限尽可永在，不屈的挑战却不可须臾或缺。我不敢说刘易斯就是这样，但我希望刘易斯是这样，我一往情深地喜爱并崇拜这样一个刘易斯。

这样，我的白日梦就需要重新设计一番了。至少我不再愿意用我领悟到的这一切，仅仅去换一个健美的躯体，去换一米九以上的身高和九秒七九乃至九秒六九的速度，原因很简单，我不想在来世的某一个中午成为最不幸的人；即使人可以跑出九秒五九，也仍然意味着局限。我希望既有一个健美的躯体又有一个了悟了人生意义的灵魂，我希望二者兼得。但是，前者可以祈望上帝的恩赐，后者却必须在千难万苦中靠自己去获取——我的白日梦到底该怎样设计呢？千万不要说，倘若二者不可兼得你要哪一个？不要这样说，因为人活着必要有一个最美的梦想。

后来得知，约翰逊跑出了九秒七九是因为服用了兴奋剂。对此我们该说什么呢？我在报纸上见了这样一条消息：他的牙买加故乡的人们说，"约翰逊什么时候愿意回来，我们都会欢迎他，不管他做错了什么事，他都是牙买加的儿子。"这几句话让我感动至深。难道我们不该对灵魂有了残疾的人，比对肢体有了残疾的人，给予更多的同情和爱吗？

一九八八年

好运设计

要是今生遗憾太多，在背运的当儿，尤其在背运之后情绪渐渐平静了或麻木了，你独自待一会儿，抽支烟，不妨想一想来世。你不妨随心所欲地设想一下（甚至是设计一下）自己的来世。你不妨试试。在背运的时候，至少我觉得这不失为一剂良药——先可以安神，而后又可以振奋。就像输惯了的赌徒把屡屡的败绩置于脑后，输光了裤子也还是对下一局存着饱满的好奇和必赢的冲动。这没有什么不好。这有什么不好吗？无非是说迷信，好吧你就迷信它一回。无非是说这不科学，行，况且对于走运和背运的事实，科学本来无能为力。无非说这是空想，这是自欺，是做梦，没用，那么希望有用吗？希望是不是必得在被证明了是可以达到的之后才能成立？当然，这些差不多都是废话，背了运的时候哪想得起来这么多废话？背了运的时候只是想走运有多么好，要是能走运有多好。到底会有多好呢？想想吧，想想没什么坏处，干吗不想一想呢？我就常常这样去想，我常常浪费很多时间去做这样的蠢事。

　　我想，倘有来世，我先要占住几项先天的优越：聪明、漂亮和一副好身体。命运从一开始就不公平，人一生下来就有走运的和不走运的。譬如说一个人很笨，生来就笨，这该怨他自己吗？然而由此所导致的一切后果却完全要由他自己负责——他可能因此在兄弟姐妹之中是最不被父母喜爱的一个，他可能因此常受老师的斥责和同学们的嘲笑，他便更加自卑、更加委顿，饱受了轻蔑终也不知这事到底该怨谁。再譬如说，一个人生来就丑，相当丑，再怎么想办法去美容都无济于事，这难道是他的错误是他的罪过？不是。好，不是。那为什么就该他难得姑娘们的喜欢呢？因而婚事就变得格外困难，一旦有个漂亮姑娘爱上他却又赢得多少人的惊诧和不解，终于有了孩子，不要说别人就连他自己都希望孩子长得千万别像他自己。为什么就该他是这样呢？为什么就该他常遭取笑，常遭哭笑不得的外号，或者常遭怜悯，常遭好心人小心翼翼地对待呢？再说身体，有的人生来就肩宽腿长潇洒英俊（或者婀娜妩媚娉娉婷婷），生来就有一身好筋骨，跑得也快跳得也高，气力足耐力又好，精力旺盛，而且很少生病，可有的人却与此相反生来就样样都不如人。对于身体，我的体会尤甚。譬如写文章，有的人写一整天都不觉得累，可我连续写上三四个钟头眼前就要发黑。譬如和朋友们一起去野游，满心欢喜妙想联翩地到了地方，大家的热情正高雅趣正浓，可我已经累得只剩了让大家扫兴的份了。所以我真希望来世能有一副好身体。今生就不去想它了，只盼下辈子能够谨慎投胎，有健壮优美如卡尔·刘易斯一般的身材和体质，有潇洒漂亮如周恩来一般的相貌和风度，有聪明智慧如阿尔伯特·爱因斯坦一般的大脑和灵感。

　　既然是梦想不妨就让它完美些罢。何必连梦想也那么拘谨那么谦虚呢？我便如醉如痴并且极端自私自利地梦想下去。

　　降生在什么地方也是件相当重要的事。二十年前插队的时候，我在偏远闭塞的陕北乡下，见过不少健康漂亮尤其聪慧超群的少年，当时我就想，他们要是生在一个恰当的地方他们必都会大有作为，无论他们做什么他们都必定成就非凡。但在那穷乡僻壤，吃饱肚子尚且是一件颇为荣耀的成绩，哪还有余力去奢想什么文化呢？所以他们没有机会上学，自然也没有书读，看不到报纸电视甚至很少看得到电影，他们完全不知道外面的世界是什么样子，便只可能遵循了祖祖辈辈的老路，日出而作日入而息，春种秋收夏忙冬闲日复一日年复一年。光阴如常地流逝，然后他们长大了，娶妻生子成家立业，才华逐步耗尽变作纯朴而无梦想的汉子。然后，可以料到，他们也将如他们的父辈一样地老去，唯单调的岁月在他们身上留下注定的痕迹，而人为什么要活这一回呢？却仍未在他们苍老的心里成为问题。然后，他们恐惧着、祈祷着、惊慌着听命于死亡随意安排。再然后呢？再然后倘若那地方没有变化，他们的儿女们必定还是这样地长大、老去、磨钝了梦想，一代代去完成同样的过程。或许这倒是福气？或许他们比我少着梦想所以也比我少着痛苦？他们会不会也设想过自己的来世呢？没有梦想或梦想如此微薄的他们又是如何设想自己的来世呢？我不知道。我不知道。我只希望我的来世不要是他们这样，千万不要是这样。

　　那么降生在哪儿好呢？是不是生在大城市，生在个贵府名门就肯定好呢？父亲是政绩斐然的总统，要不是个家藏万贯的大亨，再不就是位声名赫赫的学者，或者父母都是不同寻常的人物，你从小就在一个备受宠爱备受恭维的环境中长大，你从小就在一个五彩缤纷妙趣频逢的环境中长大，呈现在你面前的是无忧无虑的现实，绚烂辉煌的前景，左右逢源的机遇，一帆风顺的坦途……不过这样是不是就好呢？一般来说这样的境遇也是一种残疾，也是一种牢笼。这样的境遇经常造就着蠢材，不蠢的几率很小，有所作为的比例很低，而且大凡有点儿水平的姑娘都不肯高攀这样的人；固然他们之中也有智能超群的天才，也有过大有作为的人物，也出过明心见性的悟者，但毕竟几率很小比例很低。这就有相当大的风险，下辈子务必慎重从事，不可疏忽大意不可掉以轻心，今生多舛来生再受不住是个蠢材了。

生在穷乡僻壤，有孤陋寡闻之虞，不好。生在贵府名门，又有骄狂愚妄之险，也不好。

生在一个介于此二者之间的位置上怎么样？嗯，可能不错。

既知晓人类文明的丰富璀璨，又懂得生命路途的坎坷艰难，这样的位置怎么样？嗯，不错。

既了解达官显贵奢华而危惧的生活，又体会平民百姓清贫而深情的岁月，这位置如何？嗯！不错，好！

既有博览群书并入学府深造的机缘，又有浪迹天涯独自在社会上闯荡的经历；既能在关键时刻得良师指点如有神助，又时时事事都要靠自己努力奋斗绝非平步青云；既饱尝过人情友爱的美好，又深知了世态炎凉的正常，故而能如罗曼·罗兰所说"看清了这个世界，而后爱它"。——这样的位置可好？好。确实不错。好虽好，不过这样的位置在哪儿呢？

在下辈子。在来世。只要是好，咱可以设计。咱不慌不忙仔仔细细地设计一下吧。我看没理由不这样设计一下。甭灰心，也甭沮丧，真与假的说道不属于梦想和希望的范畴，还是随心所欲地来一回"好运设计"吧。

你最好生在一个普通知识分子的家庭。

也就是说，你父亲是知识分子但千万不要是那种炙手可热过于风云的知识分子，否则，"贵府名门"式的危险和不幸仍可能落在你头上：你将可能没有一个健全、质朴的童年，你将可能没有一群烂漫无猜的伙伴，你将会错过唯一可能享受到纯粹的友情、感受到圣洁的忧伤的机会，而那才是童年，才是真正的童年。一个人长大了若不能怀恋自己童年的痴拙，若不能默然长思或仍耿耿于怀孩提时光的往事，当是莫大的缺憾；对于我们的"好运设计"，则是个后患无穷的错误。你应该有一大群来自不同家庭的男孩儿和女孩儿做你的朋友，你跟他们一块儿认真地吵架并且翻脸，然后一块儿哭着和好如初。把你的秘密告诉他们，把他们告诉给你的秘密对任何人也不说。你们订一个暗号，这暗号一经发出你们一个个无论正在干什么也得从家里溜出来，密谋一桩令大人们哭笑不得的事件。当你父母不在家的时候，随便找个理由把你的好朋友都叫来——比如说为了你的生日或为了离你的生日还差一个多月，你们痛痛快快随心所欲地折腾一天，折腾饿了就把冰箱里能吃的东西都吃光，然后继续载歌载舞地庆祝，直到不小心把你父亲的一件贵重艺术品摔成分文不值，你们的汗水于是被冻僵了一会儿，但这是个机会是你为朋友们献身的时刻，你脸色煞白但拍拍胸脯说这怕什么这没啥了不起，随后把朋友们都送走，你独自胆战心惊地策划一篇谎言（要是你家没有猫，你记住：邻居家不一定都没有猫）。你还可以跟你的朋友们一起去冒险，到一个据说最可怕的地方，比如离家很远的一片野地、一幢空屋、一座孤岛、孤岛上废弃的古刹、古刹四周阴森零落的荒冢……都是可供选择的地方。你从自己家的抽屉里而不要从别人家的抽屉里拿点儿钱，以备不时之需；你们瞒过父母，必要的话还得瞒过姐姐或弟弟；你们可以不带那些女孩子去，但如果她们执意要跟着也就别无选择，然后出发，义无反顾。把你的新帽子扯破了新鞋弄丢了一只这没关系，把膝盖碰出了血把白衬衫上洒了一瓶紫药水这没关系，作业忘记做了还在书包里装了两只活蛤蟆一只死乌鸦这都毫无关系，你母亲不会怪你，因为当晚霞越来越淡继而夜色越来越重的时候，你父亲也沉不住气了，他正要动身去报案，你们突然都回来了，累得一塌糊涂但毕竟完整无缺地回来了，你母亲庆幸还庆幸不过来呢还会再存什么别的奢望吗？"他们回来啦，他们回来啦！"仿佛全世界都和平解放了，一群平素威严的父亲都乖乖地跑出来迎接你们，同样多的一群母亲此刻转忧为喜光顾得摩挲你们的脸蛋和亲吻你们的脑门儿："你们这是上哪儿去了呀，哎哟天哪，你们还知道回来吗！"你就大模大样地躺在沙发上呼吃唤喝，"累死了，哎呀真是累死了！"——你就这样，没问题，再讲点儿莫须有的惊险故事既吓唬他们也陶醉自己，你就得这样，只要这样，一切帽子、裤子、鞋、作业和书包、活蛤蟆以及死乌鸦，就都微不足道了。（等你长到我这样的年龄时，你再告诉他们那些惊险的故事都是你为了逃避挨揍而获得的灵感，那时你年老的父母肯定不会再补揍你一顿，而仍可能摩挲你的脸甚至吻你的脑门儿了。）但重要的是，这次冒险你无论如何得安全地回来——就像所有的戏剧还没打算结束时所需要的那样，否则接下去的好运就无法展开了。不错，你的童年就应该是这样的，就应该按照这样的思路去设计，一个幸运者的童年就得是这样。我的纸写不下了,待实施的时候应该比这更丰富多彩。比如你还可颇具分寸地惹一点儿小祸,一个幸运的孩子理应惹过一点儿小祸,而且理应遇到过一些困难,遇到过一两个骗子、一两个坏人、一两个蠢货和一两个不会发愁而很会说笑话的人。一个幸运的孩子应该有点儿野性。当然你的父亲是个地地道道的知识分子,因为一个幸运的人必须从小受到文化的熏陶,野到什么份上都不必忧虑但要有机会使你崇尚知识,之所以把你父亲设计为知识分子,全部的理由就在于此。

你的母亲也要有知识,但不要像你父亲那样关心书胜过关心你。也不要像某些愚蠢的知识妇女,料想自己功名难就,便把一腔希望全赌在了儿女身上,生了个女孩儿就盼她将来是个居里夫人,养了个男娃就以为是养了个小贝多芬。这样的母亲千万别落到咱头上,你不听她的话你觉得对不起她,你听了她的话你会发现她对不起你。她把你像幅名画似地挂在墙上后退三步眯起眼睛来观赏你,把你像颗话梅似的含在嘴里颠来倒去地品味你,你呢?站在那儿吱吱嘎嘎地折磨一把挺好的小提琴,长大了一想起小提琴就发抖,要不就是没日没夜地背单词背化学方程式,长大了不是傻瓜就是暴徒。你的母亲当然不是这样。有知识不是有文凭,你的母亲可以没有文凭。有知识不是被知识霸占,你的母亲不是知识的奴隶。有知识不能只是有对物的知识,而是得有对人的了悟。一个幸运者的母亲必然是一个幸运的母亲,一个明智的母亲,一个天才的母亲,她自打当了母亲她就得了灵感,她教育你的方法不是来自教育学,而是来自她对一切生灵乃至天地万物由衷的爱,由衷的颤栗与祈祷,由衷的镇定和激情。在你幼小的时候她只是带着你走,走在家里，走在街上，走到市场，走到郊外，她难得给你什么命令，从不有目的地给你一个方向，走啊走啊你就会爱她，走啊走啊，你就会爱她所爱的这个世界。等你长大了，她就放你到你想要去的地方去，她深信你会爱这个世界，至于其他她不管，至于其他那是你的自由你自己负责，她只有一个愿望，就是你能常常回来，你能有时候回来一下。

　　在你两三岁的时候你就光是玩，成天就是玩，别着急背诵《唐诗三百首》和弄通百位数以内的加减法，去玩一把没有钥匙的锁和一把没有锁的钥匙，去玩撒尿和泥，然后用不着洗手再去玩你爷爷的胡子。到你四五岁的时候你还是玩，但玩得要高明一点儿了，在你母亲的皮鞋上钻几个洞看看会有什么效果，往你父亲的录音机里撒把沙子听听声音会不会更奇妙。上小学的时候，我看你门门功课都得上三四分就够了，剩下的时间去做些别的事，以便让你父母有机会给人家赔几块玻璃。一上中学尤其一上高中，所有的熟人几乎都不认识你了，都得对你刮目相看：你在数学比赛上得奖，在物理比赛上得奖，在作文比赛上得奖，在外语比赛上你没得奖但事后发现那不过是老师的一个误判。但这都并不重要，这些奖啊奖啊奖啊并不足以构成你的好运，你的好运是说你其实并没花太多时间在功课上，你爱好广泛，多能多才，奇想迭出，别人说你不务正业你大不以为然，凡兴趣所至仍神魂聚注若癫若狂。
　　你热爱音乐，古典的交响乐，现代的摇滚乐，温文尔雅的歌剧清唱剧，粗犷豪放的民谣村歌，乃至悠婉凄长的叫卖，孤零萧瑟的风声，温馨闲适的节日的音讯，你都听得心醉神迷，听得怆然而沉寂，听出激越和威壮，听到玄缈与空冥，你真幸运，生存之神秘注入你的心中使你永不安规守矩。

你喜欢美术，喜欢画作，喜欢雕塑，喜欢异彩纷呈的烧陶，喜欢古朴稚拙的剪纸，喜欢在渺无人迹的原野上独行，在水阔天空的大海里驾舟，在山林荒莽中跋涉，看大漠孤烟看长河落日，看鸥鸟纵情翔飞看老象坦然赴死，你从色彩感受生命，由造型体味空间，在线条上嗅出时光的流动，在连接天地的方位发现生灵的呼喊，你是个幸运的人因为你真幸运，你于是匍匐在自然造化的脚下，奉上你的敬畏与感恩之心吧，同时上苍赐予你不屈不尽的创造情怀。

你幸运得简直令人嫉妒，因为体育也是你的擅长。九秒九一，懂吗？两小时五分五十九秒，懂吗？就是说，从一百米到马拉松不管多长的距离没有人能跑得过你；两米四五，八米九一，知道这是什么意思吗？就是说没人比你跳得高也没人比你跳得远；突破二十三米、八十米、一百米，就是说，铅球也好铁饼也好标枪也好，在投掷比赛中仍然没有你的对手。当然这还不够，好运气哪有个够呢？差不多所有的体育项目你都行：游泳、滑雪、溜冰、踢足球、打篮球，乃至击剑、马术、射击，乃至铁人三项……你样样都玩得精彩、洒脱、漂亮。你跑起来浑身的肌肤像波浪一样滚动，像旗帜一般飘展；你跳起来仿佛土地也有了弹性，空中也有着依托；你披波戏水，屈伸舒卷，鬼没神出；在冰原雪野，你翻转腾挪，如风驰电掣；生命在你那儿是一个节日，是一个庆典，是一场狂欢……那已不再是体育了，你把体育变得不仅仅是体育了，幸运的人，那是舞蹈，那是人间最自然最坦诚的舞蹈，那是艺术，是上帝选中的最朴实最辉煌的艺术形式，这时连你在内，连你的肉体你的心神，都是艺术了，你这个幸运的人，世界上最幸运的人，偏偏是你被上帝选作了美的化身。

　　接下来你到了恋爱的季节。你十八岁了，或者十九或者二十岁了。这时你正在一所名牌大学里读书，读一个最令人仰慕的系最令人敬畏的专业，你读得出色，各种奖啊奖啊又闹着找你。现在你的身高已经是一米八八，你的喉结开始突起，嘴唇上开始有了黑色但还柔软的胡须，就是在这时候你的嗓音开始变得浑厚迷人，就是在这时候你的百米成绩开始突破十秒，你的动静坐卧举手投足都流溢着男子汉的光彩……总之，由于我们已经设计过的诸项优点或说优势，明显地追逐你的和不露声色地爱慕着你的姑娘们已是成群结队，你经常在教室里看见她们异样的目光，在食堂里听出她们对你喊喊喳喳的议论，在晚会上她们为你的歌声所倾倒，在运动会上她们被你的身姿所激动而忘情地欢呼雀跃，但你一向只是拒绝，拒绝，婉言而真诚地拒绝，善意而巧妙地逃避，弄得一些自命不凡的姑娘委屈地流泪。但是有一天，你在运动场上正放松地慢跑，你忽然看见一个陌生的姑娘也在慢跑，她的健美一点儿不亚于你，她修长的双腿和矫捷的步伐一点儿不亚于你，生命对她的宠爱、青春对她的慷慨这些绝不亚于你，而她似乎根本没有发现你，她顾自跑着目不斜视，仿佛除了她和她的美丽这世界上并不存在其他东西，甚至连她和她的美丽她也不曾留意，只是任其随意流淌，任其自然地涌荡。而你却被她的美丽和自信震慑了，被她的优雅和茁壮惊呆了，你被她的倏然降临搞得心慌神惚手足无措。（我们同样可以为她也做一个"好运设计"，她是上帝的一个完美的作品，为了一个幸运的男人这世界上显然该有一个完美的女人，当然反过来也是一样。）于是你不跑了，伏在跑道边的栏杆上忘记了一切，光是看她。她跑得那么轻柔，那么从容，那么飘逸，那么灿烂。你很想冲她微笑一下向她表示一点儿敬意，但她并不给你这样的机会，她跑了一圈又一圈却从来没有注意到你，然后她走了。简单极了，就是说她跑完了该走了，就走了。就是说她走了，走了很久而你还站在原地。就是说操场上空空旷旷只剩了你一个人，你头一回感到了惆怅和孤零——她不知道你是谁，你也不知道她从哪儿来。但你把她记在了心里。但幸运之神仍然和你在一起。此后你又在图书馆里见到过她，你费尽心机总算弄清了她在哪个系。此后你又在游泳池里见到过她，你拐弯抹角从别人那儿获悉了她的名字。此后你又在滑冰场上见到过她，你在她周围不露声色地卖弄你的千般技巧万种本事，终于引起了她的注意。此后你又在领奖台上和她站到过一起，这一回她对你笑了笑使你一生再也没能忘记。此后你又在朋友家里和她一起吃过一次午饭（你和你的朋友为此蓄谋已久），这下你们到底算认识了，你们谈了很多，谈得融洽而且热烈。此后不是你去找她，就是她来找你，春夏秋冬春夏秋冬，不是她来找你就是你去找她，春夏秋冬……总之，总而言之，你们终成眷属；你是一个幸运的人——至少我们的"幸运设计"是这样说的——所以你万事如意。

也许你已经注意到了，我们的"好运设计"至此显得有些潦草了。是的。不过绝不是我们无能把它搞得更细致、更完善、更浪漫、更迷人，而是我忽然有了一点儿疑虑，感到了一点儿困惑，有一道淡淡的阴影出现了并正在向我们靠近，但愿我们能够摆脱它，能够把它消解掉。

阴影最初是这样露头的：你能在一场如此称心、如此顺利、如此圆满的爱情和婚姻中饱尝幸福吗？也就是说，没有挫折，没有坎坷，没有望眼欲穿的企盼，没有撕心裂肺的煎熬，没有痛不欲生的痴癫与疯狂，没有万死不悔的追求与等待，当成功到来之时你会有感慨万端的喜悦吗？在成功到来之后还会不会有刻骨铭心的幸福？或者，这喜悦能到什么程度？这幸福能被珍惜多久？会不会因为顺利而冲淡其魅力？会不会因为圆满而阻塞了渴望，而限制了想象，而丧失了激情，从而在以后漫长的岁月中只是遵从了一套经济规律、一种生理程序、一个物理时间，心路却已荒芜，然后是腻烦，然后靠流言蜚语排遣这腻烦，继而是麻木，继而用插科打诨加剧这麻木——会不会？会不会是这样？地球如此方便如此称心地把月亮搂进了自己的怀中，没有了阴晴圆缺，没有了潮汐涌落，没有了距离便没有了路程，没有了斥力也就没有了引力，那是什么呢？很明白，那是死亡。当然一切都在走向那里，当然那是一切的归宿，宇宙在走向热寂。但此刻宇宙正在旋转，正在飞驰，正在高歌狂舞，正借助了星汉迢迢，借助了光阴漫漫，享受着它的路途，享受着坍塌后不死的沉吟，享受着爆炸后辉煌的咏叹，享受着追寻与等待，这才是幸运，这才是真正的幸运，恰恰死亡之前这波澜壮阔的挥洒，这精彩纷呈的燃烧才是幸运者得天独厚的机会。你是一个幸运者，这一点你要牢记。所以你不能学那凡夫俗子的梦想，我们也不能满意这晴空朗日水静风平的设计。所谓好运，所谓幸福，显然不是一种客观的程序，而完全是心灵的感受，是强烈的幸福感罢了。幸福感，对了。没有痛苦和磨难你就不能强烈地感受到幸福，对了。那只是舒适只是平庸，不是好运不是幸福，这下对了。

现在来看看，得怎样调整一下我们的"设计"，才能甩掉那道不祥的阴影，才能远远地离开它。也许我们不得不给你加设一点儿小小的困难，不太大的坎坷和挫折，甚至是一些必要的痛苦和磨难，为了你的幸福不致贬值我们要这样做，当然，会很注意分寸。

仍以爱情为例。我们想是不是可以这样：一开始，让你未来的岳父岳母对你们的恋爱持反对态度，他们不大看得上你，包括你未来的大舅子、小姨子、大舅子的夫人和小姨子的男朋友，等等一干人马都看不上你。岳父说要是这样他宁可去死。岳母说要是这样她情愿少活。大舅子于是奉命去找了你们单位的领导说你破坏了一个美满的家庭。小姨子流着泪劝她的姐姐三思再三思，爹有心脏病娘有高血压。岳父便说他死不瞑目。岳母说她死后做鬼也不饶过你们。你是个幸运的人你真没看错那个姑娘，她对你一往情深始终不渝，她说与其这样不如她先于他们去死，但在死前她有必要提个问题："请问他哪点不如你们？请问他有哪点不好？"是呀，他哪点不好呢？你，是说你，你有哪点不好呢？不仅这姑娘的父母无言以对，就连咱们也无以作答。按照已有的设计，你好像没有哪点不好，你简直无懈可击，那两个老人倘不是疯子不是傻瓜不是心理变态，他们为什么会反对你成为他们的女婿呢？所以对此得做一点儿修改，你不能再是一个完人，你得至少有一个弱点，甚至是一种很要紧的缺欠，一种大凡岳父岳母都难以接受的缺欠，然后你在爱情的鼓舞下，在那对蛮横老人颇合逻辑的蔑视的刺激下，痛下决心破釜沉舟发奋图强历尽艰辛终于大功告成终于光彩照人终于震撼了那对老人，令他们感动令他们愧悔于是心悦诚服地承认了你这个女婿，使你热泪盈眶欣喜若狂忽然发现天也是格外地蓝地球也是出奇地圆柔情似水佳期如梦幸福地久天长……是不是得这样呢？得这样。大概是得这样。

什么样的缺欠呢？你看给你设计什么样的缺欠比较适合？

笨？不不，这不行，笨很可能是一件终生的不幸，几乎不是努力可以根本克服的，此一点应坚决予以排除。

丑呢？不，丑也不行，丑也是无可挽回的局面，弄不好还会殃及后代，不行，这肯定不行。

无知呢，行不行？不，这比笨还不如，绝对的（或相当严重的）无知与白痴没什么区别；而相对的无知又不是一项缺欠，我们每个人都是这样。

你总得做一点儿让步嘛。譬如说木讷一点儿，古板一点儿行吗？缺乏点儿活力，缺乏点儿朝气，缺乏点儿个性，缺乏点儿好奇心，譬如说这样，行吗？噢，你居然还在问"行吗"，再糟糕不过！接下来你会发现他还缺乏勇气，缺乏同情，缺乏感觉，遇事永远不会激动，美好不能使其赞叹，丑恶也不令其憎恶，他既不懂得感动也不懂得愤怒，他不怎么会哭又不大会笑，这怎么能行？他还是活的吗？他还能爱吗？他还会为了爱而痛苦而幸福吗？不行。

那么狡猾一点儿可以吗？狡猾，唉，其实人们都多多少少地有那么一点儿狡猾，这虽不是优点但也不必算作缺点，凡要在这世界上生存下去的种类，有点儿狡猾也是在所难免。不过有一点需要明确：若是存心算计别人、不惜坑害别人的狡猾可不行。那样的人我怕大半没什么好下场。那样的人同样也不会懂得爱（他可能了解性，但他不懂得爱，他可能很容易猎获性器的快感，但他很难体验性爱的陶醉，因为他依靠的不是美的创造而仅仅是对美的赚取），况且这样的人一般来说都没什么真正的才华和魅力，否则也无须选用了狡猾。不行。无论从哪个角度想，狡猾都不行。

要不，有一点儿病？噢老天爷，千万可别，您饶了我吧，无论如何帮帮忙，下辈子万万不能再有病了，绝对不能。咱们辛辛苦苦弄这个"好运设计"因为什么您知道不？是的您应该知道，那就请您再别提病，一个字也别再提。

只是有一点儿小病呢？小病也不行，发烧感冒拉肚子？不不，这没用，有点儿小病不构成对什么人的威胁，也不能如我们所期望的那样最终使你的幸福加倍，有也是白有。但这绝不是说你没病则已，有就有它一种大病，不不！绝没有这个意思；你必须要明白，在任何有期徒刑（注意：有期）和有一种大病之间，要是你非得做出选择不可的话，你要选择前者，前者！对对，没有商量的余地。

要是你得了一种大病，别急听我说完，得了一种足以使你日后的幸福升值的大病，而这病后来好了，完全好了，这怎么样？唔，这倒值得考虑。你在病榻上躺了好几年，看见任何一个健康的人你都羡慕，你想你是他们中间的任何一个你都知足，然后你的病好了，完好如初，这怎么样？说下去。你本来已经绝望了，你想即便不死未来的日子也是无比暗淡，你想与其这样倒不如死了痛快，就在这时你的病情突然有了转机。说下去。在那些绝望的白天和黑夜，你祷告许愿，你赌咒发誓，只要这病还能好，再有什么苦你都不会觉得苦再有什么难你也不会觉得难，一文不名呀，一贫如洗呀，这都有什么关系呢？你将爱生活，爱这个世界，爱这世界上所有的人……这时，就在这时奇迹发生了，一个奇迹使你完全恢复了健康，你又是那么精力旺盛健步如飞了，这样好不好？好极了，再往下说。你本来想只要还能走就行，可你现在又能以九秒九一的速度飞跑了；你本来想要是再能跳就好了，可你现在又可以跳过两米四五了；你本来想只要还能独立生活就够了，可现在你的用武之地又跟地球一样大了；你本来想只要还能算个人不至于把谁吓跑就谢天谢地了，可现在喜欢你的好姑娘又是数不胜数铺天盖地而来了。往下说呀，别含糊，说下去。当然你痴心不改——这不是错误，大劫大难之后人不该失去锐气，不该失去热度，你镇定了但仍在燃烧，你平稳了却更加浩荡，你依然爱着那个姑娘爱得山高海深不可动摇，这时候你未来的老丈人老丈母娘自然也不会再反对你们的结合了，不仅不反对而且把你看作是他们的光彩是他们的荣耀是他们晚年的福气是他们九泉之下的安慰。此刻你是多么幸福，你同你所爱的人在一起，在蓝天阔野中跑，在碧波白浪中游，你会是怎样的幸福！现在就把前面为你设计的那些好运气都搬来吧，现在可以了，把它们统统搬来吧，劫难之后失而复得，现在你才真正是一个幸福的人了。苦尽甜来，对，这才是最为关键的好运道。

苦尽甜来，对，只要是苦尽甜来其实怎么都行，生生病呀，失失恋呀，要要饭呀，挨挨揍呀（别揍坏了），被抄抄家呀，坐坐冤狱呀，只要能苦尽甜来其实都不是坏事。怕只怕苦也不尽，甜也不来。其实都用不着甜得很厉害，只要苦尽也就够了。其实都用不着什么甜，苦尽了也就很甜了。让我们为此而祈祷吧。让我们把这作为一条基本原则，无论如何写进我们的"好运设计"中去吧，无论如何安排在头版头条。

问题是，苦尽甜来之后又怎样呢？苦尽甜来之后又当如何？哎哟，那道阴影好像又要露头。苦尽甜来之后要是你还没死，以后的日子继续怎样过呢？我们应当怎样继续为你设计好运呢？好像问题还是原来的问题，我们并没能把它解决。当然现在你可以不断地忆苦思甜，不断地知足常乐，我们也完全可以把你以后的生活设计得无比顺利，但这样下去我们是不是绕了一圈又回到那不祥的阴影中去了？你将再没有企盼了吗？再没有新的追求了吗？那么你的心路是不是又要荒芜，于是你的幸福感又要老化、萎缩、枯竭了呢？是的，肯定会是这样。幸福感不是能一次给够的，一次幸福感能维持多久这不好计算，但日子肯定比它长，比它长的日子却永远要依靠着它。所以你不能失去距离，不能没有新的企盼和追求，你一时失去了距离便一时没有了路途，一时没有了企盼和追求便一时失去了兴致和活力，那样我们势必要前功尽弃，那道阴影必会不失时机地又用无聊、用乏味、用腻烦和麻木来纠缠你，来恶心你，同时葬送我们的"好运设计"。当然我们不会答应。所以我们仍要为你设计新的距离，设计不间断的企盼和追求。不过这样你就仍然要有痛苦，一直要有。是的是的，一时没有了痛苦的衬照便一时没有了幸福感。

真抱歉，我们没想到会是这样。我们一向都是好意，想使你幸福，想使你在来世频交好运，没想到竟还得不断地给你痛苦。那道讨厌的阴影真是把咱们整惨了。看看吧，看看是否还有办法摆脱它。真对不起，至少我先不吹牛了，要是您还有兴趣咱们就再试试看，反正事已至此，我想也不必草草率率地回心转意。看在来世的分上，就再试试吧。

看来，在此设计中不要痛苦是不大可能了。现在就只剩了一条路：使痛苦尽量小些，小到什么程度并没有客观的尺度，总归小到你能不断地把它消灭就行了。就是说，你能够不断地克服困难，你能够不断地跨越距离，你能够不断地实现你的愿望，这就行了。痛苦可以让它不断地有，但你总是能把它消灭，这就行了，这样你就巧妙地利用了这些混账玩意而不断地得到幸福感了。只要这样行，接下来的事由我们负责。我们将根据以上要求为你设计必要的才能、必要的机运、必要的心理素质、意志品质，以及必要的资金、器械、设施、装备，乃至大夫护士、贤妻良母、孝子乖孙等等一系列优秀的后勤服务。总之，这些我们都能为你设计，只要一个人永远是个胜利者这件事是可能的，只要无论什么样的痛苦总归是能被消灭的这件事是可能的，只要这样，我们的"好运设计"就算成了。只好也就这样了，这样也就算成了。

不过，这是不是可能的？你见没见过永远的胜利者？好吧，没见过并不说明这是不可能的，没见过的我们也可以设计。你，譬如说你就是一个永远的胜利者，那么最终你会碰见什么呢？死亡。对了，你就要碰见它，无论如何我们没法使你不碰见它，不感到它的存在，不意识到它的威胁。那么你对它有什么感想？你一生都在追求，一直都在胜利，一向都是幸福的，但当死亡来临的时候你想你终于追求到了什么呢？你的一切胜利到底都是为了什么呢？这时你不沮丧，不恐惧，不痛苦吗？你从来没碰到过不可逾越的障碍，从来没见过不可消除的痛苦，你就像一个被上帝惯坏了的孩子，从来不知道什么叫失败，从来没遭遇过绝境，但死神终于驾到了，死神告诉你这一次你将和大家一样不能幸免，你的一切优势和特权（即那"好运设计"中所规定的）都已被废黜，你只可俯首帖耳听凭死神的处置，这时候你必定是一个最痛苦的人，你会比一生不幸的人更痛苦（他已经见到了的东西你却一直因为走运而没机会见到），命运在最后跟你算总账了（它的账目一向是收支平衡的），它以一个无可逃避的困境勾销你的一切胜利，它以一个不容置疑的判决报复你的一切好运，最终不仅没使你幸福反而给你一个你一直有幸不曾碰到的——绝望。绝望，当死亡到来之际这个绝望是如此的货真价实，你甚至没有机会考虑一下对付它的办法了。

怎么办？你怎么办？我们怎么办？你说事情不会是这样，你的胜利依旧还是胜利，它会造福于后人；你的追求并没有白费，它将为后人铺平道路；而这就是你的幸福，所以你不会沮丧不会痛苦你至死都会为此而感到幸福。这太好了，一个真正的幸运者就应该有这样的胸怀有如此高尚的情操——让我们暂时忘记我们只是在为自己设计好运吧，或者让我们暂时相信所有的人都能够享有同样的好运吧——一个幸运者只有这样才能最终保住自己的好运，才能使自己最终得享平安和幸福。但是——但是！就算我们没有发现您的不诚实，一个如您这般聪明高尚的人总该知道您正在把后人的路铺向哪儿吧？铺到哪儿才算成功了呢？铺到所有的人都幸福都没了痛苦的地方？那么他们不是又将面对无聊了吗？当他们迎候死亡时不是就不能再像您这样，以"为后人铺路"而自豪而高尚而心安理得了吗？如果终于不能使所有的人都幸福都没了痛苦，您的高尚不就成了一场骗局您的胜利又怎么能胜得过阿Q呢？我们处在了两难境地。如果您再诚实点儿，事情可能会更难办：人类是要消亡的，地球是要毁灭的，宇宙在走向热寂。我们的一切聪明和才智、奋斗和努力、好运和成功到底有什么价值？有什么意义？我们在走向哪儿？我们再朝哪儿走？我们的目的何在？我们的欢乐何在？我们的幸福何在？我们的救赎之路何在？我们真的已经无路可走真的已入绝境了吗？

是的，我们已入绝境。现在你就是对此不感兴趣都不行了，你想糊弄都糊弄不过去了，你曾经不是傻瓜你如今再想是也晚了，傻瓜从一开始就不对我们这个设计感兴趣，而你上了贼船，这贼船已入绝境，你没处可退也没处可逃。情况就是这样。现在我们只占着一项便宜，那就是死神还没驾到，我们还有时间想想对付绝境的办法，当然不是逃跑，当然你也跑不了。其他的办法，看看，还有没有。

过程。对，过程，只剩了过程。对付绝境的办法只剩它了。不信你可以慢慢想一想，什么光荣呀，伟大呀，天才呀，壮烈呀，博学呀，这个呀那个呀，都不行，都不是绝境的对手，只要你最最关心的是目的而不是过程你无论怎样都得落入绝境，只要你仍然不从目的转向过程你就别想走出绝境。过程——只剩了它了。事实上你唯一具有的就是过程。一个只想（只想！）使过程精彩的人是无法被剥夺的，因为死神也无法将一个精彩的过程变成不精彩的过程，因为坏运也无法阻挡你去创造一个精彩的过程，相反你可以把死亡也变成一个精彩的过程，相反坏运更利于你去创造精彩的过程。于是绝境溃败了，它必然溃败。你立于目的的绝境却实现着、欣赏着、饱尝着过程的精彩，你便把绝境送上了绝境。梦想使你迷醉，距离就成了欢乐；追求使你充实，失败和成功都是伴奏；当生命以美的形式证明其价值的时候，幸福是享受，痛苦也是享受。现在你说你是一个幸福的人你想你会说得多么自信，现在你对一切神灵鬼怪说谢谢你们给我的好运，你看看谁还能说不。

过程！对，生命的意义就在于你能创造这过程的美好与精彩，生命的价值就在于你能够镇静而又激动地欣赏这过程的美丽与悲壮。但是，除非你看到了目的的虚无你才能够进入这审美的境地，除非你看到了目的的绝望你才能找到这审美的救助。但这虚无与绝望难道不会使你痛苦吗？是的，除非你为此痛苦，除非这痛苦足够大，大得不可消灭大得不可动摇，除非这样你才能甘心从目的转向过程，从对目的的焦虑转向对过程的关注，除非这样的痛苦与你同在，永远与你同在，你才能够永远欣赏到人类的步伐和舞姿，赞美着生命的呼喊与歌唱，从不屈获得骄傲，从苦难提取幸福，从虚无中创造意义，直到死神和天使一起来接你回去，你依然没有玩够，但你却不惊慌，你知道过程怎么能有个完呢？过程在到处继续，在人间、在天堂、在地狱，过程都是上帝巧妙的设计。

但是我们的设计呢？我们的设计是成功了呢还是失败了？如果为了使你幸福，我们不仅得给你小痛苦，还得给你大痛苦，不仅得给你一时的痛苦，还得给你永远的痛苦，我们到底帮了你什么忙呢？如果这就算好运，我，比如说我——我的名字叫史铁生，这个叫史铁生的人又有什么必要弄这么一份"好运设计"呢？也许我现在就是命运的宠儿？也许我的太多的遗憾正是很有分寸的遗憾？上帝让我终生截瘫就是为了让我从目的转向过程，所以有那么一天我终于要写一篇题为《好运设计》的散文，并且顺理成章地推出了我的好运？多谢多谢。可我不，可我不！我真是想来世别再有那么多遗憾，至少今生能做做好梦！

我看出来了——我又走回来了，又走到本文的开头去了。我看出来了，如果我再从头开始设计我必然还是要得到这样一个结尾。我看出来了，我们的设计只能就这样了。我不知道怎么办了，不知道还能怎么办。上帝爱我！——我们的设计只剩这一句话了，也许从来就只有这一句话吧。

一九九〇年二月二十七日

"文革"记愧

多年来有件事总在心里，不知怎么处置。近日看《干校六记》，钱锺书先生在书前的小引中说，若就那次运动（当然是指"文革"）写回忆的话，一般群众大约都得写《记愧》。这话已触到我心里的那件事。钱先生却还没完，接着写道："惭愧常使人健忘，亏心和丢脸的事总是不愿记起的事，因此也很容易在记忆的筛眼里走漏得一干二净。"我想，到了把那件事白纸黑字记录下来的时候了，以免岁月将其遗失。这样，也恰好有了篇名。

一九七四年夏天，双腿瘫痪已两年，我闲在家里没事做。老朋友们怕我寂寞常来看我，带书来，带新闻来，带新的朋友来。朋友的朋友很容易就都成了朋友，在一起什么都谈，尽管对时势的判断不全相同，对各种主义和思想的看法也不再能彻底一致。那年我二十三岁，单单活明白了一点：对任何错误乃至反动的东西，先要敢于正视，回避它掩盖它则是无能和理亏的表现。除此一点之外，如今想来是都可以作为记愧而录的。

先是朋友A带来了朋友B。不久，B带来三篇手抄本小说给我看。

现在记得住标题的只有《普通的人》一篇。用今天的标准归类，它应该属于"伤痕文学"，应该说那是中国最早的"伤痕文学"。我看了很受震动，许久无言，然后真心相信它的艺术水平很高和它的思想太反动。这样的评判艺术作品的方法，那时很流行，现在少些了。B不同意我的看法，但我能找到的理论根据比他的多，也比他的现成而且有威力。"中间人物论"呀，"写阴暗面"呀，"鼻涕和大粪什么时候都有"呀，"阶级立场"和"时代潮流"呀，等等，足令B无言以对或有话也不再说了。我自视不是人云亦云者流，马列的书读得本来不算少，辩论起来我又天生有几分机智，能为那些干瘪的概念找出更为通顺的理由，时而也让B陷入冥想。现在我知道，为一个给定的结论找理由是一件尢论如何可以办到的事。B为人极宽厚，说到最后他光是笑了，然后问我能否把这些小说给他复写几份。我也显出豁达，平息了额与颈上暴胀的血管，说这有什么不行？一来我反正闲得很，二来我相信真理总是真理，不会因为这样的小说的存在而不是真理了，存在的东西不让大家看到才是软弱或者理屈。我们一时都没想起世上还有公安局。

我便用了几个上午帮他抄那些小说。抄了一篇或者两篇的时候，我忽然抄不下去，笔下流出的字行与我的观念过于相悖，越抄心里越别扭起来，竟觉得像是自己在作那小说。心一惊，停一会儿，提醒自己。这不是我写的，我只是抄，况且我答应了朋友怎么能不抄完呢？于是又抄，于是又别扭又心惊，于是自己再提醒自己一回，于是……终于没有抄完，我给B写信去，如实说了我再不想抄下去的原因。B来了，一进门就笑了，依然笑得宽厚，说那就算了吧，余下的他另想办法。我便把抄好的和没抄的都给他拿去。

不久就出事了。B把稿子存放在A处，朋友C从A处拿了那篇

《普通的人》到学校里去看，被她的一个同学发现并向有关部门报告了。C立刻被隔离审问，那篇稿子也落在公安人员手里。我们听说了，先还只是为C着急，几个朋友一起商量怎么救她，怎么为她开脱罪责。想来想去，不仅想不出怎么救C，却想起了那稿子上全是我的笔迹。这时我还未及感到后果的严重，便并不坚决地充了一会儿英雄，我说干脆就说是我住院时从一个早已忘记了姓名的病友那儿抄来的吧。几个朋友都说不好，说公安局才不那么傻；我也就不坚持。几个朋友说先别急，等A和B来了看看有没有更好的办法。当然，最好的办法是眼前的祸事梦一样地消失。

傍晚，A和B都来了，我们四五个人聚到地坛公园荒芜的小树林里去，继续商量对策。只是A和B和我与此事有关，其他人都是来出谋划策。这时问题的焦点已转到倘若公安局追查下来怎么办？因为想到C处很可能还留有我的其他笔迹，因为想到C也可能坚持不住。据说这时C还在学校隔离室里坚持着死不交代，大家一会儿为她担忧，一会儿又怪她平时就是不管什么事都爱臭显摆并且对人也太轻信。怪C也晚了，C正在隔离室里。大家又怨A，说C一贯马里马虎你还不知道吗，怎么就把那稿子给她拿到学校去？A后悔不迭，说C是死求活求保证了又保证的。怨谁也没用了，当务之急还是想想怎么应付公安人员可能的追查吧。B坚定地说，不管怎么样绝不能说出原作者。大家说这是一定的。那么，公安局追查下来又怎么办呢？大家绞尽脑汁编了许多枝叶丰满的谎话，但到底都不是编惯了谎话的人，自己先就看出很多破绽。夜色便在这个问题前无声地扩散得深远了。第一个晚上就是这么结束的——什么办法也没想出来，默祈着C能坚持到底，但如果真如此又感到对C无比歉疚；幻想着公安局不再深究，但又明白这不会不是幻想。

十四年过去了，我已记不清从事发到警察来找我之间到底是几天了，也记不住这几天中的事情是怎样一个顺序了。只记得我们又聚到地坛去商议了好几回。只记得我一回比一回胆怯下去。记得有一个晚上，还是在那片荒芜的小树林里，A 和 B 都认为还是我一开始编造的那个谎话最为巧妙，若警察根据笔体找到我就由我来坚持那个谎话——就说是我在住院时从一个不知名的病友那儿抄来那篇小说的。我未置可否，过了一会儿我只提醒说：我的父母均出身"黑五类"之首，我的妈妈仍在以地主的资格每日扫街呢。大家于是沉默良久。我本还想说由我来承担是不公平的，因为唯独我是反对这篇小说的，怎么能让一个人去殉自己的反信念呢？但我没说。后来A 替我说出了这个意思，以后多年，我一直把这逻辑作为我良心的庇护所而记得牢固。可是一年年过去，这逻辑也愈显其苍白了，一是因为我越来越清楚我当时主要是害了怕，二是反对这小说和不反对抄这小说同样是我当时的信念。信念又怎么样呢？设若我当时就赞成这小说呢？我敢把这事担当下来拒不交代吗？我估计百分之九十还是不敢。因为我还记得，那些天有人对我说：公安局可不是吃素的，我若说不出给我小说原稿的人的姓名，他们就可以判定这小说是我写的——不管他们是真这么认为，还是为了威逼我，还是出于必得有个结果以便向上边交代，反正他们急了就会这么干。我听了确乎身上轮番出了几回汗。尤其看到父母亲人，想到他们的出身和成分本来就坏，这一下不知要遭怎样的连累了。夜里躺在床上不能睡，光抽烟，体会着某些叛徒的苦衷。有些叛徒是贪图荣华富贵，有些叛徒则是被"株连九族"逼迫而成，现在平心去论，一样是叛徒但似不可同日而语。这就又要想想了，假如我是孤身一人会怎么样呢？轻松是会轻松些，但敢不敢去挨鞭子或送脑袋仍然不是一件可供吹牛的事。贪生怕死和贪图荣华富贵之间仍有着不小的差别。几年之后我倒确凿有几回真的不怕死过，心想要是一九七四年的事挪来现在发生有多好，我就能毫不犹豫地挺身就死了，但这几回的不怕死是因为残病弄得我先有了不想活的念头，后才顺带想做一回烈士的。这当然可笑。我才知道，渴望活也可以是比不怕死更难能可贵的。但渴望活而又怕死却造就了很多千古遭骂的叛徒。最好当然是渴望活而又不怕死，譬如许云峰。不过，毕竟许云峰喊的是共产党万岁而明确是坐国民党的牢。大智大勇者更要数张志新。可张志新若也坚定不移于当时人人必须信奉的一种思想，料必她也就不可能有那般大智大勇了。话扯远了，拉回来，还说我，我不及张志新之万一是不容争辩的。至于哥们儿义气呢？但"株连九族"却更是殃及亲人的呢！所以"株连九族"有理由被发明出来。

我原是想把这件事如实记录下来的，但亏心和丢脸的事确已从记忆的筛眼里走漏一些了，写到这儿我停笔使劲回忆了两天，下面的事在记忆中仍呈现了两种模样。与B已多年不见，为此文去找他核对似大不必要，就把两种模样的记忆都写下来吧。最可能的是这样：正当我昼夜难安百思不得良策之际，B来了，B对我说："要是追查到你你就如实说吧。就说原稿是我给的。"我听了虽未明确表示赞同，却一句反对的话也没说，焦虑虽还笼罩，但心的隐秘处却着实有了一阵轻松。许久，我只说："那你怎么办？"B说："这事就由我一人承担吧。"说罢他匆匆离去，我心中的愧便于那时萌生，虽料沉重只是要匀到一生中去背负，也仍怔怔地不敢有别种选择也仍如获救了一般。其次也可能是这样：B来了，对我说："要是警察来找你你就如实说吧，就说原稿是我给你的。C已经全说了。"我听了心里一阵轻松。C确实是在被隔离的第三天熬不住逼问，全说了。

但这是 B 告诉我的呢，还是之后我才听别人说的呢？我希望是前者，但这希望更可以证明是后者吧，因为记忆的筛眼里不仅容易走漏更为难堪的事，还容易走进保护自己少受谴责的事。我就没有谴责过 C，我没有特别注意不去谴责 C，想必是潜意识对自己说了实话：实际我与 C 没什么两样。总之，不管哪个记忆准确，我听了 B 的话后心里的那一阵轻松可以说明一切。——这是着重要记录下来的。

后来警察来找我，问我原稿是谁给我的，我说是 B；问我原作者是谁，我说不知道。我确实不知道，B 从未跟我说起过原作者是谁，这一层 B 想得周到。我当时很为 B 把这一层想得周到而庆幸。直到现在我也不知道原作者是谁。一九七八年我也开始写小说，也写了可归入"伤痕文学"的作品。那几年我常留意报刊上的小说及作者介绍，想知道《普通的人》的作者是谁，但终未发现。我也向文学界的朋友们打听过，很多人都知道那篇小说，却没有谁知道作者的情况。一九八三年在崂山旅游时遇到 B，互相说笑间仍有些不自然，我终未能启口问他此事，因为当年的事到底是怎么了结的我完全不知，深怕又在心上添了沉重。现在想，倘那篇《普通的人》渐渐被淡忘了，实在是文学史上的缺憾。

随忆随记，实指望没把愧走漏太多就好。

一九八八年

相逢何必曾相识

等有一天我们这伙人真都老了，七十，八十，甚至九十岁，白发苍苍还拄了拐棍儿，世界归根结底不是我们的了，我们已经是（夏令时）傍晚七八点钟的太阳，即便到那时候，如果陌路相逢我们仍会因为都是"老三届"而"相逢何必曾相识"。那么不管在哪儿，咱们找一块不碍事的地方坐下——再说那地方也清静。"您哪届？""六六。您呢？"（当年是用"你"字，那时都说"您"了，由此见出时间的作用。）"我六八。""初六八高六八？""老高一。""那您大我一岁，我老初三。"倘此时有一对青年经过近旁，小伙子有可能拉起姑娘快走，疑心这俩老家伙念的什么咒语。"那时候您去了哪儿？""云南（或者东北、内蒙古、山西）。您呢？""陕北，延安。"这就行了，我们大半的身世就都相互了然。这永远是我们之间最亲切的问候和最有效的沟通方式，是我们这代人的专利。六六、六七、六八，已经是多么遥远了的年代。要是那一对青年学过历史，他们有可能忽然明白那不是咒语，那是二十世纪中极不平常的几年，并且想起考试时他们背诵过几个拗口的词句：插队，知青，接受贫下中农的再教育……如果他们恰恰是钻研史学的，如果他们走来，如同发现了活化石那样地发现了我们，我想我们不太介意，历史还要走下去，我们除了不想阻碍它之外，正巧还想对"归根结底不是我们的"的世界有一点儿用处。

我们能说点儿什么呢？上得了正史的想必都已上了正史。几十年前的喜怒哀乐和几百几千年前的喜怒哀乐一样，都根据当代人的喜怒哀乐成为想象罢了。我们可以讲一点儿单凭想象力所无法触及的野史。

比如，要是正史上写"千百万知识青年满怀革命豪情奔赴农村、边疆"，您信它一半足够了，记此正史的人必是带了情绪。我记得清楚，一九六八年年末的一天，我们学校专门从外校请来一位工宣队长，为我们做动员报告，据说该人在"上山下乡的动员工作"上很有成就。他上得台来先是说："谁要捣乱，我们拿他有办法。"台下便很安静了。然后他说："现在就看我们对毛主席忠还是不忠了。"台下的呼吸声就差不多没有，随后有人带头喊亮了口号。他的最后一句话尤为简洁有力："你报名去，我们不一定叫你去，不报名的呢，我们非叫你去不可。"因而造成一段历史疑案：有多少报了名的是真心想去的呢？

什么时候也有勇敢的人，你说出大天来他就是不去，不去不去不去！威赫如那位工宣队长者反而退怯。这里面肯定含着一条令人快慰的逻辑。

我去了延安。我从怕去变为想去，主要是好奇心的驱使，是以后屡屡证明了的惯做白日梦的禀性所致，以及不敢违逆潮流之怯懦的作用。唯当坐上了西行的列车和翻山越岭北上的卡车时，才感受住一缕革命豪情。唯当下了汽车先就看见了一些讨饭的农民时，才于默然之间又想到了革命。也就是在那一路，我的同学孙立哲走上了他的命定之途。那是一本《农村医疗手册》引发的灵感。他捧定那书看了一路，说："咱们干赤脚医生吧。"大家都说好。

立哲后来成了全国知名的知青典型，这是正史上必不可少的一页。但若正史上说他有多么高的政治水平，您连十分之一都甭信。立哲要是精于政治，"四人帮"也能懂人道主义了。立哲有的是冲不垮的事业心和磨不尽的人情味，仅此而已。再加上我们那地方缺医少药，是贫病交困的农民们把他送上了行医的路。所以当"四人帮"倒台后，有几个人想把立哲整成"风派""闹派"时，便有几封数百个农民签名（或委托）的信送去北京，担保他是贫下中农最爱戴的人。

我们那个村子叫关家庄，离延川县城八十里，离永坪油矿三十五里，离公社十里。第一次从公社往村里去的路上，我们半开玩笑地为立哲造舆论："他是大夫。""医生噢？"老乡问，"能治病了吧？""当然，不能治病算什么医生。""对。就在咱庄里盛下呀是？""是。""咳呀，那就好。"所以到村里的第二天就有人来找立哲看病，我们七手八脚地都做他的帮手和参谋。第一个病人是个老婆儿，发烧、发冷、满脸起红斑。立哲翻完了那本《农村医疗手册》说一声：丹毒。于是大伙儿把从北京带来的抗生素都拿出来，把红糖和肉松也拿出来。老婆儿以为那都是药，慌慌地问："多少价？"大伙儿回答："不要钱。"老婆儿惊诧之间已然发了一身透汗，第一轮药服罢病已好去大半。单是那满脸的红斑经久不消。立哲再去看书，又怀疑是红斑狼疮。这才想起问问病史。老婆儿摸摸脸："你是问这？胎里坐下的嘛。""生下来就有？""噢——嘛！"当然，后来立哲的医道日益精深，名不虚传。

　　说起那时陕北生活的艰辛，后人有可能认为是造谣。"糠菜半年粮"已经靠近了梦想，把菜去掉换一个汤字才是实情。"一分钱掰成两半花"呢，就怕真的掰开倒全要作废，所以才不实行。怎样算一个家呢？一眼窑，进门一条炕，炕头连着锅台，对面一张条案，条案上放两只木箱和几个瓦罐，窑掌里架起一只存粮的囤，便是全部家当。怎样养活一个家呢？男人顶着月亮到山里去，晚上再顶着月亮回来，在青天黄土之间用全部生命去换那每年人均不足三百斤的口粮。民歌里唱"人凭衣裳马凭鞍，婆姨们凭的是男子汉"，其实这除了说明粮食的重要之外不说明其他，婆姨们的苦一点儿不比男人们的轻，白天喂猪、养鸡、做饭，夜晚男人们歇在炕头抽烟，她们要纺线、织布、做衣裳，农活紧了她们也要上山受苦，一家人的用度还是她们半夜里醒来默默地去盘算。民歌里唱"鸡蛋壳壳点灯半炕炕明，酒盅盅量米不嫌哥哥穷"，差不多是真的。好在我们那儿离油矿近，从废弃的油井边掏一点儿黑黑的原油拿回家点灯，又能省下几个钱。民歌唱"出的牛马力，吃的猪狗食"，说是夸张吗？那是因为其时其地的牛马们苦更重，要是换了草原上的牛马，就不好说谁夸张了谁。猪是一家人全年花销的指望，宁可人饿着不能饿了它们，宁可人瘦下去也得把它们养肥，然后卖成钱，买盐，买针线、农具、染布的颜料、娃娃上学要用的书和笔，余下的逐年积累，待娃娃长大知道要婆姨了的时候去派用场。唯独狗可以忽视，所以全村再难找到一头有能力与狼搏斗的狗了。然而，狗仍是最能让人得到温暖的动物，它们饿得昏昏的也还是看重情谊，这自然是值得颂扬的；但它们要是饿紧了偶然偷了一回嘴呢，你看那生性自轻自贱的目光吧——含满了惭愧和自责，这就未必还是好品质。我彻底厌恶"儿不嫌母丑，狗不嫌家贫"的理论。人不是一辈子为了当儿子（或者孙子）的，此其一；人在数十万年前已经超越了所有的动物，此其二；第三，人若不嫌母丑母亲就永远丑下去，要是不嫌家贫闹革命原本是为了什么呢？找遍陕北民歌你找不到"狗不嫌家贫"这样的词句，有的都是人的不屈不息的渴盼，苦难中的别离，煎熬着的深情，大胆到无法无天的爱恋："三天没见哥哥面，大路上行人都问遍。""风尘尘不动树梢梢摆，梦也梦不见你回来。""白格生生蔓菁绿缨缨，大女子养娃娃天生成。""我把哥哥藏在我家，毒死我男人不要害怕。""陕北出了个刘志丹，他带上队伍上横山。""洗了个手来和白面，三哥哥吃了上前线。""想你想得眼发花，土坷垃看成个枣红马。""崖畔上开花崖畔上红，受苦人过得好光景。"所有的希冀都借助自古情歌的旋律自由流淌，在黄褐色的高原上顺天游荡。在山里受苦时，乡亲们爱听我们讲北京的事，听得羡慕但不嫉妒，"哎呀——，哎呀——"地赞叹，便望那望不尽的山川沟壑，产生一些憧憬，说"咱这搭儿啥时也能像了北京似……"接着叹一声："不比当年了嘛，人家倒把咱给忘球喽。"于是继续抡动起七八斤重的老镢，唱一声："六月里黄瓜下了架，巧口口那个说下哄人的话。"再唱一声："噢，噢，噢嗬，噢嗬嗬，噢嗬嗬——！说是了天上没灵儿神，刮风下雨是吼雷儿声，我问你就知情是不知儿情……"

我们刚去的那年是个风调雨顺的丰产年，可是公粮收得紧，前一年闹灾荒欠下的公粮还要补足，结果农民是丰产不丰收，我亲眼见村里几个最本分的汉子一入冬就带着全家出门要饭去了。胆大又有心计的人就搞一点儿"投机倒把"，其实什么投机倒把，无非是把自家舍不得吃的一点儿白面蒸成馍，拿到几十里地外的车站去卖个高价，多换些玉米高粱回来，为此要冒坐大狱的危险。有手艺的人就在冬闲时出门要手艺，木匠、石匠，还有画匠。我还做过几天画匠呢。外头来的那些画匠的技艺实在不宜恭维，我便自告奋勇为乡亲们画木箱。木箱做好，上了大红的漆，漆干了在上面画些花鸟鱼虫，再写几个吉利的字。外来的画匠画一对木箱要十几块钱，我只要主人顶我一天工，外加一顿杂面条条儿。那时候真是馋呀，知青灶上做不成那么好吃的杂面条条儿；山里挖来的小蒜捣烂，再加上一种叫作 Ce Ma（弄不清是哪两个字）的佐料，实在好吃得很。我的画技还算可以，真的，不吹牛。老乡把我画的木箱担到集上卖，都卖了好价钱。画了十几对不能再画了。大家都认为，画一对木箱自家用，算得上是为贫下中农做了好事，但有人把它担到集上去赚钱就不是社会主义。我便再难吃上那热热的香香的杂面条条儿了。

历史总归会记得，那块占老的黄土地上曾经来过一群北京学生，他们在那儿干过一些好事，也助长过一些坏事。比如，我们激烈地反对过小队分红。关家庄占据着全川最好的土地，公社便在此搞大队分红试点，我们想，越小就越要滋生私欲，越大当然就越接近公，一大二公嘛，就越看得见共产主义的明天。谁料这样搞的结果是把关家庄搞成全川最穷的村了。再比如，我们吆三喝四地批斗过那些搞"投机倒把"或出门耍手艺赚钱的人，吓得人家老婆孩子"好你了，好你了"一股劲央告。还有，在"以粮为纲"的激励下，知识青年带头把村里的果树都砍了，种粮食。果树的主人躲在窑里流泪，真仿佛杨白劳再世又撞见了黄世仁。好在几年后我们知道不能再那么干了，我们开始弄懂一些中国的事了。读了些历史也看见了些历史，读了些理论又亲历了些生活，知道再那样干不行。尤其知青的命运和农民们的命运已经连在一起了，这是我们那几届"老插"得天独厚之处，至少开始两年我们差不多绝了回城的望，相信就将在那高原上繁衍子孙了，谁处在这位置谁都会幡然醒悟，那样干是没有活路的。

当然，一有机会我们还是都飞了，飞回城，飞出国，飞得全世界都有。这现象说起来复杂，要想说清其中缘由，怕是得各门类学者合力去写几本大书。

一九八四年我在几位作家朋友的帮助下又回了一趟陕北。因为政策的改善，关家庄的生活比十几年前自然是好多了，不敢说丰衣，钱也还是没有几个，但毕竟足食了。乡亲们迎我到村口，家家都请我去吃饭，吃的都是白面条条儿。我说我想吃杂面条条儿。众人说："哎呀，谁晓得你爱吃那号儿？"但是，农民们还是担心，担心政策变了还不是要受穷？担心连遇灾年还不是要挨饿？陕北，浑浊的黄河两岸，赤裸的黄土高原，仍然是得靠天吃饭。

那年我头一次走了南泥湾。歌里唱她是"陕北的好江南"，我一向认为是艺术夸张，但亲临其地一看，才知道当年写歌词的人都还没学会说假话呢。那儿的山是绿的，水是清的，空气也是湿润的，川地里都种的水稻，汽车开一路，两旁的树丛中有的是野果和草药，随时有野鸡、野鸽子振翅起落。究其所以，盖因那满山遍野林木的作用。深谙历史的人告诉我，几百年前的陕北莽莽苍苍都是原始森林。但是一出南泥湾的地界，无边无际又全是灼目的黄土了。我想，要是当年我们一来就开始种树造林，现在的陕北已是一块富庶之地了。我想要是那样，这高原早已变绿，黄河早已变清了。我想，眼下这条混浊的河流，这片黄色的土地，难道是民族的骄傲吗？其实是罪过，是耻辱。但是见过了南泥湾，心里有了希望：种树吧种树吧种树吧，把当年红卫兵的热情都用来种树吧，让祖国山河一片绿吧！不如此不足使那片贫穷的土地有个根本的变化。

篇幅所限，不能再说了。插队的岁月忘不了，所有的事都忘不了，说起来没有个完。自己为自己盖棺论定是件滑稽的事，历史总归要由后人去评说。再唠叨两句闲话作为结束语吧：要是一罐青格凌凌的麻油洒在了黄土地上，怎么办？别着急，把浸了油的黄土都挖起来，放进锅里重新熬；当年乡亲们的日子就是这么过的。再有，现在流行"侃大山"一语，不知与我们当年的掏地有无关联？掏地就是刨地，是真正抡圆了镢头去把所有僵硬的大山都砍得松软；我们的青春就是这样过的。还有一件值得回味的事，我们十七八岁去插队时，男生和女生互相都不说话，心里骚骚动动的但都不敢说话，远远地望一回或偶尔说上一句半句，浑身热热的但还是不敢说下去；我们就是这样走进了人生的。这些事够后世的年轻人琢磨的，要是他们有兴趣的话。

一九九一年二月十四日

黄土地情歌

我总觉得自己还年轻呢，跟二十几岁的人在一起玩不觉得有什么障碍，偶尔想起自己已经四十岁，倒不免心里一阵疑惑。

某个周末，家里来了几个客人，都是二十出头的小伙子。小伙子们没有辜负好年华，都大学毕了业，并且都在谈恋爱；说起爱情的美妙，毫不避讳，大喊大笑。本该是这样。不知怎么话题一转，说起了插队。可能是他们问我的腿是怎么残废的，我说是插队时生病落下的。他们沉默了一会儿，其中一个说：我爸我妈常给我讲他们插队时候的事。我说：什么什么，你再说一遍？他又说了一遍：我爸我妈，一讲起他们插队时候的事，就没完。

"你爸和你妈，插过队？"

"那还有错儿？"

"在哪儿？"

"山西。晋北。"

"你今年多大了？"

"二十一。知青的第二代，我是老大。"

"你爸你妈他们哪届的？"

"六六届，老高三。今年四十五了。"

不错，回答得挺内行。我暗想：这么说，我们这帮老知青的第二代都到了谈情说爱的年龄？这么说，再有个三五年，我们都可以当爷爷奶奶了？

"你哪年出生？"我愣愣地看他，还是有点儿不信。

"七〇年。"他说，"我爸我妈他们六八年走的，一年后结婚，再一年后生了我。"

我还是愣着，把他从头到脚再看几遍。

"您瞧是不是我不该出生？"他调侃道。

"不不不。"我说。大家笑起来。

不过我心里暗想，他的出生，一定曾使他的父母陷入十分困难的处境。

"你爸你妈怎么给你讲插队的事？"

他不假思索，说有一件事给他印象最深：第一年他爸他妈回北京探亲，在农村干了一年连路费都没挣够，只好一路扒车（扒车，就是坐火车不买票或只买一张站台票，让列车员抓住看你确实没钱，最多也就是把你轰下来）。没钱，可那时年轻，有一副经得起摔打的好身体，住不起旅馆就蹲车站，车上没你的座位你就站着，见查票的来了赶紧往厕所躲，躲不及就又被轰下去，轰下去就轰下去，等一辆车再上，还是一张站台票。归心似箭，就这样一程一程，朝圣般地向京城推进。如此日夜兼程，可是把他爸他妈累着了。有一次扒上一趟车，谢天谢地车上挺空，他爸他妈一人找了一条大椅子纳头便睡。接连几个小站过去，车上的人多了，有人把他爸叫起来，说座位是大家的不能你一个人睡，他爸点点头让人家坐下。再过一会儿，又有人去叫他妈起来。他爸看着心疼。爱情给人智慧，他爸灵机一动，指指他妈对众人说："别理她，疯子。"众人于是退避三舍，听由他妈睡得香甜。

我说他的出生一定曾使他的父母陷入困境，不单是指经济方面，主要是指舆论。二十年前的中国，爱情羞羞答答的常被认为是一种不得不犯的错误；尤其一对知识青年，来到农村的广阔天地尚未大有作为，先谈情说爱，至少会被认为革命意志消沉。革命、进步、大有作为，甚至艰苦奋斗，这些概念与爱情几乎是水火不相容的；革命样板戏里的英雄人物差不多全是独身。那时候，爱情如同一名逃犯，在光明正大的场合无处容身；戏里不许有，书里不许有，歌曲里也不许有。不信你去找，那时的中国的歌曲里绝找不到爱情这个词。以往的歌曲除了《国歌》，外国歌曲除了《国际歌》，一概被指责为"黄色"。所以，我看着我这位年轻的朋友，心里不免佩服他父母当年的勇敢，想到他们的艰难。

但是二十岁上下的人，不谈恋爱尚可做到，不向往爱情则不可能，除非心理有毛病。

当年我们一同去插队的二十个人，大的刚满十八，小的还不到十七。我们从北京乘火车到西安、到铜川，再换汽车到延安，一路上嘻嘻哈哈，感觉就像是去旅游。冷静时想一想未来，浪漫的诗意中也透露几分艰险，但"越是艰险越向前"，大家心里便都踏实些，默默地感受着崇高与豪迈。然后互相勉励："咱们不能消沉。""对对。""咱们不能学坏。""那当然。""咱们不能无所作为。""人的能力有大小，只要……""咱们不能抽烟。""谁抽烟咱们大伙儿抽谁！""更不能谈恋爱，不能结婚。""唏——！"所有人都做出一副轻蔑或厌恶的表情，更为激进者甚至宣称一辈子不做那类庸俗的勾当。但是插队的第二年，我们先取消了"不能抽烟"的戒律。在山里受一天苦，晚上回来常常只能喝上几碗"钱钱饭"，肚子饿，嘴上馋，两毛钱买包烟，够几个人享受两晚上，聊补嘴上的欲望，这是最经济的办法了。但是抽烟不可让那群女生看见，否则让她们看不起。这就有些微妙，既然立志独身，何苦又那么在意异性的评价呢？此一节不及深究，紧跟着又纷纷唱起"黄歌"来。所谓黄歌，无非是《莫斯科郊外的晚上》呀，《喀秋莎》呀，《灯光》《小路》《红河村》，等等。不知是谁弄来一本《外国名歌200首》，大家先被歌词吸引。譬如："一条小路曲曲弯弯细又长，一直通向迷雾的远方，我要沿着这条细长的小路，跟随我的爱人上战场……"譬如："有位年轻的姑娘，送战士去打仗。他们黑夜里告别，在那台阶前。透过淡淡的薄雾，青年看见，在那姑娘的窗前，还闪烁着灯光。"多美的歌词。大家都说好，说一点儿都不黄，说不仅不黄而且很革命。于是学唱。晚上，在昏暗的油灯下认真地学唱，认真的程度不亚于学《毛选》。推开窑门，坐在崖畔，对面是月色中的群山，脚下就是那条清平河，哗哗啦啦日夜不歇。"正当梨花开遍了天涯，河上飘荡柔曼的轻纱，喀秋莎站在那峻峭的岸上，歌声好像明媚的春光。"歌声在大山上撞起回声，顺着清平川漫散得很远。唱一阵，歇下来，大家都感动了，默不作声。感动于什么呢？至少大家唱到"姑娘""爱人"时都不那么自然。意犹未尽，再唱："走过来坐在我的身旁，不要离别得这样匆忙，要记住红河村你的故乡，还有那热爱你的姑娘。"难道这歌也很革命么？管他的！这歌更让人心动。那一刻，要是真有一位姑娘对我们之中的不管谁，表示与那歌词相似的意思，谁都会走过去坐在她的身旁。正如《毛选》中云"民主是主流，反民主的反动只是一股逆流"一样，对二十岁上下的人来说，爱情是主流，反爱情的反动也只是一股逆流。不过这股逆流一时还很强大，仍不敢当着女生唱这些歌，怕被骂作流氓，爱情的主流只在心里涌动。既是主流，就不可阻挡。有几回下工回来，在山路上边走边唱，走过一条沟，翻过一道梁，唱得正忘情，忽然迎头撞上了一个或是几个女生，虽赶忙打住但为时已晚，料必那歌声已进入姑娘的耳朵（但愿不仅仅是耳朵，还有心田）。这可咋办？大家慌一阵，说："没事。"壮自己的胆。说："管她们的！"撑一撑男子汉的面子。"她们听见了吗？""那还能听不见？""她们的脸都红了。""是吗？""当然。""听他胡说呢。""嘿，谁胡说谁不是人！""你看见的？""废话。"这倒是个不坏的消息，是件值得回味的事，让人微微地激动。不管怎么说，这歌声在姑娘那儿有了反映，不管是什么反映吧，总归比仅仅在大山上撞起回声值得考虑。主流毕竟是主流，不久，我们听见女生们也唱起"黄歌"来了："小伙子你为什么忧愁？为什么低着你的头？是谁叫你这样伤心？问他的是那赶车的人……"

想来，人类的一切歌唱大概正就是这样起源。或者说一切艺术都是这样起源。艰苦的生活需要希望，鲜活的生命需要爱情，数不完的日子和数不完的心事，都要诉说。民歌尤其是这样。陕北民歌尤其是这样。"百灵子过河沉不了底，三年两年忘不了你。有朝一日见了面，知心的话儿要拉遍。""蛤蟆口灶火烧干柴，越烧越热离不开。""鸡蛋壳壳点灯半炕炕明，烧酒盅盅量米不嫌哥哥穷。""白脖子鸭儿朝南飞，你是哥哥的勾命鬼。半夜里想起干妹妹，狼吃了哥哥不后悔。"情歌在一切民歌中都占着很大的比例，说到底，爱是根本的希望，爱，这才需要诉说。在山里受苦，熬煎了，老乡们就扯开嗓子唱，不像我们那么偷偷摸摸的。爱嘛，又不是偷。"墙头上跑马还嫌低，面对面睡觉还想你。把住哥哥亲了个嘴，肚子里的疙瘩化成水。"但是反爱情的逆流什么时候都有："大红果子剥皮皮，人家都说我和你，本来咱俩没关系，好人摊上个赖名誉。""不怨我爹来不怨我娘，单怨那媒人×嘴长。""我把这个荷包送与你，知心话儿说与你，哥哎哟，千万你莫说是我绣下的。你就说是十字街上买来的，掏了（么）三两银，哥哎哟，千万你莫说是我绣下的。"不过我们已经说过了，主流毕竟是主流，把主流逼急了是要造反的："你要死哟早早些死，前晌死来后晌我兰花花走。""对面价沟里拔黄蒿，我男人倒叫狼吃了。先吃上身子后吃上脑，倒把老奶奶害除了。""我把哥哥藏在我家，毒死我男人不要害怕。迟来早去是你的人，跌到一起再结婚。"真正是无法无天。但上帝创造生命想必不是根据法，很可能是根据爱；一切逆流便是有法的装饰，也都该被打倒。老乡们真诚而坦率地唱，我们听得骚动，听得心惊，听得沉醉，那情景才用得上"再教育"这三个字呢。我在《插队的故事》那篇小说中说过，陕北民歌中常有些哀婉低回的拖腔，或欢快嘹亮的呐喊，若不是在舞台上而是在大山里，这拖腔或呐喊便可随意短长。比如说《三十里铺》："提起——这家来家有名……"比如《赶牲灵》："走头头的那个骡子儿哟——三盏盏的那个灯……""提起"和"骡子儿哟"之后可以自由地延长，直到你心里满意了为止。根据什么？我看是根据地势，在狭窄的沟壑里要短一些，在开阔的川地里或山顶上就必须长，为了照顾听者的位置吗？可能，更可能是为了满足唱者的感觉，天人合一，这歌声这心灵，都要与天地构成和谐的形式。

民歌的魅力之所以长久不衰，因为它原就是经多少代人锤炼淘汰的结果。民歌之所以流传得广泛，因为它唱的是平常人的平常心。

它从不试图揪过耳朵来把你训斥一顿，更不试图把自己装点得多么白璧无瑕甚至多么光彩夺目，它没有吓人之心，也没有取宠之意，它不想在众人之上，它想在大家中间，因而它一开始就放弃拿腔弄调和自命不凡，它不想博得一时癫狂的喝彩，更不希望在其脚下跪倒一群乞讨恩施的"信徒"，它的意蕴是生命的全息，要在天长地久中去体味。道法自然，民歌以真诚和素朴为美。真诚而素朴的忧愁，真诚而素朴的爱恋，真诚而素朴的希冀与憧憬，变成曲调，贴着山走，沿着水流，顺着天游信着天游；变成唱词，贴着心走沿着心流顺着心游信着心游。

其实，流行歌曲的起源也应该是这样——唱平常人的平常心，唱平常人的那些平常的牵念，喜怒哀乐都是真的、刻骨铭心的、魂牵梦萦的，珍藏的也好，坦率的也好，都是心灵的作为，而不是喉咙的集市。也许是我老了，怎么当前的流行歌曲能打动我的那么少？如果是我老了，以下的话各位就把它随便当成什么风刮过去拉倒。我想，几十几百年前可能也有流行歌曲，有很多也那么旋风似的东南西北地刮过（比如"大跃进"时期的、"文化大革命"时期的），因其不是发源于心因而也就不能留驻于心，早已被人淡忘了。我想，民歌其实就是往昔的流行歌曲之一部分，多少年来一直流传在民间因而后人叫它民歌。我想，经几十甚至几百年而流传至今的所有歌曲，或许当初都算得流行歌曲（不能流行起来也就不会流传下去），它们所以没有随风刮走，那是因为一辈辈人都从中听见自己的心，乃至自己的命。"门前有棵菩提树，站在古井边，我做过无数美梦，在它的绿荫间……""老人河啊，老人河，你知道一切，但总是沉默……"不管是异时的还是异域的，只要是从心里流出来的，就必定能够流进心里去。可惜，在此我只能列举出一些歌词，不能让您听见它的曲调，但是通过这些歌词您或许能够想象到它的曲调，那曲调必定是与市场疏离而与心血紧密的。我听有人说，我们的流行歌曲一直没有找到自己恰当的唱法，港台的学过了，东洋西洋的也都学过了，效果都不好，给人又做偷儿又装阔佬的感觉。于是又有人反其道而行，专门弄土，但那土都不深，扬一把在脑袋上的肯定不是土壤，是浮土要么干脆是灰尘。"我家住在黄土高坡，大风从门前刮过"，虽然"高"和"大"都用上了，听着却还是小气；因为您再听："不管是东南风还是西北风，都是我的歌……"这无异于是声称，他对生活没有什么自己的看法，他没心没肺。真要没心没肺一身的仙风道骨也好，可那时候"风"里恰恰是能刮来钱的，挣钱无罪，可这你就不能再说你对生活没有什么看法了。假是终于要露马脚的。歌唱，原是真诚自由的诉说，若是连歌唱也假模假式起来，人活着可真就绝望。我听有人说起对流行歌曲的不满，多是从技术方面考虑，技术是重要的，我不懂，不敢瞎说。但是单纯的技术观点对歌曲是极不利的，歌么，还是得从心那儿去找它的源头和它的归宿。

写到这儿我怀疑了很久，反省了很久：也许是我错了？我老了？一个人只能唱他自己以为真诚的歌，这是由他的个性和历史所限定的。一个人尽管他虔诚地希望理解所有的人，那也不可能。一代人与一代人的历史是不同的，这是代沟的永恒保障。沟不是坏东西，有山有水就有沟，地球上如果都是那么平展展的，虽然希望那都是良田但事实那很可能全是沙漠。别做暴君式的父辈，让儿女都跟自己一般高（我们曾经做那样可怜的儿女已经做得够够的了）。此文开头说的那位二十一岁的朋友——我们知青的第二代，他喜欢唱什么歌呢？有机会我要问问他。但是他愿意唱什么就让他唱什么吧，世上的紧张空气多是出于瞎操心，由瞎操心再演变为穷干涉。我们的第二代既然也快到了恋爱的季节，我们尤其要注意：任何以自己的观念干涉别人爱情的行为，都只是一股逆流。

一九九一年八月

归去来

我知道，北玲有一桩未了的心愿：回陕北，再看看那片黄土连天的高原。她曾对我说过，当她躺在美国的医院里，刚从那次濒死的大手术中活过来，见窗台上友人们送来很多鲜花，其中有一束很像黄土高原上的山丹丹，想必也是百合类。她说，她熬着伤痛，昏睡，偶尔醒来就看见那束花在阳光里或者月色中开得朴素又鲜活。她知道她患了肝癌。她说，有十几天，也许更久，别的花慢慢凋谢，唯独那束山丹丹一样的花一直不败，她相信此非偶然，必是远方那片黄土地上的精神又来给她信心和帮助。

她说："等我的病见好一点儿，立哲要带我回一趟陕北。"

立哲，北玲的丈夫。就是那个孙立哲——当年的知识青年模范，在窑洞里为农民做手术的赤脚医生。立哲当年的事迹颇具传奇色彩：只上过初中二年级，却在土窑洞里做了上千例手术，小至切除阑尾，大至从腹腔里摘出几十斤重的肿瘤。我可以做证这既非讹传也无夸张。我与立哲中学同学，在陕北插队同住一眼窑洞。他第一次操刀手术，我就在他身旁，是给村里的一个男孩儿割去包皮。此后他的医道日益精深，十年中，在陕北那座小山村里，他内外妇儿各科一身兼顾，治好的病人以数万计。那小山村真名叫关家庄，我曾在一篇小说中叫它作"清平湾"。

最早听说北玲，大约是一九七四年，听说陕北知青中有几个师大女附中的才女正写一部知青题材的小说，才女中就有吴北玲这名字；那时我也正动了写小说的念头，这名字于是记得深刻。第一次见她是在一九七八年，初秋，下着小雨，一个身材颀长的女子跟在立哲身后走进我家。立哲说，她叫吴北玲，也是陕北插队的。我说，噢——我知道。立哲说你怎么知道？我说，早就知道，行么？立哲笑道：行。北玲脱去粉红色的雨披，给我的印象是生气勃勃。其时她已在北大读中文系。立哲说一句"你们俩有的聊"，就去忙着包饺子（他拌的饺子馅天下一流，这一点，几年后在芝加哥得到验证）。我便像模像样地跟北玲谈文学。饺子熟时雨停了。那晚月色极好，我们坐在小院儿里吃饺子，唱辽阔的陕北民歌，又唱久远的少年时的歌，直唱到古今中外。北玲唱的一首古曲至今还在耳边：明月几时有，把酒问青天……立哲说北玲的手风琴也拉得好，北玲说等哪天她要带着琴来为我演奏。我常常不能相信，一个灵魂就会消失，尤其那样一个生气勃勃的灵魂。

此后立哲住在我家养病，陕北十年给了他终身受益的磨炼，同时送给他一份肝炎。北玲在北大待不住，几乎天天往我家跑，当然是因为立哲。那时我初学写作，写了拿给北玲看，不知深浅地占去这痴情人的很多时间；北玲的文学鉴赏力值得信赖。她常常是下午下了课来，很晚才走，每次进得门来，脸上都藏不住一句迫切的话：立哲呢？如果立哲不在，她脸上那句话便不断地响，然后不管立哲在哪儿她就骑上车去找。立哲正在身体上和政治上经历着双重逆境，北玲对他的爱情，唯更深更重。

半年后，立哲以第一名的成绩考取了北二医的研究生，北玲迂回着表露她的骄傲："真不知这小子什么时候念的书，考试前三天还又钓鱼又跳舞呢。"有一天一伙同在陕北插队的朋友碰在一起，有人提醒他们："什么时候结婚呀你们？"立哲算了算，很多插队的朋友碰巧都在北京，便打电话回家："妈，你准备准备，我明天结婚。""精神病！这哪儿来得及？""有什么来不及？陕北这帮人一块吃顿饭就得。"

婚后不久，立哲和北玲相继去了美国，一个学医，一个学比较文学，一去又是十年。他们从美国寄来照片，照片上的北玲依然年轻，朝气蓬勃；立哲却胖起来了，激素的作用，听说他又添了糖尿病。信却少，他们太忙。听说立哲对实验动物过敏，几次因窒息被送进医院，他的导师惋惜再三，也只得同意他转行；之后听说他们开办了"北方饺子公司"，"孙太太的饺子"声誉极好；之后又听说他们创建了"万国图文"和"万通科技"公司，在美国每年注册的这类公司有上万家，三年后仍然存在的只有百分之七，立哲和北玲的公司不仅存在下来，而且还有了三四个子公司。从美国回来的朋友向我描述立哲：一天只睡三四个小时觉，常是一手抓一个电话，脖子上再夹一个，旁边另外的电话铃又响起来。我能看见他令人眼花目眩的匆匆脚步。在我的印象里，他除了下棋和钓鱼，没有坐下来的时候，看着他，就像看一场乒乓球赛，忽此忽彼弄得你脖子酸疼。北玲呢，她的稳重、精细、知人善任，恰恰是立哲的好搭档。令人惊佩的是，与此同时，北玲获取了硕士学位，通过了博士资格考试，并在美国西北大学任教，还担任比较文学学会副会长和《中国比较文学家》杂志主编。

一九八九年，北玲回国探亲，带着出生仅四个月的小女儿，说是想让女儿早些看到中国。小女儿长得很漂亮，睁开眼睛东张西望，不知她对故乡的第一印象如何。我问北玲，把女儿留在中国吗？她说："不，儿子小时候不得不跟我分开，这回我不能再离开女儿，我得做个像样的母亲了。"天色渐晚，我请北玲吃炸酱面，一边听她讲在美国的创业史。先是一边读书一边在饭馆里打工，干最低等的活，一个人负责收拾三四十张餐桌的餐具，一秒钟都不停地跑，可竟连其他国家的打工者都歧视他们，小费都被别人敛去不给他们留一文。立哲还在搬家公司干过，一二百斤的硬木家具扛起来两腿打颤，有一次电梯坏了，但不能违背合同，就一趟趟扛上几层楼，钱却不多挣。后来他们自己办起"饺子公司"，开始时食客们尚不识"孙太太的饺子"，全靠电话征订："要饺子吗？孙太太的饺子物美价廉。"孙先生下了课先去四处采购，回到家熬上排骨汤，抡圆了膀子拌肉馅，配料极有讲究不容半点儿含糊。芝加哥亮起万家灯火，是孙先生和孙太太开始包饺子的时候了，正是不夜城歌舞喧喧之际，他们熬着瞌睡把饺子包得满屋子没地方搁。几百个饺子在凌晨前包好，先生和太太才都躺下睡一会儿。天很快亮了，饺子冻好，包装整齐，孙先生开着破汽车一家一户地送。立哲那辆汽车破到了全芝加哥第一，底盘锈烂了，坐在车里往起一站，身体忽然矮下去，鞋底竟与路面直接摩擦。随后办起了"万国图文公司"，先做名片。"阿拉伯文，贵公司能做吗？"孙先生泰然答道："当然。"北玲便笑。其时他们尚不知阿拉伯文有几个字母呢。但既是"万国图文"就得是"当然能做"，否则信誉何在？两口子埋头一宿，居然摸出门道，一份漂亮的阿拉伯文名片按期交货。业务范围逐渐扩大，设备不够，北玲便于周末在其打工的公司藏下，用人家的设备工作，周六周日昼夜苦干，睡在地板上，立哲探监似的按时来送饭。就这样创业。真难，真苦。北玲说："插队过来的人，什么苦没受过？不怕。"可图的什么呢？北玲半晌不语，笑笑。很可能这是命，是性格，性格就是命运，不能放弃理想的命运。"其实也简单，"她说，"中国人不能总让人瞧不起。"此前立哲已回国一趟，筹备在中国投资办高技术企业。立哲和北玲都屡屡说起美国先进的科学技术，盼望中国不能再落后。我见北玲的脸上有明显的疲倦。她说一年前胃上刚刚切除了一个瘤子，"良性的，没事了"。

可那瘤子半年后竟发展成癌，扩散到肝，已是晚期。立哲痛哭失声，做了多年医生他曾治好过多少病人，如今他知道很可能救不了自己的妻子了。北玲却无比镇定，把一切向立哲做了嘱咐，平静地上了手术台。肝脏切去五分之三，有四十分钟她是处于心跳循环停止的冰冻状态，立哲在手术室外等候，非常可能北玲就此不能醒来。北玲命真硬，又挺过来了，睁开眼，躺在病房里，见那束山丹丹一样的花开得简单、自在、潇洒，阳光下和月光里都仿佛带着遥远的那片故土的声音。

一九九一年秋天，立哲带北玲回国治病。到北京的第二天他们来看我。北玲并不显出多少病容，啃着一根玉米跟在立哲身后走进来，"嘿铁生，我吃了一路煮老玉米，还有烤白薯。"坐下，依旧谈笑风生。那个细雨的早秋初见她时的情景，恍如昨日。她摘去头巾，笑说："瞧瞧我，没样儿啦。"放疗化疗把她的旧发脱光，但又已长出了短短的新发。我不大相信她真的患了绝症，不信她会死，虽然知道谁都会死。那样一个乐观潇洒的灵魂，怎么可能就消失？

北玲住进医院。立哲一面照顾她，四处寻医问药，一面着手在中国创办公司。立哲心里苦，解忧之法是和老同学们聊聊，他有时喟叹人这一生真是短暂，多少事想做还都未及做。但他的喟叹并不导致颓丧，而是推出这样的结论：干吧，得赶紧干了，一辈子其实没多少时间。他说：为自己的祖国干事，感觉到底是不一样，心里有了根。他说：这十年，我是洋累也受了洋福也享了，可是根这东西，离了它心里总是没着落。他说：十年陕北，十年美国，至少我又要回来干十年了。他说：要是干得好，最终我还是要把关家庄的医院重新建起来，建成真正的现代化医院。谈话间，立哲掀开衣襟给自己打一针，是胰岛素，糖尿病还在作怪。我偷问立哲："看样子北玲的病应该还有办法吧？"立哲叹气摇头："除非奇迹。我现在是求签烧香的事都干过了，只要她的病能好。"

　　解忧的另一个办法是工作。立哲先后建立起"美国万通科技有限公司驻北京总代表处""北京万国电脑图文有限公司""金华快印公司"等三四家公司，投资几百万元。那是他和北玲在美国十年拼命挣来的钱呀，真正的血汗钱！我说，你得谨慎，别全赔进去。他说不会。他说刚到美国时还不是身无分文，大不了还那样。我说你的年纪不比当初啦，又有病。他说，守着钱过平安日子，我更得病，不干事本身就是病。常使立哲苦恼的是，"大锅饭"意识已经在很多国人身上成了习惯，处处的办事效率慢得让人不能理解。"知道在美国申办一个公司，要多久批准吗？""三天？""猜。""一天？""再猜。""多久？""吓死你，十分钟！中国的事坏就坏在你怎么都有饭吃。这要是不改，最后大家都饿着。"有一次我问立哲的司机："跟立哲干活累吧？"司机撇撇嘴点点头："不过孙老板比谁都累。"我记起老同学们早就给立哲的评语：此人走到哪儿哪儿不能安闲，总搅起一群人跟着他转。

　　今年春节我们一起过的。爆竹声中，北玲兴致很高，一定也要动手包饺子。那时她必定想着就在北京的父母。但是她不能回家，父亲有心脏病，她患癌症的事还一直没敢告诉父亲。回国后只跟父亲通过两次电话，说自己还在美国，一切都好。父亲出差离京时，她回去住过两天，看看想念已久的家。她希望自己好起来，那时再看父亲。她当然也会想起远在大洋彼岸的一双小儿女。北玲的病床前贴着他们的照片，想他们，天天看。癌变已扩散到全身，最后那段时光她整日整夜地呻吟不止，疼极了有时真觉得熬不住了，但想起孩子，她"真是不想死呀"。把孩子接到身边来吧？她又说："不！"怕给儿女幼小的心灵留下创伤。最后的时刻可能不太久了，立哲还是把孩子接来。女儿三岁，北玲见了她几次就不让她再来，但经常要从电话里听听她的声音。北玲对立哲说："婕妮还不大懂事，别让她对我有太多的印象吧。"儿子捷声八岁，不让他来他会疑心的，他来时北玲戴上假发强作欢颜，问他的琴弹得怎样了，懵懵的八岁的男孩儿便像往日那样弹琴给母亲听，请母亲指导。琴声响起来，十分钟，半小时，一小时……北玲静静地听竟一次也没有呻吟，不知是强忍着，还是儿子的琴声一时驱走了病魔。后来我献给北玲的挽联，上句是：盼见儿女，怕见儿女，捷声婕妮当解慈母意。还有丈夫，北玲知道自己一旦离开，立哲在事业上生活上都会碰到更多的艰难，我几次见她躺在病床上还在为丈夫的身体操心，提醒他按时吃药、打针。听说立哲在国内投资遇到的诸多困阻，看着立哲累死累活地工作，她真有心劝立哲不要干了，好好把儿女带大就行了，但几个公司是她与立哲多年的心血，为吾土吾民做一份贡献是他们一生的共同理想，因此她又不再说什么，很可能是想自己离去时把一切困苦也都带走。我那挽联的下句是：彼岸创业，此岸创业，万国万通凝聚爱国情。我与北玲无话不谈，几次同她说起死，她毫无惧色，说她在那次大手术的四十分钟冰冷状态时已经死过一回了，她说那时她感到自己飘飘然飞进宇宙，"自由自在地飞呀飞呀"，飞过很多很多星球，心神清朗宏阔极了，并且看见了她曾住过的这颗星球……我真的不相信一颗如此博大的爱心会化为乌有，我真是不信北玲的心魂可以消失。我知道她还有一桩未了的心愿：回陕北，再看看那连天的黄土高原，看热烈的山丹丹花在那块古老的土地上蓬勃开放。

立哲和我们几个一起在陕北插队的同学屡次说起，要一块回陕北一趟，坐汽车去，慢慢走，把那青天黄土都看遍。那时北玲的心魂一定也和我们在一起，在我们左右，在我们头顶上，给我们指点，给我们鼓舞，给我们拉着琴唱那深情豪放的民歌……

一九九二年九月一日

散文三篇

/玩具/

我有生的第一个玩具是一只红色的小汽车，不足一拃长，铁皮轧制的外壳非常简单，有几个窗但是没有门，从窗间望见一个惯性轮，把后车轮在地上摩擦便能"嗷嗷——"地跑。我现在还听得见它的声音。我不记得它最终是怎样离开我的了，有时候我设想它现在在哪儿，或者它现在变成了什么存在于何处。

但是我记得它是怎样来的。那天可谓双喜临门，母亲要带我去北海玩，并且说舅舅要给我买那样一只小汽车。母亲给我扣领口上的纽扣时，我记得心里充满庄严；在那之前和在那之后很久，我不知道世上还有比那小汽车更美妙更奢侈的玩具。到了北海门前，东张西望并不见舅舅的影。我提醒母亲：舅舅是不是真的要给我买个小汽车？母亲说："好吧，你站在这儿等着，别动，我一会儿就回来。"母亲就走进旁边的一排老屋。我站在离那排老屋几米远的地方张望，可能就从这时，那排老屋绿色的门窗、红色的梁柱和很高很高的青灰色台阶，走进了我永不磨灭的记忆。独自站了一会儿我忽然醒悟，那是一家商店，可能舅舅早已经在里面给我买小汽车了呢，我便走过去，爬上很高很高的台阶。屋里人很多，到处都是腿，我试图从拥挤的腿之间钻过去靠近柜台，但每一次都失败，刚望见柜台就又被那些腿挤开。那些腿基本上是蓝色的，不长眼睛。我在那些蓝色的旋涡里碰来转去，终于眼前一亮，却发现又站在商店门外了。不见舅舅也不见母亲，我想我还是站到原来的地方去吧，就又爬下很高很高的台阶，远远地望那绿色的门窗和红色的梁柱。一眨眼，母亲不知从哪儿来了，手里托着那只小汽车。我便有生第一次摸到了它，才看清它有几个像模像样的窗但是没有门——对此我一点儿都没失望，只是有过一秒钟的怀疑和随后好几年的设想，设想它应该有怎样一个门才好。我是一个容易惭愧的孩子，抱着那只小汽车觉得不应该只是欢喜。我问："舅舅呢，他怎么还不出来？"母亲愣一下，随我的目光向那商店高高的台阶上张望，然后笑了说："不，舅舅没来。""不是舅舅给我买的吗？""是，舅舅给你买的。""可他没来呀？""他给我钱，让我给你买。"这下我听懂了，我说："是舅舅给的钱，是您给我买的对吗？""对。""那您为什么说是舅舅给我买的呢？""舅舅给的钱，就是舅舅给你买的。"我又糊涂了："可他没来他怎么买呢？"那天在北海的大部分时间，母亲都在给我解释为什么这只小汽车是舅舅给我买的。我听不懂，无论母亲怎样解释我绝不能理解。甚至在以后的好几年中我依然冥顽不化固执己见，每逢有人问到那只小汽车的来历，我坚持说："我妈给我买的。"或者再补充一句："舅舅给的钱，我妈进到那排屋子里去给我买的。"

对，那排屋子：绿色的门窗，红色的柱子，很高很高的青灰色台阶。我永远不会忘。惠特曼的一首诗中有这样一段："有一个孩子逐日向前走去；／他看见最初的东西，他就倾向那东西；／于是那东西就变成了他的一部分，在那一天，或在那一天的某一部分，／或继续了好几年，或好几年结成的伸展着的好几个时代。"正是这样，那排老屋成了我的一部分。很多年后，当母亲和那只小汽车都已离开我，当童年成为无比珍贵的回忆之时，我曾几次想再去看看那排老屋。可是非常奇怪，我找不到它。它孤零且残缺地留在我的印象里，绿色的门窗、红色的梁柱和高高的台阶……但没有方位没有背景周围全是虚空。我不再找它。空间中的那排屋子可能已经拆除，多年来它只作为我的一部分存在于我的时间里。

但是有一天我忽然发现了它。事实上我很多次就从它旁边走过，只是我从没想到那可能就是它。它的台阶是那样矮，以至我从来没把它放在心上。但那天我又去北海，在它跟前偶尔停留，见一个三四岁的孩子往那台阶上爬，他吃力地爬甚至手脚并用，我猛然醒悟，这么多年我竟忘记了一个最简单的逻辑：那台阶并不随着我的长高而长高。这时我才仔细打量它。绿色的门窗，对，红色的柱子和青灰色的台阶，对，是它，理智告诉我那应该就是它。心头一热，无比的往事瞬间涌来。我定定神退后几米，相信退到了当年的位置并像当年那样张望它。但是张望越久它越陌生，眼前的它与记忆中的它相去越远。从这时起，那排屋子一分为二，成为我的两部分，大不相同甚至完全不同的两部分。那么，如果我写它，我应该按照哪一个呢？我开始想：真实是什么。设若几十年后我老态龙钟再来看它，想必它会二分为三成为我生命的三部分。那么真实，尤其说到客观的真实，到底是指什么？

/角色/

在电影里，我见过一排十几个也许二十几个刚出生不久的孩子。产科的婴儿室一尘不染，他们都裹在白色的襁褓里一个紧挨一个排成一排，睡着，风在窗外摇动着老树的枝叶但这个世界尚未惊动他们，他们睡得安稳之极，模样大同小异。

那时我想：曾经与我紧挨着的那两个孩子是谁呢？（据悉我也是在医院里出生的，想必我也有过这样的时刻和这样的一排最初的伙伴儿。）与我一同来到人间的那一排孩子，如今都在做着什么都在怎样生活？当然很难也不必查考。世上的人们都在做着什么，他们也就可能在做着什么；人间需要什么角色，他们也就可能是什么角色。譬如部长，譬如乞丐，譬如工人、农民、教授、诗人，毋庸讳言譬如小人，当然还譬如君子。

可以想见，至少几十上百年内人间的戏剧不会有根本的改动，人间的戏剧一如既往还是需要千差万别的各种角色。那么电影里的那一排孩子将来都可能做什么都可能成为什么角色，也就大致上有了一个安排方案，有了分配的比例。每天每天都有上百万懵懂但是含了欲望的生命来到人间。欲望，不应该受到指责，最简单的理由是：指责，已经是欲望的产物。但是这一排生命简直说这一排欲望，却不可能得到平等的报答。这一排天真无邪稚气可掬的孩子，他们不可能都是爱因斯坦，也不可能都是王小二，不可能全是凡夫俗子也不可能全是巾帼豪杰，这都不要紧，这都不值得伤脑筋，最最令人沮丧的是他们不可能都有幸福的前程，不可能都交好运，同样，也不可能都超凡入圣或见性成佛。即便有九十九个幸福而光荣的位置相应只有一个痛苦或丑陋的位置在前面，在未来等待着这些初来乍到的生命，令人沮丧的局面也毫无改观：谁，应该去扮演那不幸的一个？和，为什么？

我不相信这个问题可能有一个美满的答案。释迦世尊的回答可能是最为精彩的回答，"我不入地狱，谁入地狱"。地藏菩萨也说，"地狱未空，誓不成佛"。但是在他们这样回答之时他们已经超越痛苦步入慈悲安详，在他们这样回答之后他们已经脱离丑陋成了英雄好汉，可问题呢，依旧原封不动地摆在那里未得答案。因为正像总统的位置是有限的，佛与菩萨的名额但愿能稍稍多一点儿而已。

我不再寻找它的答案。尼采说：自从我厌倦了寻找，我便学会了找到。

有一个朋友死了。K，她在命运的迷茫之中猝然赴死。爱她的人说，要是我们早一点儿知道，我们可以使她不死。是的，这是可能的。但是，谁能让亿万命途都是晴空朗照？谁能保障这世上没有人在迷茫中痛不欲生？K这样去死了，或者其实是：有一个人这样去死了，这个人的名字恰恰叫作K。因为产科婴儿室里的那一排初来乍到的可爱的伙伴，都还没有名字。

有一个人双腿瘫痪了。S，他自己不知道为什么就连医生也不知道为什么，但是他再想站起来走一分钟都不可能了。爱他的人说，将来，将来也许会有办法让他重新站起来走。可能的，在不规定期限的将来这是可能的。但是不管多么长久的将来，人间也不可能完全消灭伤病，医学的前途不可能没有新的难题。那么将来的一个身患不治之症的人，对他自己和对爱他的人来说与现在这个S有什么不同呢？现在是将来的过去，现在是过去的将来，将来是将来的现在。产科婴儿室里每天都有一排初来乍到的可爱的伙伴，他们都还没有名字。

有一个人步入歧途。L，也许因为贫穷，也许因为愚昧，也许因为历史的驱使，他犯了罪甚至可能是不可饶恕的罪。爱他的人说：贫穷、愚昧和历史，难道应该由他一个人来负责吗？为什么他不可饶恕？是的，他不可饶恕，因为人类前行要以此标明那是歧途。但是人类还要前行，还要遇到歧途还要标明那是歧途。产科婴儿室里那些初来乍到的可爱的伙伴他们还都没有名字，他们之中的谁，将叫作L？

有一天，不是在电影里也不是在产科婴儿室，我看见一排正在离去或者已经离去的伙伴，一个挨着一个排成一排，安静之极，风在窗外摇动老树的枝叶但世界已不再惊扰他们了。用任何尘世的名字呼唤他们，他们都不应。他们有一个共同的名字：死者。

/姻缘/

一

我在陕北的一处小山村插过队。我写过那地方，叫它作"清平湾"，实际的名称是关家庄。因为村前的河叫清平河，清平河冲流淤积出的一道川叫清平川。清平川蜿蜒百余里，串联起几十个村落。在关家庄上下的几个村子插队的，差不多都是我的同学，曾在同一所中学甚至同一个班级念书。也有例外，男士A不是我的同学但是和我们一起来到清平川插队，他是为了和我的同学男士B插在一处。但是阴差阳错，到了清平川，公社知青办的干部们将我和B等几个同学分配在关家庄，却把A与我的另几个同学安置在另一个村。费几番周折也没能改变命运的意图。这样男士A便在另一个村中与我的同学女士Ｃ相识，在同一个灶上吃饭，在同一块地里干活，从同一眼井中担水，走同一条路去赶集，数年后二人由恋人发展成夫妻，在同一个屋顶下有了同一个家。有一回我跟他们开玩笑说："可记得你们的媒人是谁吗？是Ｂ！"大家愣一下，笑道："不，不是Ｂ，是公社知青办那几位先生。"大家笑罢又有了进一步觉悟，说："不不还是不对，不是Ｂ也不是那几位先生，是伟大领袖毛主席，若非他老人家的战略部署，Ａ和Ｃ何缘相识呢？"思路如此推演开去，疑为Ａ和Ｃ的媒人者纷纭而至呈几何级数增长，且无止境。

二

我难得登高望远。坐轮椅正坐至第二十个年头，尚无终期。

某一日电梯载我升上十几层高楼，临窗俯瞰，见城市喧嚣浩瀚比以前更大得触目惊心，楼堂房舍鳞次栉比也更多彩多姿，纵横交织的街道更宽阔美丽。唯如蚁的人群一如既往地埋头奔走，动机莫测出没无常；熙来攘往擦肩而过，就像互相绕开一棵树或一面墙；忽而也见两三位远远地扑来一处交头接耳，之后又分散融入人流再难辨认；一串汽车首尾相接飞驰向东，当中一辆不知瞬间受了什么引诱，减速出例掉头改道又急驶向西了；飘飘扬扬的一缕红裙，飘飘扬扬地分外醒目，但倏地永远不见了，于原来的地位上顶替以一位推车的老人；老人缓缓地走，推的是一辆婴儿车，车厢里的小孩儿顾自酣甜地睡着……我想，这老人这小孩儿恰是人间亿万命途的象征，来路和去向仍是一贯地神秘。

居高而望这宏大的人间，很可能正像量子力学家们对微观世界的测验和观察吧。书上说："经典力学具有完全确定的性质，即给出力和质量以及初始位置和速度，就能够精确地预言运动客体的未来或过去的性状。但是，在量子力学中，海森伯测不准原理指出微观粒子的位置和动量是不能同时精确测定的；因此牛顿定律不能适用于原子范围。量子力学定律并不描述粒子轨道的细节，它只能给出可能发生的事件及其在不同情况下发生的相对几率。"书上说，后来，物理学家把一切物质都看作具有波粒二象性。我想，人也是这样也具有波粒二象性吧。你每一瞬间都处于一个位置都是一个粒子，但你每时每刻都在运动你的历史正是一条不间断的波，因而你在任何瞬间在任何位置，都一样是命途难测。书上说："物质世界是由同时存在着的无穷大的场构成。"那么人间社会料必也是如此；在几十亿条命运轨道无穷多的交织组合之间，一个人的命运真可谓朝不虑夕了。你能知道你现在正走向什么？你能知道什么命运正向你走来吗？

我坐在十几层高楼的窗前，想起往日的一个男孩儿。那男孩儿七岁时有一次问他的母亲："什么是结婚？"母亲说："一个男人和一个女人，他们想要在一起生活。"七岁的男孩儿于是问父亲："你结婚了吗？"父亲说："如果我是你的父亲，我肯定是结过婚了。"男孩儿迷茫地想了一会儿，说："我不结婚。"母亲笑道："你现在当然不要结，但将来你会结。""为啥？""因为，一般来说，所有的人都要结婚。"为此男孩儿郑重其事地想了一个下午，晚上他又问母亲："那我和谁结婚呢？"母亲说："这现在谁也不知道。不过那个女孩儿可能正在向你走来。"男孩儿于是独自到阳台上去，俯瞰街上埋头奔走的人流，很想辨出那个女孩儿，很想看见她从哪儿走来……

这时我忽然想起问我的妻子："我七岁那年，你在哪儿？"她正读一本书，抬头望了望我，说："下次别再忘了——又过了三年我才出生。"她笑了。可我没笑。"那么那时你的父母，他们在哪儿？""很可能那时，"她一边重新埋下头去一边说，"我的父母还不相识。"

<h2 style="text-align:center">三</h2>

从上海来的一位朋友对我说，夏夜的外滩，情侣的密度当属世界之最。骄阳落去，皎月初升，江风习习吹开熏蒸的溽热之时你瞧吧，沿江的栅栏边，情男恋女伏栏面水倾诉衷肠，一条大队直排出几里，仿佛对黄浦江夹道的欢迎与欢送；一对紧挨一对，一对一对一对一对甚至互相不能留出间隙，一男一女一男一女一男一女，倘忽略每一颗头的扭曲让你猜哪两个是一对，你有百分之五十的可能错点了鸳鸯。我对他的描述略表怀疑。"怎么你不信？"我的这位富于想象力的朋友笑道："这么说吧，要是这时有谁下一道命令，譬如喊一二三，或者吹一声哨，情男恋女们无须移动位置只要一齐转头一百八十度，便可在全新的组合中继续谈情说爱。"

"很可能，"我说，"这样的命令已经下过了。"

"下过了？"这一回轮到他怀疑。

"下过了，但是你没听见。"

"你听见了？"

"我有时感到我听见了。在你去外滩之前，在你去外滩之前很久上帝的哨子已经吹过了，因此你看见了你所看到的情景，你看见了你只能看到的一种组合。"

不久前我读一本书，书上说到洗牌。一局牌（不论是扑克还是麻将）开始，先要洗牌。连续的输家抱怨手气不好，尤其要洗牌，别人洗过了他还不能放心，一定要自己再洗，一面把牌打乱一面心中祈祷好运的来临。那本书的作者说：当然这会改变他的牌运，但是，到底是改变得更好了还是改变得更坏了却永远不能知道。被你洗掉了的种种排列，未及存在就已消逝，上帝只取其中一种与你遭遇。

一九九二年春节

故乡的胡同

北京很大，不敢说就是我的故乡。我的故乡很小，仅北京城之一角，方圆大约二里，东和北曾经是城墙现在是二环路。其余的北京和其余的地球我都陌生。

二里方圆，上百条胡同密如罗网，我在其中活到四十岁。编辑约我写写那些胡同，以为简单，答应了，之后发现这岂非是要写我的全部生命？办不到。但我的心神便又走进那些胡同，看它们一条一条怎样延伸怎样连接，怎样枝枝杈杈地漫展，以及曲曲弯弯地隐没。我才醒悟，不是我曾居于其间，是它们构成了我。密如罗网，每一条胡同都是我的一段历史、一种心绪。

四十年前，一个男孩艰难地越过一道大门槛，惊讶着四下张望，对我来说胡同就在那一刻诞生。很长很长的一条土路，两侧一座座院门排向东西，红而且安静的太阳悬挂西端。男孩看太阳，直看得眼前发黑，闭一会儿眼，然后顽固地再看那太阳。因为我问过奶奶："妈妈是不是就从那太阳里回来？"

奶奶带我走出那条胡同，可能是在另一年。奶奶带我去看病，走过一条又一条胡同，天上地上都是风、被风吹淡的阳光、被风吹得继续的鸽哨声。那家医院就是我的出生地。打完针，号啕之际，奶奶买一串糖葫芦慰劳我，指着医院的一座西洋式小楼说她就是在那儿听见我来了，说那天下着罕见的大雪。

是我不断长大所以胡同不断地漫展呢，还是胡同不断地漫展所以我不断长大？可能是一回事。有一天母亲领我拐进一条更长更窄的胡同，把我送进一个大门，一眨眼母亲不见了，我正要往门外跑时被一个老太太拉住，她很和蔼但是我哭着使劲挣脱她，屋里跑出来一群孩子，笑闹声把我的哭喊淹没。那是我头一回离家在外，那一天很长，墙外磨刀人的喇叭声尤其漫漫。幼儿园是那老太太办的，都说她信教。

几乎每条胡同都有庙。僧人在胡同里静静地走，回到庙去沉沉地唱，那诵经声总让我看见夏夜的星光。睡梦中我还常常被一种清朗的钟声唤醒，以为是午后阳光落地的震响，多年后我才找到它的来源。现在俄国使馆的位置，曾是一座东正教堂，我把那钟声和它联系起来时，它已被推倒。那时，寺庙多也消失或改作他用。

我的第一个校园就是往日的寺庙，庙院里松柏森森。那儿有个可怕的孩子，他有一种至今令我惊诧不解的能力，同学们都怕他，他说他第一跟谁好谁就会受宠若惊，他说他最后跟谁好谁就会忧心忡忡，他说他不跟谁好了谁就像是被判离群的鸟。因为他，我学会了谄媚和防备，看见了孤独。成年以后，我仍能处处见出他的影子。

十八岁我去插队，离开这片故土三年。回来时两腿残废了找不到工作，我常独自摇了轮椅一条条再去走那些胡同。它们几乎没变，只是往日都到哪儿去了很费猜解。在一条胡同里我碰见一群老太太，她们用油漆涂抹着美丽的图画，我说我可以参加吗？我便在那儿拿到平生第一份工资，我们镇日涂抹说笑，对未来抱着过分的希望。

母亲对未来的祈祷，可能比我对未来的希望还要多，她在我们住的院子里种下一棵合欢树。那时我开始写作，开始恋爱，爱情使我的心魂从轮椅里站起来。可是合欢树长大了，母亲却永远离开了我，几年后我的恋人也远去他乡，但那时她们已经把我培育得可以让人放心了。然后我的妻子来了，我把珍贵的以往说给她听，她说因此她也爱恋着我的这块故土。

我单不知，像鸟儿那样飞在不高的空中俯瞰那片密如罗网的胡同，会是怎样的景象？飞在空中而且不惊动下面的人类，看一条条胡同的延伸、连接、枝枝权权地漫展以及曲曲弯弯地隐没，是否就可以看见了命运的构造？

一九九三年十二月

记忆与印象1

关于往日，我能写的，只是我的记忆和印象。我无意追踪史实。我不知道追踪到哪儿才能终于追踪到史实；追踪所及，无不是记忆和印象。有位大物理学家说过："物理学不告诉我们世界是什么，而是告诉我们关于世界我们能够谈论什么。"这话给了我胆量。

/轻轻地走与轻轻地来/

现在我常有这样的感觉：死神就坐在门外的过道里，坐在幽暗处，凡人看不到的地方，一夜一夜耐心地等我。不知什么时候它就会站起来，对我说：嘿，走吧。我想那必是不由分说。但不管是什么时候，我想我大概仍会觉得有些仓促，但不会犹豫，不会拖延。

"轻轻地我走了，正如我轻轻地来"——我说过，徐志摩这句诗未必牵涉生死，但在我看，却是对生死最恰当的态度，作为墓志铭真是再好也没有。

死，从来不是一次性完成的。陈村有一回对我说：人是一点儿一点儿死去的，先是这儿，再是那儿，一步一步终于完成。他说得很平静，我漫不经心地附和，我们都已经活得不那么在意死了。

这就是说，我正在轻轻地走，灵魂正在离开这个残损不堪的躯壳，一步步告别着这个世界。这样的时候，不知别人会怎样想，我则尤其想起轻轻地来的神秘。比如想起清晨、晌午和傍晚变幻的阳光，想起一方蓝天，一个安静的小院，一团扑面而来的柔和的风，风中仿佛从来就有母亲和奶奶轻声的呼唤……不知道别人是否也会像我一样，由衷地惊讶：往日呢？往日的一切都到哪儿去了？

生命的开端最是玄妙，完全的无中生有。好没影儿的忽然你就进入了一种情况，一种情况引出另一种情况，顺理成章天衣无缝，一来二去便连接出一个现实世界。真的很像电影，虚无的银幕上，比如说忽然就有了一个蹲在草丛里玩耍的孩子，太阳照耀他，照耀着远山、近树和草丛中的一条小路。然后孩子玩腻了，沿小路蹒跚地往回走，于是又引出小路尽头的一座房子，门前正在张望他的母亲，埋头于烟斗或报纸的父亲，引出一个家，随后引出一个世界。孩子只是跟随这一系列情况走，有些一闪即逝，有些便成为不可更改的历史，以及不可更改的历史的原因。这样，终于有一天孩子会想起开端的玄妙：无缘无故，正如先哲所言——人是被抛到这个世界上来的。

其实，说"好没影儿的忽然你就进入了一种情况"和"人是被抛到这个世界上来的"，这两句话都有毛病，在"进入情况"之前并没有你，在"被抛到这世界上来"之前也无所谓人。——不过这应该是哲学家的题目。

对我而言，开端，是北京的一个普通四合院。我站在炕上，扶着窗台，透过玻璃看它。屋里有些昏暗，窗外阳光明媚。近处是一排绿油油的榆树矮墙，越过榆树矮墙远处有两棵大枣树，枣树枯黑的枝条镶嵌进蓝天，枣树下是四周静静的窗廊。——与世界最初的相见就是这样，简单，但印象深刻。复杂的世界尚在远方，或者，它就蹲在那安恬的时间四周窃笑，看一个幼稚的生命慢慢睁开眼睛，萌生着欲望。

奶奶和母亲都说过：你就出生在那儿。

其实是出生在离那儿不远的一家医院。生我的时候天降大雪。一天一宿罕见的大雪，路都埋了，奶奶抱着为我准备的铺盖蹚着雪走到医院，走到产房的窗檐下，在那儿站了半宿，天快亮时才听见我轻轻地来了。母亲稍后才看见我来了。奶奶说，母亲为生了那么个丑东西伤心了好久，那时候母亲年轻又漂亮。这件事母亲后来闭口不谈，只说我来的时候"一层黑皮包着骨头"，她这样说的时候已经流露着欣慰，看我渐渐长得像回事了。但这一切都是真的吗？

我蹒跚地走出屋门，走进院子，一个真实的世界才开始提供凭证。太阳晒热的花草的气味，太阳晒热的砖石的气味，阳光在风中舞蹈、流动。青砖铺成的十字甬道连接起四面的房屋，把院子隔成四块均等的土地，两块上面各有一棵枣树，另两块种满了西番莲。西番莲顾自开着硕大的花朵，蜜蜂在层叠的花瓣中间钻进钻出，嗡嗡地开采。蝴蝶悠闲飘逸，飞来飞去，悄无声息仿佛幻影。枣树下落满移动的树影，落满细碎的枣花。青黄的枣花像一层粉，覆盖着地上的青苔，很滑，踩上去要小心。天上，或者是云彩里，有些声音，有些缥缈不知所在的声音——风声？铃声？还是歌声？说不清，很久我都不知道那到底是什么声音，但我一走到那块蓝天下面就听见了他，甚至在褴褓中就已经听见他了。那声音清朗，欢欣，悠悠扬扬，不紧不慢，仿佛是生命固有的召唤，执意要你去注意他，去寻找他、看望他，甚或去投奔他。

我迈过高高的门槛，艰难地走出院门，眼前是一条安静的小街，细长、规整，两三个陌生的身影走过，走向东边的朝阳，走进西边的落日。东边和西边都不知通向哪里，都不知连接着什么，唯那美妙的声音不惊不懈，如风如流……

我永远都能看见那条小街，看见一个孩子站在门前的台阶上眺望。朝阳或是落日弄花了他的眼睛，浮起一群黑色的斑点，他闭上眼睛，有点儿怕，不知所措，很久，再睁开眼睛，啊好了，世界又是一片光明……有两个黑衣的僧人在沿街的房檐下悄然走过……几只蜻蜓平稳地盘桓，翅膀上闪动着光芒……鸽哨声时隐时现，平缓，悠长，渐渐近了，扑棱棱飞过头顶，又渐渐远了，在天边像一团飞舞的纸屑……这是件奇怪的事，我既看见我的眺望，又看见我在眺望。

那些情景如今都到哪儿去了？那时刻，那孩子，那样的心情，惊奇和痴迷的目光，一切往日情景，都到哪儿去了？它们飘进了宇宙，是呀，飘去五十年了。但这是不是说，它们只不过飘离了此时此地，其实它们依然存在？

梦是什么？回忆，是怎么一回事？

倘若在五十光年之外有一架倍数足够大的望远镜，有一个观察点，料必那些情景便依然如故，那条小街，小街上空的鸽群，两个无名的僧人，蜻蜓翅膀上的闪光和那个痴迷的孩子，还有天空中美妙的声音，便一如既往。如果那望远镜以光的速度继续跟随，那个孩子便永远都站在那条小街上，痴迷地眺望。要是那望远镜停下来，停在五十光年之外的某个地方，我的一生就会依次重现，五十年的历史便将从头上演。

真是神奇。很可能，生和死都不过取决于观察，取决于观察的远与近。比如，当一颗距离我们数十万光年的星星实际早已熄灭，它却正在我们的视野里度着它的青年时光。

时间限制了我们，习惯限制了我们，谣言般的舆论让我们陷于实际，让我们在白昼的魔法中闭目塞听不敢妄为。白昼是一种魔法、一种符咒，让僵死的规则畅行无阻，让实际消磨掉神奇。所有的人都在白昼的魔法之下扮演着紧张、呆板的角色，一切言谈举止，一切思绪与梦想，都仿佛被预设的程序所圈定。

因而我盼望夜晚，盼望黑夜，盼望寂静中自由的到来。

甚至盼望站到死中，去看生。

我的躯体早已被固定在床上，固定在轮椅中，但我的心魂常在黑夜出行，脱离开残废的躯壳，脱离白昼的魔法，脱离实际，在尘嚣稍息的夜的世界里游逛，听所有的梦者诉说，看所有放弃了尘世角色的游魂在夜的天空和旷野中揭开另一种戏剧。风，四处游走，串联起夜的消息，从沉睡的窗口到沉睡的窗口，去探望被白昼忽略了的心情。另一种世界，蓬蓬勃勃，夜的声音无比辽阔。是呀，那才是写作啊。至于文学，我说过我跟它好像不大沾边儿，我一心向往的只是这自由的夜行，去到一切心魂的由衷的所在。

/消逝的钟声/

站在台阶上张望那条小街的时候，我大约两岁多。

我记事早。我记事早的一个标记，是斯大林的死。有一天父亲把一个黑色镜框挂在墙上，奶奶抱着我走近看，说：斯大林死了。镜框中是一个陌生的老头儿，突出的特点是胡子都集中在上唇。在奶奶的涿州口音中，"斯"读三声。我心想，既如此还有什么好说，这个"大林"当然是死的呀？我不断重复奶奶的话，把"斯"读成三声，觉得有趣，觉得别人竟然都没有发现这一点可真是奇怪。多年以后我才知道，那是一九五三年，那年我两岁。

终于有一天奶奶领我走下台阶，走向小街的东端。我一直猜想那儿就是地的尽头，世界将在那儿陷落、消失——因为太阳从那儿爬上来的时候，它的背后好像什么也没有。谁料，那儿更像是一个喧闹的世界的开端。那儿交叉着另一条小街，那街上有酒馆，有杂货铺，有油坊、粮店和小吃摊；因为有小吃摊，那儿成为我多年之中最向往的去处。那儿还有从城外走来的骆驼队。"什么呀，奶奶？""啊，骆驼。""干吗呢，它们？""驮煤。""驮到哪儿去呀？""驮进城里。"驼铃一路丁零当啷丁零当啷地响，骆驼的大脚蹬起尘土，昂首挺胸目空一切，七八头骆驼不紧不慢招摇过市，行人和车马都给它让路。我望着骆驼来的方向问："那儿是哪儿？"奶奶说："再往北就出城啦。""出城了是哪儿呀？""是城外。""城外什么样儿？""行了，别问啦！"我很想去看看城外，可奶奶领我朝另一个方向走。我说"不，我想去城外"，我说"奶奶我想去城外看看"，我不走了，蹲在地上不起来。奶奶拉起我往前走，我就哭。"带你去个更好玩儿的地方不好吗？那儿有好些小朋友……"我不听，一路哭。

越走越有些荒疏了，房屋零乱，住户也渐渐稀少。沿一道灰色的砖墙走了好一会儿，进了一个大门。啊，大门里豁然开朗，完全是另一番景象：大片大片寂静的树林，碎石小路蜿蜒其间。满地的败叶在风中滚动，踩上去吱吱作响。麻雀和灰喜鹊在林中草地上蹦蹦跳跳，坦然觅食。我止住哭声。我平生第一次看见了教堂，细密如烟的树枝后面，夕阳正染红了它的尖顶。

我跟着奶奶进了一座拱门，穿过长廊，走进一间宽大的房子。那儿有很多孩子，他们坐在高大的桌子后面只能露出脸。他们在唱歌。一个穿长袍的大胡子老头儿弹响风琴，琴声飘荡，满屋子里的阳光好像也随之飞扬起来。奶奶拉着我退出去，退到门口。唱歌的孩子里面有我的堂兄，他看见了我们但不走来，唯努力地唱歌。那样的琴声和歌声我从未听过，宁静又欢欣，一排排古旧的桌椅、沉暗的墙壁、高阔的屋顶也似都活泼起来，与窗外的晴空和树林连成一气。那一刻的感受我终生难忘，仿佛有一股温柔又强劲的风吹透了我的身体，一下子钻进我的心中。后来奶奶常对别人说："琴声一响，这孩子就傻了似的不哭也不闹了。"我多么羡慕我的堂兄，羡慕所有那些孩子，羡慕那一刻的光线与声音，有形与无形。我呆呆地站着，徒然地睁大眼睛，其实不能听也不能看了，有个懵懂的东西第一次被惊动了——那也许就是灵魂吧。后来的事都记不大清了，好像那个大胡子的老头儿走过来摸了摸我的头，然后光线就暗下去，屋子里的孩子都没有了，再后来我和奶奶又走在那片树林里了，还有我的堂兄。堂兄把一个纸袋撕开，掏出一个彩蛋和几颗糖果，说是幼儿园给的圣诞礼物。

这时候，晚祷的钟声敲响了——唔，就是这声音，就是他！这就是我曾听到过的那种缥缥缈缈响在天空里的声音啊！

"他在哪儿呀，奶奶？"

"什么，你说什么？"

"这声音啊，奶奶，这声音我听见过。"

"钟声吗？啊，就在那钟楼的尖顶下面。"

这时我才知道，我一来到世上就听到的那种声音就是这教堂的钟声，就是从那尖顶下发出的。暮色浓重了，钟楼的尖顶上已经没有了阳光。风过树林，带走了麻雀和灰喜鹊的欢叫。钟声沉稳、悠扬、飘飘荡荡，连接起晚霞与初月，扩展到天的深处，或地的尽头……

不知奶奶那天为什么要带我到那儿去，以及后来为什么再也没去过。

不知何时，天空中的钟声已经停止，并且在这块土地上长久地消逝了。

多年以后我才知道，那教堂和幼儿园在我们去过之后不久便都被拆除了。我想，奶奶当年带我到那儿去，必是想在那幼儿园也给我报个名，但未如愿。

再次听见那样的钟声是在四十年以后了。那年，我和妻子坐了八九个小时飞机，到了地球另一面，到了一座美丽的城市，一走进那座城市我就听见了它。在清洁的空气里，在透彻的阳光中和涌动的海浪上面，在安静的小街，在那座城市的所有地方，随时都听见它在自由地飘荡。我和妻子在那钟声中慢慢地走，认真地听它，我好像一下子回到了童年，整个世界都好像回到了童年。对于故乡，我忽然有了新的理解：人的故乡，并不止于一块特定的土地，而是一种辽阔无比的心情，不受空间和时间的限制；这心情一经唤起，就是你已经回到了故乡。

/我的幼儿园/

五岁，或者六岁，我上了幼儿园。有一天母亲跟奶奶说："这孩子还是得上幼儿园，要不将来上小学会不适应。"说罢她就跑出去打听，看看哪个幼儿园还招生。用奶奶的话说，她从来就这样，想起一出是一出。很快母亲就打听到了一所幼儿园，刚开办不久，离家也近。母亲跟奶奶说时，有句话让我纳闷儿：那是两个老姑娘办的。

母亲带我去报名时天色已晚，幼儿园的大门已闭。母亲敲门时，我从门缝朝里望：一个安静的院子，某一处屋檐下放着两只崭新的木马。两只木马令我心花怒放。母亲问我："想不想来？"我坚定地点头。开门的是个老太太，她把我们引进一间小屋，小屋里还有一个老太太正在做晚饭。小屋里除两张床外，只放得下一张桌子和一个火炉。母亲让我管胖些并且戴眼镜的那个叫孙老师，管另一个瘦些的叫苏老师。

我很久都弄不懂，为什么单把这两个老太太叫老姑娘？我问母亲："奶奶为什么不是老姑娘？"母亲说："没结过婚的女人才是老姑娘，奶奶结过婚。"可我心里并不接受这样的解释。结婚嘛，不过发几块糖给众人吃吃，就能有什么特别的作用吗？在我想来，女人年轻时都是姑娘，老了就都是老太太，怎么会有"老姑娘"这不伦不类的称呼？我又问母亲："你给大伙儿买过糖了吗？"母亲说："为什么？我为什么要给大伙儿买糖？""那你结过婚吗？"母亲大笑，揪揪我的耳朵："我没结过婚就敢有你了吗？"我越发糊涂了，怎么又扯上我了呢？

这幼儿园远不如我的期待。四间北屋甚至还住着一户人家，是房东。南屋空着。只东西两面是教室，教室里除去一块黑板连桌椅也没有，孩子们每天来时都要自带小板凳。小板凳高高低低，二十几个孩子也是高高低低，大的七岁，小的三岁。上课时大的喊小的哭，老师呵斥了这个哄那个，基本乱套。上课则永远是讲故事。"上回讲到哪儿啦？"孩子们齐声回答："大——灰——狼——要——吃——小——山——羊——啦！"通常此刻必有人举手，憋不住尿了，或者其实已经尿完。一个故事断断续续要讲上好几天。"上回讲到哪儿啦？""不——听——话——的——小——山——羊——被——吃——掉——啦！"

下了课一窝蜂都去抢那两只木马，你推我搡，没有谁能真正骑上去。大些的孩子于是发明出另一种游戏，"骑马打仗"：一个背上一个，冲呀杀呀喊声震天，人仰马翻者为败。两个老太太——还是按我的理解叫她们吧——心惊胆战满院子里追着喊："不兴这样，可不兴这样啊，看摔坏了！看把刘奶奶的花踩了！"刘奶奶，即房东，想不通她怎么能容忍在自家院子里办幼儿园。但"骑马打仗"正是热火朝天，这边战火方歇，那边烽烟又起。这本来很好玩，可不知怎么一来，又有了惩罚战俘的规则。落马者仅被视为败军之将岂不太便宜了？所以还要被敲脑蹦儿，或者连人带马归顺敌方。这样就又有了叛徒，以及对叛徒的更为严厉的惩罚。叛徒一旦被捉回，就由两个人押着，倒背双手"游街示众"，一路被人揪头发、拧耳朵。天知道为什么这惩罚竟至比"骑马打仗"本身更具诱惑了，到后来，无须"骑马打仗"，直接就玩起这惩罚的游戏。可谁是被惩罚者呢？便涌现出一两个头领，由他们说了算，他们说谁是叛徒谁就是叛徒，谁是叛徒谁当然就要受到惩罚。于是，人性，在那时就已暴露：为了免遭惩罚，大家纷纷去效忠那一两个头领，阿谀，谄媚，唯比成年人来得直率。可是！可是这游戏要玩下去总是得有被惩罚者呀。可怕的日子终于到了。可怕的日子就像增长着的年龄一样，必然来临。

做叛徒要比做俘虏可怕多了。俘虏尚可表现忠勇，希望未来；叛徒则是彻底无望，忽然间大家都把你抛弃了。五岁或者六岁，我已经见到了人间这一种最无助的处境。这时你唯一的祈祷就是那两个老太太快来吧，快来结束这荒唐的游戏吧。但你终会发现，这惩罚并不随着她们的制止而结束，这惩罚扩散进所有的时间，扩散到所有孩子的脸上和心里。轻轻的然而是严酷的拒斥，像一种季风，细密无声从白昼吹入夜梦，无从逃脱，无处诉告，且不知其由来，直到它忽然转向，如同莫测的天气，莫测的命运，忽然放开你，掉头去捉弄另一个孩子。

我不再想去幼儿园。我害怕早晨，盼望傍晚。我开始装病，开始想尽办法留在家里跟着奶奶，想出种种理由不去幼儿园。直到现在，我一看见那些哭喊着不要去幼儿园的孩子，心里就发抖，设想他们的幼儿园里也有那样可怕的游戏，响晴白日也觉有鬼魅徘徊。

幼儿园实在没给我留下什么美好印象。倒是那两个老太太一直在我的记忆里，一个胖些，一个瘦些，都那么慈祥，都那么忙碌，慌张。她们怕哪个孩子摔了碰了，怕弄坏了房东刘奶奶的花，总是吊着一颗心。但除了这样的怕，我总觉得，在她们心底，在不易觉察的慌张后面，还有另外的怕。另外的怕是什么呢？说不清，但一定更沉重。

长大以后我有时猜想她们的身世。她们可能是表姐妹，也可能只是自幼的好友。她们一定都受过良好的教育——她们都弹得一手好风琴，似可证明。我刚到那幼儿园的时候，就总听她们向孩子们许愿："咱们就要买一架风琴了，幼儿园很快就会有一架风琴了，慢慢儿地幼儿园还会添置很多玩具呢，小朋友们高不高兴呀？""高——兴！"就在我离开那儿之前不久，风琴果然买回来了。两个老太太视之如珍宝，把它轻轻抬进院门，把它上上下下擦得锃亮，把它安放在教室中最醒目的地方，孩子们围在四周屏住呼吸，然后苏老师和孙老师互相推让，然后孩子们等不及了开始喊喊喳喳地乱说，然后孙老师在风琴前庄重地坐下，孩子们的包围圈越收越紧，然后琴声响了孩子们欢呼起来，苏老师微笑着举起一根手指："嘘——嘘——"满屋子里就又都静下来，孩子们忍住惊叹可是忍不住眼睛里的激动……那天不再讲故事，光是听苏老师和孙老师轮流弹琴，唱歌。那时我才发觉她们与一般的老太太确有不同，脸上的每一条皱纹里都涌现着天真。那琴声我现在还能听见。现在，每遇天真纯洁的事物，那琴声便似一缕缕飘来，在我眼前，在我心里，幻现出一片阳光，像那琴键一样地跳动。我想她们必是生长在一个很有文化的家庭。我想她们的父母一定温文尔雅善解人意。她们就在那样的琴声中长大，虽偶有轻风细雨，但总归晴天朗照。这样的女人，年轻时不可能不对爱情抱着神圣的期待，甚至难免极端，不入时俗。她们窃窃描画未来，相互说些脸红心跳的话。所谓未来，主要是一个即将不知从哪儿向她们走来的男人。这个人已在书中显露端倪，在装帧精良的文学名著里面若隐若现。不会是言情小说中的公子哥。可能会是，比如说托尔斯泰笔下的人物。但绝不是渥伦斯基或卡列宁一类。然而，对未来的描画总不能清晰，不断的描画年复一年耗损着她们的青春。用"革命人民"的话说：她们真正是"小布尔乔亚"至极，在那风起云涌的年代里做着与世隔绝的小资产阶级温情梦。大概会是这样。也许就是这样。假定是这样吧，但是忽然！忽然间社会天翻地覆地变化了。那变化具体是怎样侵扰到她们的生活的，很难想象，但估计也不会有什么过于特别的地方，像所有衰败的中产阶级家庭一样，小姐们唯惊恐万状、睁大了眼睛发现必须要过另一种日子了。颠沛流离，投亲靠友，节衣缩食，随波逐流，像在失去了方向的大海上体会着沉浮与炎凉……然后，有一天时局似乎稳定了，不过未来明显已不能再像以往那样任性地描画。以往的描画如同一沓精心保存的旧钞，虽已无用，但一时还舍不得扔掉，独身主义大约就是在那时从无奈走向了坚定。她们都还收藏着一点儿值钱的东西，但全部集中起来也并不很多，算来算去也算不出什么万全之策，唯知未来的生活全系于此。就这样，现实的严峻联合起往日的浪漫，终于灵机一动：办一所幼儿园吧。天真烂漫的孩子就是鼓舞，就是信心和欢乐。幼儿园吗？对，幼儿园！与世无争，安贫乐命，倾余生之全力浇灌并不属于我们的未来，是吗？

两个老姑娘仿佛终于找回了家园，云遮雾罩半个多世纪，她们终于听见了命运慷慨的应许。然后她们租了一处房子，简单粉刷一下，买了两块黑板和一对木马，其余的东西都等以后再说吧，当然是钱的问题……

小学快毕业的时候，我回那幼儿园去看过一回。果然，转椅、滑梯、攀登架都有了，教室里桌椅齐备，孩子也比以前多出几倍。房东刘奶奶家已经迁走。一个年轻女老师在北屋的廊下弹着风琴，孩子们在院子里随着琴声排练节目。一间南屋改作厨房，孩子们可以在幼儿园用餐了。那个年轻女老师问我："你找谁？"我说："苏老师和孙老师呢？""她们呀？已经退休了。"我回家告诉母亲，母亲说哪是什么退休呀，是她们的出身和阶级成分不适合教育工作。后来"文革"开始了，又听说她们都被遣送回原籍。

"文革"进行到无可奈何之时，有一天我在街上碰见孙老师。她的头发有些乱，直着眼睛走路，仍然匆忙、慌张。我叫了她一声，她站住，茫然地看我。我说出我的名字："您不记得我了？"她脸上死了一样，好半天，忽然活过来："啊，是你呀，哎呀哎呀，那回可真是把你给冤枉了呀。"我故作惊讶状："冤枉了？我？"其实我已经知道她指的是什么。"可事后你就不来了。苏老师跟我说，这可真是把那孩子的心伤重了吧？"

那是我临上小学前不久的事。在东屋教室门前，一群孩子往里冲，另一群孩子顶住门不让进，并不为什么，只是一种游戏。我在要冲进来的一群中，使劲推门，忽然门缝把我的手指夹住了，疼极之下我用力一脚把门踹开，不料把一个女孩儿撞得仰面朝天。女孩儿鼻子流血，头上起了个包，不停地哭。苏老师过来哄她，同时罚我的站。我站在窗前看别的孩子们上课，心里委屈，就用蜡笔在糊了白纸的窗棂上乱画，画一个老太太，在旁边注明一个"苏"字。待苏老师发现时，雪白的窗棂已布满一个个老太太和一个个"苏"。苏老师颤抖着嘴唇，只说得出一句话："那可是我和孙老师俩糊了好几天的呀……"此后我就告别了幼儿园，理由是马上就要上小学了，其实呢，我是不敢再见那窗棂。

孙老师并没有太大变化，唯头发白了些，往日的慈祥也都并入慌张。我问："苏老师呢，她好吗？"孙老师抬眼看我的头顶，揣测我的年龄，然后以对一个成年人的语气轻声对我说："我们都结了婚，各人忙各人的家呢。"我以为以我的年龄再问下去不合适，但从此心里常想，那会是怎样的男人和怎样的家呢？譬如说，与她们早年的期待是否相符？与那阳光似的琴声能否和谐？

/二姥姥/

由于幼儿园里的那两个老太太，我总想起另一个女人。不不，她们之间从无来往，她与孙老师和苏老师素不相识。但是在我的印象里，她总是与她们一起出现，仿佛彼此的影子。

这女人，我管她叫"二姥姥"。不知怎么，我一直想写写她。

可是，真要写了，才发现，关于二姥姥我其实知道得很少。她不过在我的童年中一闪而过。我甚至不知道她的名字，母亲在世时我应该问过，但早已忘记。母亲去世后，那个名字就永远地熄灭了；那个名字之下的历史，那个名字之下的愿望，都已消散得无影无踪，如同从不存在。我问过父亲："我叫二姥姥的那个人，叫什么名字？"父亲想了又想，眼睛盯在半空，总好像马上就要找到了，但终于还是没有。我又问舅舅，舅舅忘得同样彻底，唯影影绰绰地听人说过，她死于"文革"期间。舅舅惊讶地看着我："你还能记得她？"

这确实有些奇怪。我与她见面，总共也不会超过十次。我甚至记不得她跟我说过什么，记不得她的声音。她是无声的，黑白的，像一道影子。她穿一件素色旗袍，从幽暗中走出来，迈过一道斜阳，走近我，然后摸摸我的头，理一理我的头发，纤细的手指在我的发间穿插，轻轻地颤抖。仅此而已，其余都已经模糊。直到现在，直到我真要写她了，其实我还不清楚为什么要写她，以及写她的什么。

她不会记得我。我是说，如果她还活着，她肯定也早就把我的名字忘了。但她一定会记得我的母亲。她还可能会记得，我的母亲那时已经有了一个男孩。

母亲带我去看二姥姥，肯定都是我六岁以前的事，或者更早，因为上幼儿园之后我就再没见过她。她很漂亮吗？算不上很，但还是漂亮，举止娴静，从头到脚一尘不染。她住在北京的哪儿我也记不得了，印象里是个简陋的小院，简陋但是清静，什么地方有棵石榴树，飘落着鲜红的花瓣，她住在院子拐角处的一间小屋里。唯近傍晚，阳光才艰难地转进那间小屋，投下一道浅浅的斜阳。她就从那斜阳后面的幽暗中出来，迎着我们。母亲于是说："叫二姥姥，叫呀？"我叫："二姥姥。"她便走到我跟前，摸摸我的头。我看不到她的脸，但我知道她脸上是微笑，微笑后面是惶恐。那惶恐并不是因为我们的到来，从她手上冰凉而沉缓的颤抖中我明白，那惶恐是在更为深隐的地方，或是由于更为悠远的领域。那种颤抖，精致到不能用理智去分辨，唯凭孩子混沌的心可以洞察。

也许，就是这颤抖，让我记住她。也许，关于她，我能够写的也只有这颤抖。这颤抖是一种诉说，如同一个寓言可以伸展进所有幽深的地方，出其不意地令人震撼。这颤抖是一种最为辽阔的声音，譬如夜的流动，毫不停歇。这颤抖，随时间之流拓开一个孩子混沌的心灵，连接起别人的故事，缠绕进丰富的历史，漫漶成种种可能的命运。恐怕就是这样。所以我记住她。未来，在很多令人颤抖的命运旁边，她的影像总是出现，仿佛由众多无声的灵魂所凝聚，由所有被湮灭的心愿所举荐。于是那纤细的手指历经沧桑总在我的发间穿插、颤动，问我这世间的故事都是什么，故事里面都有谁？

二姥姥比母亲大不了几岁。她叫母亲时，叫名字。母亲从不叫她，什么也不叫，说话就说话，避开称谓。母亲不停地跟她说这说那，她简单地应答。母亲走来走去搅乱着那道斜阳，二姥姥仿佛静止在幽暗里，素色的旗袍与幽暗浑成一体，唯苍白的脸表明她在。一动一静，我以此来分辨她们俩。母亲或向她讨教裁剪的技巧，把一块布料在身上比来比去，或在许多彩色的丝线中挑拣，在她的指点下绣花，绣枕头和手帕。有时候她们像在讲什么秘密，目光警惕着我，我走近时母亲的声音就低下去。

好像只有这些。对于二姥姥，我能够描述的就只有这些。她的内心，除了母亲，不大可能还有另外的人知道。但母亲，曾经并不对谁说。

很多年中，我从未想过二姥姥是谁，是我们家的怎样一门亲戚。

有一天，毫无缘由地（也可能是我想到，有好几年母亲没带我去看二姥姥了），我忽然问母亲："二姥姥，她是你的什么人？"母亲似乎猝不及防，一时嗫嚅。我和母亲的目光在离母亲更近的地方碰了一下，我于是看出，我问中了一件非同寻常的事。母亲于是也明白，有些事，不能再躲藏了。

"啊，她是……嗯……"

我不说话，不打断她。

"是你姥爷的……姨太太。你知道，过去……这样的事是有的。"

我和母亲的目光又轻轻地碰了一下，这一回是在离我更近的地方。唔，这就是母亲不再带我去看她的原因吧。

"现在，她呢？"我问。

"不知道。"母亲轻轻地摇头，叹气。

"也许她不愿意我们再去看她。"母亲说，"不过这也好。"

母亲又说："她应该嫁人了。"

我听不出"应该"二字是指必要，还是指可能。我听不出母亲这句话是宽慰还是忧虑。

"文革"中的一天，母亲从外面回来，对父亲说她在公共汽车上好像看见了二姥姥。

"你肯定没看错？"母亲不回答。母亲洗菜，做饭，不时停下来呆想，说："是她，没错儿是她。她肯定也看见我了，可她躲开了。"

父亲沉吟了一会儿，安慰母亲："她是好意，怕连累咱们。"

母亲叹息道："唉，到底谁连累谁呢……"

那么就是说，这之后不久二姥姥就死了。

/一个人形空白/

我没见过我应该叫他"姥爷"的那个人。他死于我出生前的一次"镇反"之中。

小时候我偶尔听见他,听见"姥爷"这个词,觉得这个词后面相应地应该有一个人。"他在哪儿?""他已经死了。"这个词于是相应地有了一个人形的空白。时至今日,这空白中仍填画不出具体的音容举止。因此我听说他就像听说非洲,就像听说海底或宇宙黑洞,甚至就像听说死;他只是一个概念,一团无从接近的虚缈的飘动。

但这虚缈并不是无。就像风,风是什么样子?是树的摇动,云的变幻,帽子被刮跑了,或者眼睛让尘沙迷住……因而,姥爷一直都在。任何事物都因言说而在,不过言说也可以是沉默。那人形的空白中常常就是母亲的沉默,是她躲闪的目光和言谈中的警惕,是奶奶救援似的打岔,或者无奈中父亲的谎言。那人形的空白里必定藏着危险,否则为什么它一出现大家就都变得犹豫、沉闷,甚至惊慌?那危险,莫名但是确凿,童年也已感到了它的威胁,所以我从不多问,听凭童年在那样一种风中长大成中国人的成熟。

但当有一天,母亲郑重地对我讲了姥爷的事,那风还是显得突然与猛烈。

那是我刚刚迈进十五岁的时候,早春的一个午后,母亲说:"太阳多好呀,咱们干吗不出去走走?有件事我想得跟你说了。"母亲这么说的时候我已经猜到,那危险终于要露面了。满天的杨花垂垂挂挂,随风摇荡,果然,在那明媚的阳光中传来了那一声枪响。那枪声沉闷至极。整个谈话的过程中,"姥爷"一词从不出现,母亲只说

"他"，不用解释我听得懂那是指谁。我不问，只是听。或者其实连听也没听，那枪声隐匿多年终于传进这个下午，懵懵懂懂我知道了童年已不可挽留。童年，在这一时刻漂流进一种叫作"历史"的东西里去了，永不复返。

母亲艰难地讲着，我唯默默地走路。母亲一定大感意外：这孩子怎么会这么镇静？我知道她必是这样想，她的目光在我脸上小心地摸索。我们走过几里长的郊区公路，车马稀疏，人声遥远，满天都是杨花，满地都是杨花的尸体。那时候别的花都还没开，田野一片旷然。

随后的若干年里，这个人，偶尔从亲戚们谨慎的叹息中跳出来，在那空白里幽灵似的闪现，犹犹豫豫期期艾艾，更加云遮雾罩面目难清——

"他死的时候还不到五十岁吧？别说他没想到，老家的人谁也没想到……"

"那年他让日本人抓了去，打得死去活来，这下大伙儿才知道他是个抗日的呀……"

"后来听说有人把他救了出去。没人知道去了哪儿。日本投降那年，有人说又看见他了，说他领着队伍进了城。我们跑到街上去看，可不是吗？他骑着高头大马跟几个军官走在队伍前头……"

"老人们早都说过，从小就看他是个人才，上学的时候门门儿功课都第一……可惜啦，他参加的是国民党，这国民党可把给他害了……"

"这个人呀，那可真叫是先知先觉！听说过他在村儿里办幼儿园的事吗？自己筹款弄了几间房，办幼儿园，办夜校，挨家挨户去请人家来上课，孩子们都去学唱歌，大人都得去识字，我还让他叫去给夜校讲过课呢……"

"有个算命的说过，这人就是忒能了，刚愎自用，惹下好些人，就怕日后要遭小人算计……"

"快解放时他的大儿子从外头回来，劝他快走，先到别的地方躲躲，躲过这阵子再说，他不听嘛……他说我又没贪赃枉法欺压百姓，共产党顺天意得民心那好嘛，我让位就是，可是你们记住，谁来了我也不跑。我为什么要跑？"

"后来其实没他什么事了，他去了北京，想着是弃政从商踏踏实实做生意去。可是，据说是他当年的一个属下，给他编造了好些个没影儿的事。唉，做人呀，什么时候也不能太得罪了人……"

"其实，只要躲过了那几天，他不会有什么大事，怎么说也不能有死罪……直到大祸临头他也没想到过他能有死罪……抓他的时候他说：行啊，我有什么罪就服什么刑去。"

…………

　　这里面必定隐匿着一个故事，悲惨的，或者竟是滑稽的故事。但我没有兴致去考证。我不想去调查、去搜集他的行迹。从小我就不敢问这个故事，现在还是不敢——不敢让它成为一个故事。故事有时候是必要的，有时候让人怀疑。故事难免为故事的要求所迫：动人心弦，感人泪下，起伏跌宕，总之它要的是引人入胜。结果呢，它仅仅是一个故事了。一些人真实的困苦变成了另一些人编织的愉快，一个时代的绝望与祈告，变成了另一个时代的潇洒的文字调遣，不能说这不正当，但其间总似拉开着一个巨大的空当，从中走漏了更要紧的东西。

不是更要紧的情节，也不是更要紧的道理，是更要紧的心情。

因此，不敢问，是这个隐匿的故事的要点。

"姥爷"这个词，留下来的不是故事，而是一个隐匿的故事，是我从童年到少年一直到青年的所有惧怕。我记得我从小就蹲在那片虚缈、飘动的人形空白下面，不敢抬头张望。所有童年的游戏里面都有它的阴影，所有的睡梦里都有它的嚣叫。我记得我一懂事便走在它的恐怖之中，少年所有的期待里面都有它在闪动，所有的憧憬中都有它黑色的翅膀在扑打。阳光里总似潜伏着凄哀，晚风中总似飘荡着它的沉郁，飘荡着姥姥的心惊胆战，母亲的噤若寒蝉，奶奶和父亲的顾左右而言他，二姥姥不知所归的颤抖，乃至幼儿园里那两个老太太的慌张……因此，我不敢让它成为一个故事。我怕它一旦成为故事就永远只是一个故事了。而那片虚缈的飘动未必是要求着一个具体的形象，未必是要求着情节，多么悲惨和荒诞的情节都不会有什么新意，它在要求祈祷。多少代人的迷茫与寻觅、仇恨与歧途、年轻与衰老，最终所能要求的都是：祈祷。

有一年我从电视中看见，一个懂得忏悔的人，走到被纳粹杀害的犹太人墓前，双腿下跪，我于是知道忏悔不应当只是一代人的心情。有一年，我又从电视中看见，一个懂得祈祷的人走到二战德国阵亡士兵的墓前默立哀悼，我于是看见了祈祷的全部方向。

姥姥给我留下的记忆很少。姥姥不识字，脚比奶奶的还要小，她一直住在乡下，住在涿州老家。我小的时候母亲偶尔把她接来，她来了便盘腿坐在床上，整天整天地纳鞋底，上鞋帮，缝棉衣和棉被，一边重复着机械的动作一边给我讲些妖魔鬼怪的故事。母亲听见她讲那些故事，便来制止："哎呀，别老讲那些迷信的玩意儿行不行？"姥姥惭愧地笑笑，然后郑重地对我说："你妈说得对，要好好念书，念好书将来做大官。"母亲哭笑不得："哎呀哎呀，我这么说了吗？"姥姥再次抱歉地笑，抬头看四周，看玻璃上的夕阳，看院子里满树盛开的海棠花，再低下头去看手中的针线，把笑和笑中的迷茫都咽回肚里去……

现在我常想，姥姥知不知道二姥姥的存在呢？照理说她应该知道，可在我的记忆里她对此好像没有任何态度，笑骂也无，恨怨也无。也许这正是她的德性，或者正是她的无奈。姥姥的婚姻完全由父母包办，姥爷对她真正是一个空白的人形；她见到姥爷之前姥爷是个不确定的人形；见到姥爷之后，那人形已不可更改。那个空白的人形，有二姥姥可以使之嬉笑怒骂声色俱全。姥姥呢，她的快乐和盼望在哪儿？针针线线她从一个小姑娘长成了女人，吹吹打打那个人形来了，张灯结彩他们拜了堂成了亲，那个人形把她娶下并使她生养了几个孩子，然后呢，却连那人形也不常见，依然是针针线线度着时光。也不知道那人形在外面都干了些什么，忽然一声枪响，她一向空白的世界里唯活生生地跳出了恐怖和屈辱，至死难逃……

母亲呢，则因此没上成大学。那声枪响之后母亲生下了我，其时父亲大学尚未毕业，为了生计母亲去读了一所会计速成学校。母亲的愿望其实很多。我双腿瘫痪后悄悄地学写作，母亲知道了，跟我说，她年轻时的理想也是写作。这样说时，我见她脸上的笑与姥姥当年的一模一样，也是那样惭愧地张望四周，看窗上的夕阳，看院中的老海棠树。但老海棠树已经枯死，枝干上爬满豆蔓，开着单薄的豆花。

母亲说，她中学时的作文总是被老师当作范文给全班同学朗读。母亲说，班上还有个作文写得好的，是个男同学。"前些天咱们看的那个电影，编剧可能就是他。""可能？为什么？""反正那编剧的姓名跟他一字不差。"有一天家里来了个客人，偏巧认识那个编剧，母亲便细细询问：性别、年龄、民族，都对；身材相貌也不与当年那个少年可能的发展相悖。母亲就又急慌慌地问："他的老家呢，是不是涿州？"这一回客人含笑摇头。母亲说："那您有机会给问问……"我喊起来："问什么问！"母亲的意思是想给我找个老师，我的意思是滚他妈的什么老师吧！——那时我刚坐进轮椅，一副受压迫者的病态心理。

有一年作协开会，我从"与会作家名录"上知道了那个人的籍贯：河北涿州。其时母亲已经去世。忽然一个念头撞进我心里：母亲单是想给我找个老师吗？

母亲漂亮，且天性浪漫，那声枪响之后她的很多梦想都随之消散了。然而那枪声却一直都不消散。"文化大革命"如火如荼之时，有一天我去找她，办公室里只她一个人在埋头扒拉算盘。"怎么就您一个？""都去造反了。""不让您去？""别瞎说，是我自己要干的。有人抓革命，也得有人促生产呀！"很久以后我才听懂，这是那声枪响磨砺出的明智——凭母亲的出身，万勿沾惹政治才是平安之策。那天我跟母亲说我要走了，大串联去。"去哪儿？""全国，管它哪儿。"我满腔豪情满怀诗意。母亲给了我十五块钱——十块整的一针一线给我缝在内衣上，五块零钱（一张两元、两张一元和十张一角的）分放在外衣的几个衣兜里。"那我就走了。"我说。母亲抓住我，看着我的眼睛："有些事，我是说咱自己家里的事，懂吗？不一定要跟别人说。"我点点头，豪情和诗意随之消散大半。母亲仍不放手："记住，跟谁也别说，跟你最要好的同学也别说。倒不是要隐瞒什么，只不过……只不过是没那个必要……"

又过了很多年，有人从老家带来一份县志，上面竟有几篇对姥爷的颂扬文字，使那空白的人形有了一点儿确定的形象。文中说到他的抗日功劳，说到他的教育成就，余者不提。那时姥姥和母亲早都不在人间，奶奶和父亲也已去世。那时，大舅从几十年杳无音信之中忽然回来，一头白发，满面沧桑。大舅捧着那县志，半天不说话，唯手和脸簌簌地抖。

/叛逆者/

姥爷还在国民党中做官的时候，大舅已离家出走参加了解放军。不过我猜想，这父子俩除去主义不同，政见各异，彼此肯定是看重的。所以我从未听说过姥爷对大舅的叛逆有多么愤怒。所以，解放前夕大舅也曾跑回老家，劝姥爷出去避一避风头。

姥爷死后，大舅再没回过老家。我记得姥姥坐在床上纳鞋底时常常念叨他，夸他聪明，英俊，性情仁义。母亲也是这样说。母亲说，她和大舅从小就最谈得来。

四五岁时我见过一次大舅。有一天我正在院子里玩，院门外大步流星走来了一个青年军官。他走到我跟前，弯下腰来仔细看我："嘿，你是谁呀？"现在我可以说，他那样子真可谓光彩照人，但当时我找不出这样的形容，唯被他的勃勃英气惊呆在那儿。呆愣了一会儿，我往屋里跑，身后响起他爽朗的大笑。母亲迎出门来，母亲看着他也愣了一会儿，然后就被他搂进臂弯，我记得那一刻母亲忽然变得像个小姑娘了……然后他们一起走进屋里……然后他送给母亲一个漂亮的皮包，米色的，真皮的，母亲喜欢得不得了，以后的几十年里只在最庄重的场合母亲才背上它……再然后是一个星期天，我们一起到中山公园去，在老柏树摇动的浓荫里，大舅和母亲没完没了地走呀，走呀，没完没了地说。我追在他们身后跑，满头大汗，又累又无聊。午饭时我坐在他俩中间，我听见他们在说姥姥，说老家，说着一些往事。最后，母亲说："你就不想回老家去看看？"母亲望着大舅，目光里有些严厉又有些凄哀。大舅不回答。大舅跟我说着笑话，对母亲的问题"哼哼哈哈"不置可否。我说过我记事早。我记得那天春风和煦，柳絮飞扬；我记得那顿午饭空前丰盛，从未见过的美味佳肴，我埋头大吃；我记得，我一直担心着那个空白的人形会闯进来危及这美妙时光，但还好，那天他们没有说起"他"。

那天以后大舅即告消失，几十年音信全无。

一年又一年，母亲越来越多地念起他："也不知道他现在在哪儿？"听得出，母亲已经不再那么怪他了。母亲说他做的是保密工作，研究武器的，身不由己。母亲偶尔回老家去从不带着我，想必也是怕我挨近那片危险——这不会不使她体谅了大舅。为了当年对大舅的严厉，想必母亲是有些后悔。"这么多年，他怎么也不给我来封信呢？"母亲为此黯然神伤。

　　大舅早年的离家出走，据说很有些逃婚的因素，他的婚姻也是由家里包办的。"我姥爷包办的？""不，是你太姥爷的意思。"大舅是长孙，他的婚事太姥爷要亲自安排，这关系到此一家族的辽阔土地能否有一个可靠的未来。这件事谁也别插嘴，姥爷也不行——别看你当着个破官；土地！懂吗？在太姥爷眼里那才是真东西。

　　太姥爷，一个典型的中国地主。中国的地主并非都像"黄世仁"。在我浅淡的记忆里，太姥爷须发全白，枯瘦，步履蹒跚，衣着破旧而且邋遢。因为那时他已是一无所有了吧？也不是。母亲说："他从来就那样，有几千亩地的时候也是那样。出门赶集，见路边的一泡牛粪他也要兜在衣襟里捡回来，抖落到自家地里。"他只看重一种东西：地。"周扒皮"那样的地主一定会让他笑话，你把长工都得罪了就不怕人家糟蹋你的地？就不怕你的地里长不出好庄稼？太姥爷比"周扒皮"有远见，对长工们从不怠慢。既不敢怠慢，又舍不得给人家吃好的，于是长工们吃什么他也就跟着一起吃什么，甚至长工们剩下的东西他也要再利用一遍，以自家之肠胃将其酿成自家地里的肥。"同吃同住同劳动"一类的倡导看来并不是什么新发明。太姥爷守望着他的地，盼望年年都能收获很多粮食。很多粮食卖出很多钱，很多钱再买下很多地，很多地里再长出很多粮食……如此循环再循环，到底为了什么他不问。他梦想着有更多的土地姓他的姓，但是为什么呢？天经地义，他从未想过这里面还会有个"为什么"。而他自己呢？最风光的时候，也不过一个坐在自己的土地中央的邋里邋遢的瘦老头。

　　这才是中国地主的典型形象吧。我的爷爷、太爷、老太爷，乃至老老太爷都是地主，据说无一例外莫不如此，一脑袋高粱花子，中着土地的魔。但再往上数，到老老老太爷，到老老老老……太爷，总归有一站曾经是穷人，穷得叮当响，从什么什么地方逃荒到了此地，然后如何如何克勤克俭，慢慢富足起来——这也是中国地主所常有的、牢记于心的家史。

不过，在我的记忆里，这瘦老头对我倒是格外亲切，我的要求他一概满足，我的一切非分之想他都容忍，甚至我的一蹦一跳都让他牵肠挂肚。每逢年节，他从老家来北京看我（母亲说过，他主要是想看看我），带来乡下的土产，带来一些小饰物给我挂在脖子上，带来特意在城里买的点心，一点儿一点儿地掰着给我吃……他双臂颤巍巍地围拢我，不敢抱紧又不敢放松，好像一不留神我就会化作一缕青烟飞散。想必是因为他的长子已然夭折，他的长孙又远走他乡，而他的晚辈中我是唯一还不懂得与他划清界限的男人。而这个小男人，以其孩子特有的敏锐早已觉察到，他可以对这个老头颐指气使为所欲为。我在他怀中又踢又打胡作非为，要是母亲来制止，我只需加倍喊叫，母亲就只好躲到一边去忍气吞声。我要是高兴将将这老头的胡须，或漫不经心地叫他一声"太姥爷"，他便会眉开眼笑得到最大的满足。但是我不能满足他总想亲亲我的企图——他那么瘦，又那么邋遢。

大舅抗婚不成，便住到学校去不回家。暑假到了，不得不回家了，据说大舅回到家就一个人抱着铺盖睡到屋顶上去。我想姥爷一定是同情他的，但爱莫能助。我想大舅母一定只有悄然落泪，或许比她的婆婆多了一些觉醒，果真这样也就比她的婆婆更多了一层折磨。太姥爷呢，必定是大发雷霆。我想象不出，那样一个瘦老头何以会有如此威严，竟至姥爷和大舅也都只好俯首听命。大舅必是忍无可忍，于是下决心离家出走，与这个封建之家一刀两断……

那大约已是四十年代中期的事，共产主义的烽火正以燎原之势遍及全国。

天下大同，那其实是人类最为悠久的梦想，唯于其时其地这梦想已不满足于仅仅是梦想，从祈祷变为实际（另一种说法是"由空想变成科学"），风展红旗如画，统一思想统一步伐奔向被许诺为必将实现的人间天堂。

四十多年过去，大舅回来了，出现在我面前的是一个白发驼背的老人。记得第一次见到他时，他弯下腰来问我："嘿，你是谁？"那时我刚来到人间不久。现在轮到我问他了：你是谁？我确实在心里这样问着：你就是那个光彩照人的青年军官吗？我慢慢看他，寻找当年的踪影。但是，那个大步流星的大舅已随时间走失，换成一个步履迟缓的陌生人回来了。我们互相通报了身份，然后一起吃饭，喝茶，在陌生中寻找往日的亲情。我说起那个春天，说起在中山公园的那顿午餐，他睁大眼睛问我："那时有你吗？"我说："我跟在你们后头跑，只记得到处飘着柳絮，是哪一年可记不清了。"终于，不可避免地我们说到了母亲，大舅的泪水夺眶而出，泣不成声。他要我把母亲的照片拿给他，这愿望想必已在他心里存了很久，只不敢轻易触动。他捧着母亲的照片，对我的表妹说："看看姑姑有多漂亮，我没瞎说吧？"

这么多年他都在哪儿，都是怎么过来的？母亲若在世，一定是要这样问的。我想还是不问吧。他也只说了一句，但这一句却是我怎么也没料到的——"这些年，在外边，我净受欺负了。"是呀是呀，真正是回家的感觉，但这里面必有很多为猜想所不及的、由分分秒秒所构筑的实际内容。

那四十多年，要是我愿意我是可以去问个究竟的，他现在住得离我并不太远。但我宁愿保留住猜想。这也许是因为，描摹实际并不是写作的根本希冀。

他早已退休，现在整天都在家里，从早到晚侍候着患老年痴呆症的舅母。还是当年的那个舅母，那个为他流泪多年的人。他离家时不过二十出头吧，走了很多年，走了很多地方，想必也走过很多情感，很多的希望与失望都不知留在了哪儿，最后，就像命中注定，他还是回到了这个舅母身边。回来时两个人都已是暮年。回来时，舅母的神志已渐渐离开这个世界，执意越走越远，不再醒来。他守候在她身边，侍候她饮食起居，侍候她沐浴更衣，搀扶她去散步，但舅母呆滞的目光里再也没有春秋寒暑，再也没有忧喜悲欢，太阳在那儿升起又在那儿降落，那双眼睛看一切都是寻常，仿佛什么也不想再说。大舅昼夜伴其左右，寸步不离，她含混的言语只有他能听懂……

这或可写成一个感人泪下的浪漫故事。但只有在他们真确的心魂之外，才可能制作"感人"与"浪漫"。否则便不会浪漫。否则仍然没有浪漫，仍然是分分秒秒构筑的实际。而浪漫，或曾有过，但最终仍归于沉默。

我有一种希望，希望那四十多年中大舅曾经浪漫，曾经有过哪怕是短暂的浪漫时光。我希望那样的时光并未被时间磨尽，并未被现实湮灭，并未被"不可能"夺其美丽。我不知道是谁，曾使他夜不能寐，曾使他朝思暮想心醉神痴，使他接近过他离家出走时的向往，使那个风流倜傥的青年军官梦想成真，哪怕只在片刻之间……我希望他曾经这样，我希望不管现实如何或实际怎样，梦想，仍然还在这个人的心里，"不可能"唯消损着实际，并不能泯灭人的另一种存在。我愿意在舅母沉睡时，他独自去拒马河寂静的长堤上漫步，心里不仅祈祷着现实，而因那美丽的浪漫并未死去，也祈祷着未来，祈祷着永远。

/老家/

常要在各种表格上填写籍贯，有时候我写北京，有时候写河北涿州，完全即兴。写北京，因为我生在北京长在北京，大约死也不会死到别处去了。写涿州，则因为我从小被告知那是我的老家，我的父母及祖上若干辈人都曾在那儿生活。查词典，"籍贯"一词的解释是：祖居或个人出生地。——我的即兴碰巧不错。

可是这个被称为老家的地方，我是直到四十六岁的春天才第一次见到它。此前只是不断地听见它。从奶奶的叹息中，从父母对它的思念和恐惧中，从姥姥和一些亲戚偶尔带来的消息里面，以及从对一条梦幻般的河流——拒马河——的想象中，听见它。但从未见过它，连照片也没有。奶奶说，曾有过几张在老家的照片，可惜都在我懂事之前就销毁了。

四十六岁的春天，我去亲眼证实了它的存在；我跟父亲、伯父和叔叔一起，坐了几小时汽车到了老家。涿州——我有点儿不敢这样叫它。涿州太具体，太实际，因而太陌生。而老家在我的印象里一向虚虚幻幻，更多的是一种情绪，一种声音，甚或一种光线、一种气息，与一个实际的地点相距太远。我想我不妨就叫它Z州吧，一个非地理意义的所在，更适合连接起一个延续了四十六年的传说。

然而它果真是一个实实在在的地方，有残断的城墙，有一对接近坍圮的古塔，市中心一堆蒿草丛生的黄土据说是当年钟鼓楼的遗址，当然也有崭新的酒店、餐馆、商厦，满街的人群，满街的阳光、尘土和叫卖。城区的格局与旧北京城近似，只是缩小些，简单些。中心大街的路口耸立着一座仿古牌楼（也许确凿是个古迹，唯因旅游事业而修葺一新），匾额上五个大字：天下第一州。中国的"天下第一"着实不少，这一回又不知是以什么为序。

我们几乎走遍了城中所有的街巷。父亲、伯父和叔叔一路指指点点感慨万千：这儿是什么，那儿是什么，此一家商号过去是什么样子，彼一座宅院曾经属于一户怎样的人家，某一座寺庙当年如何如何香火旺盛，庙会上卖风筝，卖兔爷，卖莲蓬，卖糖人儿、面茶、老豆腐……庙后那条小街曾经多么僻静呀，风传有鬼魅出没，天黑了一个人不敢去走……城北的大石桥呢？哦，还在还在，倒还是老样子，小时候上学放学他们天天都要从那桥上过，桥旁垂柳依依，桥下流水潺潺，当初可是Z州一处著名的景观啊……咱们的小学校呢？在哪儿？那座大楼吗？哎哎，真可是今非昔比啦……

我听见老家在慢慢地扩展，向着尘封的记忆深入，不断推新出陈。往日，像个昏睡的老人慢慢苏醒，欷歔叹惋之间渐渐生气勃勃起来。历史因此令人怀疑。循着不同的情感，历史原来并不确定。

一路上我想，那么文学所求的真实是什么呢？历史难免是一部御制经典，文学要弥补它，所以看重的是那些沉默的心魂。历史惯以时间为序，勾画空间中的真实，艺术不满足于这样的简化，所以去看这人间戏剧深处的复杂，在被普遍所遗漏的地方去询问独具的心流。我于是想起西川的诗：

> 我打开一本书／一个灵魂就苏醒／……／我阅读一个家族的预言／我看到的痛苦并不比痛苦更多／历史仅记录少数人的丰功伟绩／其他人说话汇合为沉默

我的老家便是这样。Z州，一向都在沉默中。但沉默的深处悲欢俱在，无比生动。那是因为，沉默着的并不就是普遍，而独具的心流恰是被一个普遍读本简化成了沉默。

汽车缓缓行驶，接近史家旧居时，父亲、伯父和叔叔一声不响，唯睁大眼睛望着窗外。史家的旧宅错错落落几乎铺开一条街，但都久失修整，残破不堪。"这儿是六叔家。""这儿是二姑家。""这儿是七爷爷和七奶奶。""那边呢？噢，五舅曾在那儿住过。"……简短的低语，轻得像是怕惊动了什么，以至那一座座院落也似毫无生气，一片死寂。

汽车终于停下，停在了"我们家"的门口。

但他们都不下车，只坐在车里看，看斑驳的院门，看门两边的石墩，看屋檐上摇动的枯草，看屋脊上露出的树梢……伯父首先声明他不想进去："这样看看，我说就行了。"父亲于是附和："我说也是，看看就走吧。"我说："大老远来了，就为看看这房檐上的草吗？"伯父说："你知道这儿现在住的谁？""管他住的谁！""你知道人家会怎么想？人家要是问咱们来干吗，咱们怎么说？""胡汉三又回来了呗！"我说。他们笑笑，笑得依然谨慎。伯父和父亲执意留在汽车上，叔叔推着我进了院门。院子里没人，屋门也都锁着，两棵枣树尚未发芽，疙疙瘩瘩的枝条与屋檐碰撞发出轻响。叔叔指着两间耳房对我说："你爸和你妈，当年就在这两间屋里结的婚。""你看见的？""当然我看见的。那天史家的人去接你妈，我跟着去了。那时我十三四岁，你妈坐上花轿，我就跟在后头一路跑，直跑回家……"我仔细打量那两间老屋，心想，说不定，我就是从这儿进入人间的。

从那院子里出来，见父亲和伯父在街上来来回回地走，向一个个院门里望，紧张，又似抱着期待。街上没人，处处都安静得近乎怪诞。"走吗？""走吧。"虽是这样说，但他们仍四处张望。"要不就再歇会儿？""不啦，走吧。"这时候街的那边出现一个人，慢慢朝这边走。他们便都往路旁靠一靠，看着那个人，看他一步步走近，看他走过面前，又看着他一步步走远。不认识。这个人他们不认识。这个人太年轻了他们不可能认识，也许这个人的父亲或者爷爷他们认识。起风了，风吹动屋檐上的荒草，吹动屋檐下的三顶白发。已经走远的那个人还在回头张望，他必是想：这几个老人站在那儿等什么？

离开 Z 州城，仿佛离开了一个牵魂索命的地方，父亲和伯父都似吐了一口气：想见她，又怕见她，哎，Z 州啊！老家，只是为了这样的想念和这样的恐惧吗？

汽车断断续续地挨着拒马河走，气氛轻松些了。父亲说："顺着这条河走，就到你母亲的家了。"叔叔说："这条河也通着你奶奶的家。"伯父说:"哎,你奶奶呀,一辈子就是羡慕别人能出去上学、读书。不是你奶奶一再坚持,我们几个能上得了大学?"几个人都点头,又都沉默。似乎这老家,永远是要为她沉默的。我在《奶奶的星星》里写过,我小时候,奶奶每晚都在灯下念着一本扫盲课本,总是把《国歌》一课中的"吼声"错念成"孔声"。我记得,奶奶总是羡慕母亲,说她赶上了新时代,又上过学,又能到外面去工作……

拒马河在太阳下面闪闪发光。他们说这河以前要宽阔得多,水也比现在深,浪也比现在大。他们说,以前,这一块平原差不多都靠着这条河。他们说,那时候,在河湾水浅的地方,随时你都能摸上一条大鲤鱼来。他们说,那时候这河里有的是鱼虾、螃蟹、莲藕、鸡头米,苇子长得比人高,密不透风,五月节包粽子,米泡好了再去劈粽叶也来得及……

母亲的家在Z州城外的张村。那村子真是大,汽车从村东到村西开了差不多一刻钟。拒马河从村边流过,我们挨近一座石桥停下。这情景让我想起小时候读过的一课书:拒马河,靠山坡,弯弯曲曲绕村过……

父亲说:"就是这桥。"我们走上桥,父亲说:"看看吧,那就是你母亲以前住过的房子。"

高高的土坡上,一排陈旧的瓦房,围了一圈简陋的黄土矮墙,夕阳下尤其显得寂寞,黯然,甚至颓唐。那矮墙,父亲说原先没有,原先可不是这样,原先是一道青砖的围墙,原先还有一座漂亮的门楼,门前有两棵老槐树,母亲经常就坐在那槐树下读书……

这回我们一起走进那院子。院子里堆着柴草,堆着木料、灰沙,大约这老房是想换换模样了。主人不在家,只一群鸡"咕咕"地叫。

叔叔说："就是这间屋。你爸就是从这儿把你妈娶走的。"

"真的？"

"问他呀。"

父亲避开我的目光，不说话，满脸通红，转身走开。我不敢再说什么。我知道那不是因为别的，是因为不能忘记的痛苦。母亲去世十年后的那个清明节，我和妹妹曾跟随父亲一起去给母亲扫墓，但是母亲的墓已经不见，那时父亲就是这样的表情，满脸通红，一言不发，东一头西一头地疾走，满山遍野地找寻着一棵红枫树，母亲就葬在那棵树旁。我曾写过：母亲离开得太突然，且只有四十九岁，那时我们三个都被这突来的噩运吓傻了，十年中谁也不敢提起母亲一个字，不敢说她，不敢想她，连她的照片也收起来不敢看……直到十年后，那个清明节，我们不约而同地说起该去看看母亲的坟了；不约而同——可见谁也没有忘记，一刻都没有忘记……

我看着母亲出嫁前住的那间小屋，不由得有一个问题：那时候我在哪儿？那时候是不是已经注定，四十多年后她的儿子才会来看望这间小屋，来这儿想象母亲当年出嫁的情景？一九四八年，母亲十九岁，未来其实都已经写好了，站在我四十六岁的地方看，母亲的一生已在那一阵喜庆的唢呐声中一字一句地写好了，不可更改。那唢呐声，沿着时间，沿着阳光和季节，一路风尘雨雪，传到今天才听出它的哀惋和苍凉。可是，十九岁的母亲听见了什么？十九岁的新娘有着怎样的梦想？十九岁的少女走出这个院子的时候，历史与她何干？她提着婚礼服的裙裾，走出屋门，有没有再看看这个院落？她小心或者急切地走出这间小屋，走过这条甬道，转过这个墙角，迈过这道门槛，然后驻足，抬眼望去，她看见了什么？啊，拒马河！拒马河上绿柳如烟，雾霭飘荡，未来就藏在那一片浩渺的苍茫中……我循着母亲出嫁的路，走出院子，走向河岸，拒马河悲喜不惊，必像四十多年前一样，翻动着浪花，平稳浩荡奔其前程……

我坐在河边，想着母亲曾经就在这儿玩耍，就在这儿长大，也许她就攀过那棵树，也许她就戏过那片水，也许她就躺在这片草丛中想象未来，然后，她离开了这儿，走进了那个喧嚣的北京城，走进了一团说不清的历史。我转动轮椅，在河边慢慢走，想着：从那个坐在老槐树下读书的少女，到她的儿子终于来看望这座残破的宅院，这中间发生了多少事呀。我望着这条两端不见头的河，想：那顶花轿顺着这河岸走，锣鼓声渐渐远了，唢呐声或许伴母亲一路，那一段漫长的时间里她是怎样的心情？一个人，离开故土，离开童年和少年的梦境，大约都是一样——就像我去串联、去插队的时候一样，顾不上别的，单被前途的神秘所吸引，在那神秘中描画幸福与浪漫……

如今我常猜想母亲的感情经历。父亲憨厚老实到完全缺乏浪漫，母亲可是天生的多情多梦，她有没有过另外的想法？从那绿柳如烟的河岸上走来的第一个男人，是不是父亲？在那雾霭苍茫的河岸上执意不去的最后一个男人，是不是父亲？甚至，在那绵长的唢呐声中，有没有一个立于河岸一直眺望着母亲的花轿渐行渐杳的男人？还有，随后的若干年中，她对她的爱情是否满意？我所能做的唯一见证是：母亲对父亲的缺乏浪漫常常哭笑不得，甚至叹气连声，但这个男人的诚实、厚道，让她信赖终生。

母亲去世时，我坐在轮椅里连一条谋生的路还没找到，妹妹才十三岁，父亲一个人担起了这个家。二十年，这二十年母亲在天国一定什么都看见了。二十年后一切都好了，那个冬天，一夜之间，父亲就离开了我们。他仿佛终于完成了母亲的托付，终于熬过了他不能不熬的痛苦、操劳和孤独，然后急着去找母亲了——既然她在这尘世间连坟墓都没有留下。

老家，Z州，张村，拒马河……这一片传说或这一片梦境，常让我想：倘那河岸上第一个走来的男人，或那河岸上执意不去的最后一个男人，都不是我的父亲，倘那个立于河岸一直眺望着母亲的花轿渐行渐杳的男人成了我的父亲，我还是我吗？当然，我只能是我，但却是另一个我了。这样看，我的由来是否过于偶然？任何人的由来是否都太偶然？都偶然，还有什么偶然可言？我必然是这一个。每个人都必然是这一个。所有的人都是一样，从老家久远的历史中抽取一个点，一条线索，作为开端。这开端，就像那绵绵不断的唢呐声，难免会引出母亲一样的坎坷与苦难，但必须到达父亲一样的煎熬与责任，这正是命运要你接受的"想念与恐惧"吧。

/庙的回忆/

据说，过去北京城内的每一条胡同都有庙，或大或小总有一座。这或许有夸张成分。但慢慢回想，我住过以及我熟悉的胡同里，确实都有庙或庙的遗迹。

在我出生的那条胡同里，与我家院门斜对着，曾经就是一座小庙。我见到它时它已改作油坊，庙门、庙院尚无大变，唯走了僧人，常有马车运来大包大包的花生、芝麻，院子里终日磨声隆隆，呛人的油脂味经久不散。推磨的驴们轮换着在门前的空地上休息，打滚儿，大惊小怪地喊叫。

从那条胡同一直往东的另一条胡同中，有一座大些的庙，香火犹存。或者是庵，记不得名字了，只记得奶奶说过那里面没有男人。那是奶奶常领我去的地方，庙院很大，松柏森然。夏天的傍晚不管多么燠热难熬，一走进那庙院立刻就觉清凉，我和奶奶并排坐在庙堂的石阶上，享受晚风和月光，看星星一颗一颗亮起来。僧尼们并不驱赶俗众，更不收门票，见了我们唯领首微笑，然后静静地不知走到哪里去了，有如晚风掀动松柏的脂香似有若无。庙堂中常有法事，钟鼓声、铙钹声、木鱼声，噌噌吰吰，那音乐让人心中犹豫。诵经声如无字的伴歌，好像黑夜的愁叹，好像被灼烤了一白天的土地终于得以舒展便油然飘缭起的雾霭。奶奶一动不动地听，但鼓励我去看看。我迟疑着走近门边，只向门缝中望了一眼，立刻跑开。那一眼印象极为深刻。现在想，大约任何声音、光线、形状、姿态，乃至温度和气息，都在人的心底有着先天的响应，因而很多事可以不懂但能够知道，说不清楚，却永远记住。那大约就是形式的力量。气氛或者情绪，整体地袭来，它们大于言说，它们进入了言不可及之域，以至一个五六岁的孩子本能地审视而不单是看见。我跑回到奶奶身旁，出于本能，我知道了那是另一种地方，或是通向着另一种地方；比如说树林中穿流的雾霭，全是游魂。奶奶听得入神，摇撼她她也不觉，她正从那音乐和诵唱中回想生命，眺望那另一种地方吧。我的年龄无可回想，无以眺望，另一种地方对一个初来的生命是严重的威胁。我钻进奶奶的怀里不敢看，不敢听也不敢想，唯觉幽冥之气弥漫，月光也似冷暗了。这个孩子生而怯懦，禀性愚顽，想必正是他要来这人间的缘由。

上小学的那一年，我们搬了家，原因是若干条街道联合起来成立了人民公社，公社机关看中了我们原来住的那个院子以及相邻的两个院子，于是他们搬进来我们搬出去。我记得这件事进行得十分匆忙，上午一通知下午就搬，街道干部打电话把各家的主要劳力都从单位里叫回家，从中午一直搬到深夜。这事很让我兴奋，所有要搬走的孩子都很兴奋，不用去上学了，很可能明天和后天也不用上学了，而且我们一齐搬走，搬走之后仍然住在一起。我们跳上运家具的卡车奔赴新家，觉得正有一些动人的事情在发生，有些新鲜的东西正等着我们。可惜路程不远，完全谈不上什么经历新家就到了。不过微微的失望转瞬即逝，我们冲进院子，在所有的屋子里都风似的刮一遍，以主人的身份接管了它们。从未来的角度看，这院子远不如我们原来的院子，但新鲜是主要的，新鲜与孩子天生有缘，新鲜在那样的季节里统统都被推崇，我们才不管院子是否比原来的小或房子是否比原来的破，立刻在横倒竖歪的家具中间捉迷藏，疯跑疯叫，把所有的房门都打开然后关上，把所有的电灯都关上然后打开，爬到树上去然后跳下来，被忙乱的人群撞倒然后自己爬起来，为每一个新发现激动不已，然后看看其实也没什么……最后集体在某一个角落里睡熟，睡得不省人事，叫也叫不应。那时母亲正在外地出差，来不及通知她，几天后她回来时发现家已经变成了公社机关，她在那门前站了很久才有人来向她解释，大意是：不要紧放心吧，搬走的都是好同志，住在哪儿和不住在哪儿都一样是革命需要。

新家所在之地叫"观音寺胡同"，顾名思义那儿也有一座庙。那庙不能算小，但早已破败，久失看管。庙门不翼而飞，院子里枯藤老树荒草藏人。侧殿空空。正殿里尚存几尊泥像，彩饰斑驳，站立两旁的护法天神怒目圆睁但已赤手空拳，兵器早不知被谁夺下扔在地上。我和几个同龄的孩子便捡起那兵器，挥舞着，在大殿中跳上跳下杀进杀出，模仿俗世的战争，朝残圮的泥胎劈砍，向草丛中冲锋，披荆斩棘草叶横飞，大有堂吉诃德之神采，然后给寂寞的老树"施肥"，擦屁股纸贴在墙上……做尽亵渎神灵的恶事然后鸟儿一样在夕光中回家。很长一段时间那儿都是我们的乐园，放了学不回家先要到那儿去，那儿有发现不完的秘密，草丛中有死猫，老树上有鸟窝，幽暗的殿顶上据说有蛇和黄鼬，但始终未得一见。有时是为了一本小人书，租期紧，大家轮不过来，就一齐跑到那庙里去看，一个人捧着大家围在四周，大家都说看好了才翻页。谁看得慢了，大家就骂他笨，其实都还识不得几个字，主要是看画，看画自然也有笨与不笨之分。或者是为了抄作业，有几个笨主儿作业老是不会，就抄别人的，庙里安全，老师和家长都看不见。佛嘛，心中无佛什么事都敢干。抄者撅着屁股在菩萨眼皮底下紧抄，被抄者则乘机大肆炫耀其优越感，说一句"我的时间不多你要抄就快点儿"，然后故意放大轻松与快乐，去捉蚂蚱、逮蜻蜓，大喊大叫地弹球儿、扇三角，急得抄者流汗，撅起的屁股有节奏地颠，嘴中念念有词，不时扭起头来喊一句："等我会儿嘿！"其实谁也知道，没法等。还有一回专门是为了比赛胆儿大。"晚上谁敢到那庙里去？""这有什么，嘁！""有什么？有鬼，你敢去吗？""废话！我早都去过了。""牛×！""嘿，你要不信嘿……今儿晚上就去你敢不敢？""去就去有什么呀，喊！""行，谁不去谁孙子敢不敢？""行，几点？""九点。""就怕那会儿我妈不让我出来。""哎哟喂，不敢就说不敢！""行，九点就九点！"那天晚上我们真的到那庙里去了一回，有人拿了个手电筒，还有人带了把水果刀好歹算一件武器。我们走进庙门时还是满天星斗，不一会儿天却阴上来，而且起了风。我们在侧殿的台阶上蹲着，挤成一堆儿，不敢动也不敢大声说话，荒草摇摇，老树沙沙，月亮在云中一跳一跳地走。有人说想回家去撒泡尿。有人说撒尿你就到那边撒去呗。有人说别的倒也不怕，就怕是要下雨了。有人说下雨也不怕，就怕一下雨家里人该着急了。有人说一下雨蛇先出来，然后指不定还有什么呢。那个想撒尿的开始发抖，说不光想撒尿这会儿又想屙屎，可惜没带纸。这样，大家渐渐都有了便意，说憋屎憋尿是要生病的，有个人老是憋屎憋尿后来就变成了罗锅儿。大家惊诧道：是吗？那就不如都回家上厕所吧。可是第二天，那个最先要上厕所的成了唯一要上厕所的，大家都埋怨他，说要不是他我们还会在那儿待很久，说不定就能捉到蛇，甚至可能看看鬼。

有一天，那庙院里忽然出现了很多暗红色的粉末，一堆堆像小山似的，不知道是什么，也想不通到底何用。那粉末又干又轻，一脚踩上去噗的一声到处飞扬，而且从此鞋就变成暗红色再也别想洗干净。又过了几天，庙里来了一些人，整天在那暗红色的粉末里折腾，于是一个个都变成暗红色不说，庙墙和台阶也都变成暗红色，荒草和老树也都变成暗红色，那粉末随风而走或顺水而流，不久，半条胡同都变成了暗红色。随后，庙门前挂出了一块招牌：有色金属加工厂。从此游戏的地方没有了，蛇和鬼不知迁徙何方，荒草被锄净，老树被伐倒，只剩下一团暗红色漫天漫地逐日壮大。再后来，庙堂也拆了，庙墙也拆了，盖起了一座轰轰烈烈的大厂房。那条胡同也改了名字，以后出生的人会以为那儿从来就没有过庙。

我的小学，校园本也是一座庙，准确说是一座大庙的一部分。大庙叫柏林寺，里面有很多合抱粗的柏树。有风的时候，老柏树浓密而深沉的响声一浪一浪，传遍校园，传进教室，使吵闹的孩子也不由得安静下来，使琅琅的读书声时而飞扬时而沉落，使得上课和下课的铃声飘忽而悠扬。

摇铃的老头，据说曾经就是这庙中的和尚，庙既改作学校，他便还俗做了这儿的看门人，看门兼而摇铃。老头极和蔼，随你怎样摸他的红鼻头和光脑袋他都不恼，看见你不快活他甚至会低下头来给你，说：想摸摸吗？孩子们都愿意到传达室去玩，挤在他的床上，挤得密不透风，没大没小地跟他说笑。上课或下课的时间到了，他摇起铜铃，不紧不慢地在所有的窗廊下走过，目不旁顾，一路都不改变姿势。叮当叮当——叮当叮当——铃声在风中飘摇，在校园里回荡，在阳光里漫散开去，在所有孩子的心中留下难以磨灭的记忆。那铃声，上课时摇得紧张，下课时摇得舒畅，但无论紧张还是舒畅都比后来的电铃有味道，浪漫，多情，仿佛知道你的惧怕和盼望。

但有一天那铃声忽然消失，摇铃的老人也不见了，听说是回他的农村老家去了。为什么呢？据说是因为他仍在悄悄地烧香念佛，而一个崭新的时代应该是无神论的时代。孩子们再走进校门时，看见那铜铃还在窗前，但物是人非，传达室里端坐着一名严厉的老太太，老太太可不让孩子们在她的办公重地胡闹。上课和下课，老太太只在按钮上轻轻一点，电铃于是"哇——哇——"地叫，不分青红皂白，把整个校园都吓得要昏过去。在那近乎残酷的声音里，孩子们懂得了怀念：以往的铃声，它到哪儿去了？唯有一点是确定的，它随着记忆走进了未来。在它飘逝多年之后，在梦中，我常常又听见它，听见它的飘忽与悠扬，看见那摇铃老人沉着的步伐，在他一无改变的面容中惊醒。那铃声中是否早已埋藏下未来，早已知道了以后的事情呢？

　　多年以后，我二十一岁，插队回来，找不到工作，等了很久还是找不到，就进了一个街道生产组。我在另外的文章里写过，几间老屋尘灰满面，我在那儿一干七年，在仿古的家具上画些花鸟鱼虫、山水人物，每月所得可以糊口。那生产组就在柏林寺的南墙外。其时，柏林寺已改作北京图书馆的一处书库。我和几个同是待业的小兄弟常常就在那面红墙下干活儿。老屋里昏暗而且无聊，我们就到外面去，一边干活一边观望街景，看来来往往的各色人等，时间似乎就轻快了许多。早晨，上班去的人们骑着车，车后架上夹着饭盒，一路吹着口哨，按响车铃，单那姿态就令人羡慕。上班的人流过后，零零散散地有一些人向柏林寺的大门走来，多半提个皮包，进门时亮一亮证件，也不管守门人看不看得清楚便大步朝里面去，那气派更是让人不由得仰望了。并非什么人都可以到那儿去借书和查阅资料的，小 D 说得是教授或者局级才行。"你知道？""废话！"小 D 重感觉不重证据。小 D 比我小几岁，因为小儿麻痹症一条腿比另一条腿短了三公分，中学一毕业就到了这个生产组；很多招工单位也是重感觉不重证据，小 D 其实什么都能干。我们从早到晚坐在那面庙墙下，眼观六路耳听八方，不用看表也不用看太阳便知此刻何时。一辆串街的杂货车，"油盐酱醋花椒大料洗衣粉"一路喊过来，是上午九点。收买废品的三轮车来时,大约十点。磨剪子磨刀的老头总是星期三到,瞄准生产组旁边的一家小饭馆,"磨剪子来嘿——抢菜刀——"声音十分洪亮;大家都说他真是糟蹋了,干吗不去唱戏?下午三点,必有一群幼儿园的孩子出现,一个牵定一个的衣襟,咿咿呀呀地唱着,以为不经意走进的这个人间将会多么美好,鲜艳的衣裳彩虹一样地闪烁,再彩虹一样地消失。四五点钟,常有一辆囚车从我们面前开过,离柏林寺不远有一座著名的监狱,据说专门收容小偷。有个叫小德子的,十七八岁没爹没妈,跟我们一起在生产组干过。这小子能吃,有一回生产组不知惹了什么麻烦要请人吃饭,吃客们走后,折箩足足一脸盆,小德子买了一瓶啤酒,坐在火炉前稀里呼噜只用了半小时脸盆就见了底。但是有一天小德子忽然失踪,生产组的大妈大婶们四处打听,才知那小子在外面行窃被逮住了。以后的很多天,我们加倍地注意天黑前那辆囚车,看看里面有没有他;囚车呼啸而过,大家一齐喊"小德子!小德子!"小德子还有一个月工资未及领取。

那时,我仍然没头没脑地相信,最好还是要有一份正式工作,倘能进一家全民所有制单位,一生便有了倚靠。母亲陪我一起去劳动局申请。我记得那地方廊回路转的,庭院深深,大约曾经也是一座庙。什么申请呀简直就像去赔礼道歉,一进门母亲先就满脸堆笑,战战兢兢,然后不管抓住一个什么人,就把她的儿子介绍一遍,保证说这一个坐在轮椅上的孩子其实仍可胜任很多种工作。那些人自然是满口官腔,母亲跑了前院跑后院,从这屋被支使到那屋。我那时年轻气盛,没那么多好听的话献给他们。最后出来一位负责同志,有理有据地给了我们回答:"慢慢再等一等吧,全须全尾儿的我们这还分配不过来呢！"此后我不再去找他们了。再也不去。但是母亲，直到她去世前还在一趟一趟地往那儿跑，去之前什么都不说，疲惫地回来时再向她愤怒的儿子赔不是。我便也不再说什么，但我知道她还会去的，她会在两个星期内重新积累起足够的希望。

我在一篇名为《合欢树》的散文中写过，母亲就是在去为我找工作的路上，在一棵大树下，挖回了一棵含羞草；以为是含羞草，越长越大，其实是一棵合欢树。

大约一九七九年夏天，某一日，我们正坐在那庙墙下吃午饭，不知从哪儿忽然走来了两个缁衣落发的和尚，一老一少仿佛飘然而至。"哟？"大家停止吞咽，目光一齐追随他们。他们边走边谈，眉目清朗，步履轻捷，謦笑之间好像周围的一切都变得空阔甚至是虚拟了。或许是我们的紧张被他们发现，走过我们面前时他们特意地颔首微笑。这一下，让我想起了久违的童年。然后，仍然是那样，他们悄然地走远，像多年以前一样不知走到哪里去了。

"不是柏林寺要恢复了吧？"

"没听说呀？"

"不会。那得多大动静呀咱能不知道？"

"八成是北边的净土寺，那儿的房子早就翻修呢。"

"没错儿，净土寺！"小D说，"前天我瞧见那儿的庙门油漆一新我还说这是要干吗呢。"

大家愣愣地朝北边望。侧耳听时，也并没有什么特殊的声音传来。这时我才忽然想到，庙，已经消失了这么多年了。消失了，或者封闭了，连同那可以眺望的另一种地方。

在我的印象里，就是从那一刻起，一个时代结束了。

　　傍晚，我独自摇着轮椅去找那小庙。我并不明确为什么要去找它，也许只是为了找回童年的某种感觉？总之，我忽然想念起庙，想念起庙堂的屋檐、石阶、门廊，月夜下庙院的幽静与空荒，香缕细细地飘升，然后破碎。我想念起庙的形式。我由衷地想念那令人犹豫的音乐，也许是那样的犹豫，终于符合了我的已经不太年轻的生命。然而，其实，我并不是多么喜欢那样的音乐。那音乐，想一想也依然令人压抑、惶恐、胆战心惊。但以我已经走过的岁月，我不由得回想，不由得眺望，不由得从那音乐的压力之中听见另一种存在了。我并不喜欢它，譬如不能像喜欢生一样地喜欢死。但是要有它。人的心中，先天就埋藏了对它的响应。响应，什么样的响应呢？在我（这个生性愚顽的孩子！）那永远不会是成就圆满的欣喜，恰恰相反，是残缺明确地显露。眺望越是美好，越是看见自己的丑弱，越是无边，越看到限制。神在何处？以我的愚顽，怎么也想象不出一个无苦无忧的极乐之地。设若确有那样的极乐之地，设若有福的人果真到了那里，然后呢？我总是这样想：然后再往哪儿去呢？心如死水还是再有什么心愿？无论再往哪儿去吧，都说明此地并非圆满。丑弱的人和圆满的神之间，是信者永远的路。这样，我听见，那犹豫的音乐是提醒着一件事：此岸永远是残缺的，否则彼岸就要坍塌。这大约就是佛之慈悲的那一个"悲"字吧。"慈"呢，便是在这一条无尽无休的路上行走，所要有的持念。

　　没有了庙的时代结束了。紧跟着，另一个时代到来了，风风火火。北京城内外的一些有名的寺庙相继修葺一新，重新开放。但那更像是寺庙变成公园的开始，人们到那儿去多是游览，于是要收门票，票价不菲。香火重新旺盛起来，但是有些异样。人们大把大把地烧香，整簇整簇的香投入香炉，火光熊熊，烟气熏蒸，人们衷心地跪拜，祈求升迁，祈求福寿，消灾避难，财运亨通……倘今生难为，可于来世兑现，总之祈求佛祖全面的优待。庙，消失多年，回来时已经是一个极为现实的地方了，再没有什么犹豫。

一九九六年春天，我坐了八九个小时飞机，到了很远的地方，地球另一面，一座美丽的城市。一天傍晚，会议结束，我和妻子在街上走，一阵钟声把我们引进了一座小教堂（庙）。那儿有很多教堂，清澈的阳光里总能听见飘扬的钟声。那钟声让我想起小时候我家附近有一座教堂，我站在院子里，最多两岁，刚刚从虚无中睁开眼睛，尚未见到外面的世界先就听见了它的声音，清朗、悠远、沉稳，仿佛响自天上。此钟声是否彼钟声？当然，我知道，中间隔了八千公里并四十几年。我和妻子走进那小教堂，在那儿拍照，大声说笑，东张西望，毫不吝惜地按动快门……这时，我看见一个中年女人独自坐在一个角落，默默地望着前方耶稣的雕像。（后来，在洗印出来的照片中，在我和妻子身后，我又看见了她）她的眉间似有些愁苦，但双手放松地摊开在膝头，心情又似非常宁静，对我们的喧哗一无觉察，或者是我们的喧哗一点儿也不能搅扰她吧。我心里忽然颤抖——那一瞬间，我以为我看见了我的母亲。

我一直有着一个凄苦的梦，隔一段时间就会在我的黑夜里重复一回：母亲，她并没有死，她只是深深地失望了，对我，或者尤其对这个世界，完全地失望了，困苦的灵魂无处诉告，无以支持，因而她走了，离开我们到很远的地方去了，不再回来。在梦中，我绝望地哭喊，心里怨她："我理解你的失望，我理解你的离开，但你总要捎个信儿来呀，你不知道我们会牵挂你不知道我们是多么想念你吗？"但就连这样的话也无从说给她，只知道她在很远的地方，并不知道她到底在哪儿。这个梦一再地走进我的黑夜，驱之不去，我便在醒来时、在白日的梦里为它作一个续：母亲，她的灵魂并未消散，她在幽冥之中注视我并保佑了我多年，直等到我的眺望已在幽冥中与她汇合，她才放了心，重新投生别处，投生在一个灵魂有所诉告的地方了。

我希望，我把这个梦写出来，我的黑夜从此也有了皈依了。

/九层大楼/

四十多年前，在北京城的东北角，挨近城墙拐弯的地方，建起了一座红色的九层大楼。如今城墙都没了，那座大楼倒是还在。九层，早已不足为奇，几十层的公寓、饭店现在也比比皆是。崇山峻岭般的楼群中间，真是岁月无情，那座大楼已经显得单薄、丑陋、老态龙钟，很难想象它也曾雄踞傲视、辉煌一时。我记得是一九五九年，我正上小学二年级，它就像一片朝霞轰然升起在天边，矗立在四周黑压压望不到边的矮房之中，明朗，灿烂，神采飞扬。

在它尚未破土动工之时，老师就在课堂上给我们描画它了：那里面真正是"楼上楼下电灯电话"，有煤气，有暖气，有电梯；住进那里的人，都不用自己做饭了，下了班就到食堂去，想吃什么吃什么；那儿有俱乐部，休息的时候人们可以去下棋、打牌、锻炼身体；还有放映厅，天天晚上有电影，随便看；还有图书馆、公共浴室、医疗站、小卖部……总之，那楼里就是一个社会，一个理想社会的缩影或者样板，那儿的人们不分彼此，同是一个大家庭，可以说他们差不多已经进入了共产主义。慢慢地，那儿的人连钱都不要挣了。为什么？没用了呗。你们想想看，饿了你就到食堂去吃，冷了自有人给你做好了衣裳送来，所有的生活用品也都是这样——你需要是吗？那好，伸伸手，拿就是了。甭担心谁会多拿。请问你多拿了干吗用？卖去？拿还拿不过来呢，哪个傻瓜肯买你的？到那时候，每个人只要做好自己的一份工作就行了，别的事您就甭操心了，国家都给你想到了，比你自己想得还周到呢。你们想想，钱还有什么用？擦屁股都嫌硬！是呀是呀，咱们都生在了好时代，咱们都要住进那样的大楼里去。从现在起，那样的大楼就会一座接一座不停地盖起来，而且更高、更大、更加雄伟壮丽。对我们这些幸运的人来说，那样的生活已经不远了，那样的日子就在眼前……老师眉飞色舞地讲，多余的唾沫堆积在嘴角。我们则瞪圆了眼睛听，精彩处不由得鼓掌，由衷地庆贺，心说我们怎么来得这么是时候？

我和几个同学便常爬到城墙上去看，朝即将竖立起那座大楼的方向张望。

城墙残破不堪，有时塌方，听说塌下来的城砖和黄土砸死过人，家长坚决禁止我们到那儿去。可我们还是偷偷地去，不光是想早点儿看看那座大楼，主要是去玩。城墙千疮百孔，不知是人挖的还是雨水冲的，有好些洞，有的洞挺大，钻进去，黑咕隆咚地爬，一会儿竟然到了城墙顶，到了一些意想不到的地方。那儿荒草没人，洞口自然十分隐蔽，大家于是都想起了地道战，说日本鬼子要是再来，把丫的引到这儿，"乒！乒乒——"怎么样？

　　九层大楼的工地上，发动机日夜轰鸣，塔吊的长臂徐徐转动，指挥的哨声"嘟嘟"地响个不停。我们坐在草丛边看，猜想哪儿是俱乐部，哪儿是图书馆，哪儿是餐厅……记不得是谁说起了公共浴室，说在那儿洗澡，男的和女的一块儿洗。"别神了你！谁说的？""废话，公共浴室你懂不懂？""公共浴室怎么了，公共浴室就是澡堂子，你丫去没去过澡堂子？""哎哟哎哟你懂啊？公共浴室是公共浴室，澡堂子是澡堂子！""我不比你懂？澡堂子就是公共浴室！""那干吗不叫澡堂子，偏要叫公共浴室？"这一问令对方发蒙。大家也都沉思一会儿，想象着，真要是那样不分男女一块儿洗会是怎样一种场面。想了一会儿，想不出什么名堂，大家就又趴进草丛，看那工地上的推土机很像鬼子的坦克，便"乒乒乓乓"地朝那儿开枪。开了好一阵子，煞是无聊，便有人说那些"坦克"其实早他娘的完蛋了，兄弟们冲啊！于是冲锋，呐喊着冲下城墙，冲向那片工地。

　　在工地前沿，看守工地的老头把我们拦住："嘿嘿！哪儿来的这么一群倒霉孩子？都他妈给我站住！"只好都站住。地道战和日本鬼子之类都撇在脑后，这下我们可得问问那座大楼了：它什么时候建成啊？里面真的有俱乐部有放映厅吗？真的看电影不花钱？在公共浴室，真是男的女的一块儿洗澡吗？那老头大笑："美得你！"怎么是"美得你"？为什么是"美得你"？这问题尚不清楚，又有人问了：那，到了食堂，是想吃什么就吃什么吗？顿顿吃炖肉行吗？吃好多好多也没人说？老头道："就怕吃死你！"所有的孩子都笑，相信这大概不会假了。至于吃死嘛——别逗了！

　　但是我从没进过那座大楼。那样的大楼只建了一座即告结束。

到现在我也不知道那楼里是什么样儿，到底有没有俱乐部和放映厅，不知道那种天堂一样的生活是否真的存在过。

那座九层大楼建成不久，所谓的"三年困难时期"就到了。说不定是"老吃炖肉"这句话给说坏了，结果老也吃不上炖肉了。肉怎么忽然之间就没了呢？鱼也没了，油也没了，粮食也越来越少，然后所有的衣食用物都要凭票供应了。每个月，有一个固定的日子，在一个固定的地点，人们谨慎又庄严地排好队，领取各种票证：红的、绿的、黄的，一张张如邮票大小的薄纸。领到的人都再细数一遍，小心地掖进怀里，嘴里念叨着，这个月又多了一点儿什么，或是又少了一点儿什么。都有什么，以及都是多少，已经记不清了，但是我开始知道饿是怎么回事了。饿就是肚子里总在叫，而脑子里不断涌现出好吃的东西。饿就是晚上早早地睡觉，把所有好吃的东西都带到梦里去。饿，还是早晨天不亮就起来，跟着奶奶到商场门口去等着，看看能不能撞上好运气买一点儿既不要票而又能吃的东西回来；或者是到肉铺门前去排队，把一两张彩色的肉票换成确凿无疑的一点儿肥肉或者大油。倘那珍贵的肉票仅仅换来一小条瘦肉加猪皮，那简直就是一次人格的失败，所有的目光都给你送来哀怜。要是能买到大油情况就不一样了，你托着一块大油你就好像高人一等，所有的路人都向你注目，当然是先看那块大油然后才看你。目光在大油上滞留良久，然后挪向你，这时候你要清醒，倘得赞许，多半是由于那块大油，倘见疑虑，你务必要检点自己。当然，油不如人的时候也有，倘那大油是一块并不怎么样的大油，油的主人却慈眉善目或仪表堂堂，对此人们也会公正地表示遗憾，眉宇间的惋惜如同对待一个大牌明星偶尔的失误。而要是一个蒙昧未开的孩子竟然托着一块极品大油呢，人们或猜他有些来历，或者就要关照他说:"拿好了快回家吧！"意思是：知道你拿的什么不？

实在说，那几年我基本上还能吃到八成饱，可母亲和奶奶都饿得浮肿，腿上、手上一按一个坑。那时我还不知道中国发生了什么，不知道农村已经饿死了很多人。但我在我家门前见过两兄弟，夏天，他们都穿着棉衣，坐在太阳底下数黄豆。他们已经几天没吃饭了，终于得到一把黄豆便你一个我一个地分，准备回去煮了吃。我还见过我们班上的一个同学，上课时他趴在桌上睡，老师叫他站起来，他一站起来就倒下去。过后才知道，他的父母不会计划，一个月的粮食半个月就差不多吃光，剩下的日子顿顿喝米汤。

我的奶奶很会计划，每顿饭下多少米她都用碗量，量好了再抓出一小撮放进一个小罐，以备不时之需。小罐里的米渐渐多起来，奶奶就买回两只小鸡，偶尔喂它们一点儿米，希望终于能够得到蛋。"您肯定它们是母鸡？""错不了。"两只小鸡慢慢长大了些，浑身雪白，我把它们放在晾衣绳上，使劲摇，悠悠荡荡悠悠荡荡我希望它们能就势展翅高飞。然而它们却前仰后合，一惊一乍地叫，瞅个机会"扑棱棱"飞下地，惊魂久久不定。奶奶说:"那不是鸽子那是鸡！老这么着你还想不想吃鸡蛋？"

两只鸡越长越大，果然都是母的，奶奶说得给它们砌个窝了。我和父亲便去城墙下挖黄土，起城砖，准备砌鸡窝。城墙边，挖土起砖的人络绎不绝，一问，都是要砌鸡窝，便互相交流经验。城墙于是更加残破，化整为零都变成了鸡窝。有些地方城砖已被起光，只剩一道黄土岗，起风时黄尘满天。黄尘中，九层大楼依然巍峨地矗立在不远处，灿烂如一道晚霞。挖土的人们累了，直直腰，擦擦汗，那一片灿烂必进入视野，躲也躲不开。

想不到的是，就在那九层大楼的另一侧，在它的辉煌雄伟的遮掩之下，我又见到了那座教堂的钟楼，孤零零的，黯然无光。它的脚下是个院子，院子里有几排房，拥拥挤挤地住了很多人家。但其中的一排与众不同，门锁着，窗上挂着白色的纱帘，整洁又宁静。

我的一个小学同学就住在那院子里，是他带我去他家玩，不期而遇我又见到了那座钟楼。它肯定是我当年看到的那座吗？如果那儿从来只有一座，便是了。我不敢说一定。周围的景物已经大变，晾晒的衣裳挂得纵横交错，家家门前烟熏火燎，窗台上一律排放着蜂窝煤和大白菜。收音机里正播放着长篇小说《小城春秋》。董行佶那低沉郁悒的声音极具特色，以至那小说讲的都是什么我已忘记，唯记住了一座烟雨迷蒙的小城，以及城中郁郁寡欢的居民。

我并不知道那排与众不同的房子是怎么回事，但它的整洁宁静吸引了我。我那同学说："别去，我爸和我妈不让我去。"但我还是走近它，战战兢兢地走上台阶，战战兢兢地从窗帘的缝隙间往里看。里面像是个会议室，一条长桌，两排高背椅，正面墙上有个大镜框，一道斜阳刚好投射在上面，镜框中是一个女人抱着一个婴儿。再没有别的什么了。

"这儿是干吗的？"

"不知道。我爸和我妈从来都不让我问。"

"唔，我知道了。"

可是我知道了。镜框中的女人无比安详，慈善的目光中又似有一缕凄哀。不，那时我还不知道她是谁，但她的眼神、她的姿态、她的沉静，加上四周白色的纱帘和那一缕淡淡的夕阳，我心中的懵懂又一次被惊动了，虽不如第一次那般强烈，但却有久别重逢的喜悦。我仿佛又听见了那钟声，那歌唱，脚踩落叶的轻响，以及风过树林那一片辽阔的沙沙声……

"你知道什么了？"

"我也不知道。"

"那你说你知道了？"

"我就是知道了。不信拉倒。"

二○○一年三月十五日完成
二○○六年三月陈希米补记

记忆与印象2

历史的每一瞬间，都有无数的历史蔓展，都有无限的时间延伸。我们生来孤单，无数的历史和无限的时间因破碎而成片断。互相埋没的心流，在孤单中祈祷，在破碎处眺望，或可指望在梦中团圆。记忆，所以是一个牢笼。印象是牢笼以外的天空。

/重病之时/

重病之时，有几行诗样的文字清晰地走进过我的昏睡：

最后的练习是沿悬崖行走
梦里我听见，灵魂
像一只飞虻
在窗户那儿嗡嗡作响

在颤动的阳光里，边舞边唱
眺望就是回想。

重病之时整天是梦。梦见熟悉的人、熟悉的往事，也梦见陌生的人和完全陌生的景物。偶尔醒来，窗外是无边的暗夜，是恍惚的晴空，是心里的怀疑：

谁说我没有死过？
出生以前，太阳
已无数次起落
悠久的时光被悠久的虚无吞并
又以我生日的名义
卷土重来。

重病之时，寒冷的冬天里有过一个奇迹——我在梦中学会了一支歌。梦中，一群男孩和女孩齐声地唱：生生露生雪，生生雪生水，我们友谊，幸福长存。莫名其妙的歌词，闻所未闻的曲调，醒来竟还会唱，现在也还会。那些孩子，有我认识的，也有的我从未见过，他们就站在我儿时的那个院子里，轻轻地唱，轻轻地摇，四周虚暗，瑞雪霏霏。

这奇妙的歌，不知是何征兆。

懂些医道的人说好——"生生"，是说你还要活下去；"生水"嘛，肾主水，你不是肾坏了吗？那是说你的生命之水枯而未竭，或可再度丰沛。

是吗？不有些牵强？

不过，我更满意后两句：我们友谊，幸福长存。

那群如真似幻的孩子，在我昏黑的梦里翩然不去。那清明畅朗的童歌，确如生命之水，在我僵冷的身体里悠然荡漾。

妻子没日没夜地守护着我；任何时候睁开眼，都见她在我身旁。我看她，也像那群孩子中的一个。

我说："这一回，恐怕真是要结束了。"

她说："不会。"

我真的又活过来。太阳重又真实。昼夜更迭，重又确凿。我把梦里的情景告诉妻子，她反倒脆弱起来，待我把那支歌唱给她听，她已是泪水涟涟。

我又能摇着轮椅出去了，走上阳台，走到院子里，在早春的午后，把那几行梦中的诗句补全：

　　午后，如果阳光静寂
　你是否能听出
　往日已归去哪里？
　在光的前端，或思之极处
　在时间被忽略的存在之中
　生死同一。

/八子/

童年的伙伴，最让我不能忘怀的是八子。

几十年来，不止一次，我在梦中又穿过那条细长的小巷去找八子。巷子窄到两个人不能并行，两侧高墙绵延，巷中只一户人家。过了那户人家，出了小巷东口，眼前豁然开朗，一片宽阔的空地上有一棵枯死了半边的老槐树，有一处公用的自来水，有一座山似的煤堆。八子家就在那儿。梦中我看见八子还在那片空地上疯跑，领一群孩子呐喊着向那山似的煤堆上冲锋，再从煤堆爬上院墙，爬上房顶，偷摘邻居院子里的桑葚。八子穿的还是他姐姐穿剩下的那条碎花裤子。

八子兄弟姐妹一共十个。一般情况，新衣裳总是一、三、五、七、九先穿，穿小了，由排双数的继承。老七是个姐，故继承一事常让八子烦恼。好在那时无论男女，衣装多是灰、蓝二色，八子所以还能坦然。只那一条碎花裤子让他备感羞辱。那裤子紫地白花，七子一向珍爱还有点儿舍不得给，八子心说谢天谢地最好还是你自个儿留着穿。可是母亲不依，冲七子喊："你穿着小了，不八子穿谁穿？"七、八于是齐声叹气。八子把那裤子穿到学校，同学们都笑他，笑那是女人穿的，是娘们儿穿的，是"臭美妞才穿的呢！"八子羞愧得无地自容，以至蹲在地上用肥大的衣襟盖住双腿，半天不敢起来，光是笑。八子的笑毫无杂质，完全是承认的表情，完全是接受的态度，意思是：没错儿，换了别人我也会笑他的，可惜这回是我。

大伙儿笑一回也就完了，唯一个可怕的孩子不依不饶。（这孩子，姑且叫他 K 吧；我在《务虚笔记》里写过，他矮小枯瘦但所有的孩子都怕他。他有一种天赋本领，能够准确区分孩子们的性格强弱，并据此经常地给他们排一排座次——我第一跟谁好，第二跟谁好……以及我不跟谁好——于是，孩子们便都屈服在他的威势之下）K 平时最憷八子，八子身后有四个如狼似虎的哥；K 因此常把八子排在"我第一跟你好"的位置。然而八子特立独行，对 K 的威势从不在意，对 K 的拉拢也不领情。如今想来，K 一定是对八子记恨在心，但苦于无计可施。这下机会来了——因为那条花裤子，K 敏觉到降伏八子的时机到了。K 最具这方面才能，看见谁的弱点立刻即知怎样利用。拉拢不成就要打击，K 生来就懂。比如上体育课时，老师说："男生站左排，女生站右排。"K 就喊："八子也站右排吧？"引得哄堂大笑，所有的目光一齐射向八子。再比如一群孩子正跟八子玩得火热，K 踱步旁观，冷不丁拣其中最懦弱的一个说："你干吗不也穿条花裤子呀？"最懦弱的一个发一下蒙，便困窘地退到一旁。K 再转向次懦弱的一个："嘿，你早就想跟臭美妞儿一块儿玩儿了是不是？"次懦弱的一个便也犹犹豫豫地离开了八子。我说过我生性懦弱，我不是那个最，就是那个次。我惶惶然离开八子，向 K 靠拢，心中竟跳出一个卑鄙的希望：也许，K 因此可以把"跟我好"的位置往前排一排。

　　K 就是这样孤立对手的，拉拢或打击，天生的本事，八子身后再有多少哥也是白搭。你甚至说不清道不白就已败在 K 的手下。八子所以不曾请他的哥哥们来帮忙，我想，未必是他没有过这念头，而是因为 K 的手段高超，甚至让你都不知何以申诉。你不得不佩服 K。你不得不承认那也是一种天才。那个矮小枯瘦的 K，当时才只有十一二岁！他如今在哪儿？这个我童年的惧怕，这个我一生的迷惑，如今在哪儿？时至今日我也还是弄不大懂，他那恶毒的能力是从哪儿来的？如今我已年过半百，所经之处仍然常能见到 K 的影子，所以我在《务虚笔记》中说过：那个可怕的孩子已经长大，长大得到处都在。

我投靠在 K 一边，心却追随着八子。所有的孩子也都一样，向 K 靠拢，但目光却羡慕地投向八子——八子仍在树上快乐地攀爬，在房顶上自由地蹦跳，在那片开阔的空地上风似的飞跑，独自玩得投入。我记得，这时 K 的脸上全是嫉恨，转而恼怒。终于他又喊了："花裤子！臭美妞！"怯懦的孩子们（我也是一个）于是跟着喊："花裤子！臭美妞！花裤子！臭美妞！"八子站在高高的煤堆上，脸上的羞惭已不那么纯粹，似乎也有了畏怯、疑虑，或是忧哀。

因为那条花裤子，我记得，八子也几乎被那个可怕的孩子打倒。

八子要求母亲把那条裤子染蓝。母亲说："染什么染？再穿一季，我就拿它做鞋底儿了。"八子说："这裤子还是让我姐穿吧。"母亲说："那你呢，光腚子？"八子说："我穿我六哥那条黑的。"母亲说："那你六哥呢？"八子说："您给他做条新的。"母亲说："嘿这孩子，什么时候挑起穿戴来了？边儿去！"

一个礼拜日，我避开 K，避开所有别的孩子，去找八子。我觉着有愧于八子。穿过那条细长的小巷，绕过那座山似的煤堆，站在那片空地上我喊："八子！八子——""谁呀？"不知八子在哪儿答应。"是我！八子，你在哪儿呢？""抬头，这儿！"八子悠然地坐在房顶上，随即扔下来一把桑葚："吃吧，不算甜，好的这会儿都没了。"我暗自庆幸，看来他早把那些不愉快的事给忘了。

我说："你下来。"

八子说："干吗？"

是呀，干吗呢？灵机一动我说："看电影，去不去？"

八子回答得干脆："看个屁，没钱！"

我心里忽然一片光明。我想起我兜里正好有一毛钱。

"我有，够咱俩的。"

八子立刻猫似的从树上下来。我把一毛钱展开给他看。

"就一毛呀？"八子有些失望。

我说："今天礼拜日，说不定有儿童专场，五分一张。"

八子高兴起来："那得找张报纸瞅瞅。"

我说："那你想看什么？"

"我？随便。"但他忽然又有点儿犹豫，"这行吗？"意思是：花你的钱？

我说："这钱是我自己攒的，没人知道。"

走进他家院门时，八子又拽住我："可别跟我妈说，听见没有？"

"那你妈要是问呢？"

八子想了想："你就说是学校有事。"

"什么事？"

"你丫编一个不得了？你是中队长，我妈信你。"

好在他妈什么也没问。他妈和他哥、他姐都在案前埋头印花（即在空白的床单、桌布或枕套上印出各种花卉的轮廓，以便随后由别人补上花朵和枝叶）。我记得，除了八子和他的两个弟弟——九儿和石头，当然还有他父亲，他们全家都干这活儿，没早没晚地干，油彩染绿了每个人的手指，染绿了条案，甚至墙和地。

报纸也找到了，场次也选定了，可意外的事发生了。九儿首先看穿了我们的秘密。八子冲他挥挥拳头："滚！"可随后石头也明白了："什么，你们看电影去？我也去！"八子再向石头挥挥拳头，但已无力。石头说："我告妈去！"八子说："你告什么？""你花人家的钱！"八子垂头丧气。石头不好惹，石头是爹妈的心尖子，石头一哭，从一到九全有罪。

"可总共就一毛钱！"八子冲石头嚷。

"那不管，反正你去我也去。"石头抱住八子的腰。

"行，那就都甭去！"八子拉着我走开。

但是九儿和石头寸步不离。

八子说："我们上学校！"

九儿和石头说："我们也上学校。"

八子笑石头："你？是我们学校的吗你？"

石头说："是！妈说明年我也上你们学校。"

八子拉着我坐在路边。九儿拉着石头跟我们面对面坐下。

八子几乎是央求了："我们上学校真是有事！"

九儿说："谁知道你们有什么事？"

石头说："没事怎么了，就不能上学校？"

八子焦急地看着太阳。九儿和石头耐心地盯着八子。

看看时候不早了，八子说："行，一块儿去！"

我说："可我真的就一毛钱呀！"

"到那儿再说。"八子冲我使眼色，意思是：瞅机会把他们甩了还不容易？

横一条胡同，竖一条胡同，八子领着我们曲里拐弯地走。九儿说:"别蒙我们八子,咱这是上哪儿呀?"八子说:"去不去?不去你回家。"石头问我:"你到底有几毛钱?"八子说:"少废话,要不你甭去。"曲里拐弯,曲里拐弯,我看出我们绕了个圈子差不多又回来了。九儿站住了:"我看不对,咱八成真是走错了。"八子不吭声,拉着石头一个劲儿往前走。石头说:"咱抄近道走,是不是八子?"九儿说:"近个屁,没准儿更远了。"八子忽然和蔼起来:"九儿,知道这是哪儿吗?"九儿说:"这不还是北新桥吗?"八子说:"石头,从这儿,你知道怎么回家吗?"石头说:"再往那边不就是你们学校了吗?我都去过好几回了。""行!"八子夸石头,并且胡噜胡噜他的头发。九儿说:"八子,你想干吗?"八子吓了一跳,赶紧说:"不干吗,考考你们。"这下八子放心了,若无其事地再往前走。

变化只在一瞬间。在一个拐弯处,说时迟那时快,八子一把拽起我钻进了路边的一家院门。我们藏在门背后,紧贴墙,大气不出,听着九儿和石头的脚步声走过门前,听着他们在那儿徘徊了一会儿,然后向前追去。八子探出头瞧瞧,说一声"快",我们跳出那院门,转身向电影院飞跑。

但还是晚了,那个儿童专场已经开演半天了。下一场呢?下一场是成人场,最便宜的也得两毛一位了。我和八子站在售票口前发呆,真想把时钟倒拨,真想把价目牌上的两角改成五分,真想忽然从兜里又摸出几毛钱。

"要不,就看这场?"

"那多亏呀?都演过一半了。"

"那,买明天的?"

我和八子再到价目牌前仰望:明天,上午没有儿童场,下午呢？还是没有。"干脆就看这场吧？""行，半场就半场。"但是卖票的老头说："钱烧得呀你们俩？这场说话就散啦！"

八子沮丧地倒在电影院前的台阶上，不知从哪儿捡了张报纸，盖住脸。

我说："嘿八子，你怎么了？"

八子说："没劲！"

我说："这一毛钱我肯定不花，留着咱俩看电影。"

八子说："九儿和石头这会儿肯定告我妈了。"

"告什么？"

"花别人的钱看电影呗。"

"咱不是没看吗？"

八子不说话，唯呼吸使脸上的报纸起伏掀动。

我说："过几天，没准儿我还能再攒一毛呢，让九儿和石头也看。"

有那么一会儿，八子脸上的报纸也不动了，一丝都不动。

我推推他："嘿，八子？"

八子掀开报纸说："就这么不出气儿，你能憋多会儿？"

我便也就地躺下。八子说"开始"，我们就一齐憋气。憋了一回，八子比我憋得长。又憋了一回，还是八子憋得长。憋了好几回，就一回我比八子憋得长。八子高兴了，坐起来。

我说："八成是你那张报纸管用。"

"报纸？那行，我也不用。"八子把报纸甩掉。

我说："甭了，我都快憋死了。"

八子看看太阳，站起来："走，回家。"

我坐着没动。

八子说："走哇？"

我还是没动。

八子说："怎么了你？"

我说："八子你真的怕 K 吗？"

八子说："操，我还想问你呢。"

我说："你怕他吗？"

八子说："你呢？"

我不知怎样回答，或者是不敢。

八子说："我瞧那小子，顶他妈不是东西！"

"没错儿，丫老说你的裤子。"

"真要是打架，我怕他？"

"那你怕他什么？"

"不知道。你呢？"

"我也不知道。"

现在想来，那天我和八子真有点儿当年张学良和杨虎城的意思。

终于八子挑明了。八子说："都赖你们，一个个全怕他。"

我赶紧说："其实，我一点儿都不想跟他好。"

八子说："操，那小子有什么可怕的？"

"可是，那么多人，都想跟他好。"

"你管他们干吗？"

"反正，反正他要是再说你的裤子，我肯定不说。"

"他不就是不跟咱玩吗？咱自己玩，你敢吗？"

"咱俩？行！"

"到时候你又不敢。"

"敢，这回我敢了。可那得，咱俩谁也不能不跟谁好。"

"那当然。"

"拉钩，你干不干？"

"拉钩上吊，一百年不许变！拉钩上吊，一百年不许变——"

"他要不跟你好，我跟你好。"

"我也是，我老跟你好。"

"拉钩上吊，一百年不许变！拉钩上吊，一百年不许变——"

"轰"的一声，电影院的门开了，人流如涌，鱼贯而出，大人喊孩子叫。

我和八子拉起手，随着熙攘的人流回家。现在想起来，我那天的行为是否有点儿狡猾？甚至丑恶？那算不算是拉拢，像 K 一样？不过，那肯定算得上是一次阴谋造反！但是那一天，那一天和这件事，忽然让我不再觉得孤单，想起明天也不再觉得惶恐、忧哀，想起小学校的那座庙院也不再觉得那么阴郁和荒凉。

我和八子手拉着手，过大街，走小巷，又到了北新桥。忽然，一阵炸灌肠的香味儿飘来。我说："嘿，真香！"八子也说："嗯，香！"四顾之时，见一家小吃摊就在近前。我们不由得走过去，站在摊前看。大铁铛上"嗞啦嗞啦"地冒着油烟，一盘盘粉红色的灌肠盛上来，再浇上蒜汁，晶莹剔透煞是诱人。摊主不失时机地吆喝："热灌肠啊！不贵啦！一毛钱一盘的热灌肠呀！"我想那时我一定是两眼发直，唾液盈口，不由得便去兜里摸那一毛钱了。

"八子，要不咱先吃了灌肠再说吧？"

八子不表赞成，也不反对，意思是：钱是你的。

一盘灌肠我们俩人吃，面对面，鼻子几乎碰着鼻子。八子脸上又是愧然的笑了，笑得毫无杂质，意思是：等我有了钱吧，现在可让我说什么呢？

那灌肠真是香啊，人一生很少有机会吃到那么香的东西。

/看电影/

我和八子一起去的那家影院，叫"交道口影院"。小时候，我家附近，方圆五六里内，只这一家影院。此生我看过的电影，多半是在那儿看的。

"上哪儿呀您？""交道口。"或者："您这是干吗去？""交道口。"在我家那一带，这样的问答已经足够了，不单问者已经明白，听见的人便都知道，被问者是去看电影的。所以，在我童年一度的印象里，交道口和电影院是同义的。记得有一回在街上，一个人问我："小孩儿，交道口怎么走？"我指给他："往前再往右，一座灰楼。""灰楼？"那人不解。我说："写着呢，老远就能看见——交道口影院。"那人笑了："影院干吗？我去交道口！交道口，知道不？"这下轮到我发蒙了。那人着急："好吧好吧，交道口影院，怎么走？"我再给他指一遍；心说这不结了，你知道还是我知道？但也就在这时，我忽然醒悟：那电影院是因地处交道口而得名。

八十年代末这家电影院拆了。这差不多能算一个时代的结束，从此我很少看电影了，一是票价忽然昂贵，二是有了录像和光盘，动听的说法是"家庭影院"。

但我还是怀念"交道口"，那是我的电影启蒙地。我平生看过的第一部电影是《神秘的旅伴》，片名是后来母亲告诉我的。我只记得一个漂亮的女人总在银幕上颠簸，神色慌张，其身形时而非常之大，以至大出银幕，时而又非常之小，小到看不清她的脸。此外就只是些破碎的光影，几张晃动的、丑陋的脸。我仰头看得劳累，大约是太近银幕之故。散场时母亲见我还睁着眼，抱起我，竟有骄傲的表情流露。回到家，她跟奶奶说："这孩子会看电影了，一点儿都没睡。"我却深以为憾：那儿也能睡吗，怎不早说？奶奶问我："都看见什么了？"我转而问母亲："有人要抓那女的？"母亲大喜过望："对呀！坏人要害小黎英。"我说："小黎英长得真好看。"奶奶拊掌大笑道："就怕这孩子长大了没别的出息。"

通往交道口的路，永远是一条快乐的路。那时的北京蓝天白云，细长的小街上一半是灰暗错落的屋影，一半是安闲明澈的阳光。一票在手有如节日，几个伙伴相约一路，可以玩弹球儿，可以玩"骑马打仗"。还可在沿途的老墙和院门上用粉笔画一条连续的波浪，碰上院门开着，便站到门旁的石墩上去，踮着脚让那波浪越过门楣，务使其毫不间断。倘若敞开的院门里均无怒吼和随后的追捕，这波浪便可一直能画到影院的台阶上。

坐在台阶上，等候影院开门，钱多的更可以买一根冰棍骄傲地嘬。大家瞪着眼看他和他的冰棍，看那冰棍迅速地小下去，必有人忍无可忍，说："喂，开咱一口。"开者嘬也，你就要给他嘬上一口。继续又有人说了："也开咱一口。"你当然还要给，快乐的日子里做人不能太小气。大家在灿烂的阳光下坐成一排，舒心地等候，小心地嘬——这样的时刻似乎人人都有责任感，谁也不忍一口嘬去太多。

有部反特片，《徐秋影案件》，甚是难忘。那是我头一回看露天电影，就在我们小学的操场上。票价二分，故所有的孩子都得到了家长的赞助。晚霞未落，孩子们便一群一伙地出发了，扛个小板凳，或沿途捡两块砖头，希望早早去占个好位置。天黑时，白色的银幕升起来，就挂在操场中央，月亮下面。幕前幕后都坐满了人。有一首流行歌曲怀念过这样的情景，其中一句大意是：如今再也看不到银幕背后的电影了。

那个电影着实阴森可怖，音乐一惊一乍的令人毛骨悚然，黑白的光影里总好像暗伏杀机。尤其是一个漂亮女人（后来才知是特务），举止温文尔雅，却怎么一颦一笑总显得犹疑、警惕？影片演到一半，夜风忽起，银幕飘飘抖抖更让人难料凶吉。我身上一阵阵地冷，想看又怕看，怕看但还是看着。四周树影沙沙，幕边云移月走，剧中的危惧融入夜空，仿佛满天都是凶险，风中处处阴谋。

好不容易挨到散场，八子又有建议："咱玩抓特务吧。"我想回家。八子说不行，人少了怎么玩？月光清清亮亮，操场上只剩了几个放电影的人在收起银幕。谁当特务呢？白天会抢着当的，这会儿没人争取。特务必须独往独来，天黑得透，一个人还是怕。耗子最先有了主意："瞧，那老头！"八子顺着她的手指看："那老头？行，就是他！"小不点说："没错儿，我早注意他了，电影完了他干吗还不走？"那无辜的老头蹲在小树林边的暗影里抽烟，面目不清，烟火时明时暗。虎子说："老东西正发暗号呢！"八子压低声音："瞧瞧去，接暗号的是什么人？"一队人马便潜入小树林。八子说："这哪儿行？散开！"于是散开，有的贴着墙根走，有的在地上匍匐，有的隐蔽在树后；吹一声口哨或学一声蛐蛐叫，保持联络。四处灯光不少，难说哪一盏与老头有关，如此看来就先包围了他再说吧。四面合围，一齐收紧，逼近那"老东西"。小不点眼尖，最先咔咔地笑起来："虎子，那是你爷爷！"

几十年后我偶然在报纸上读到，《徐秋影案件》是根据的一个真实故事，但"徐秋影"跟虎子他爷爷那夜的遭遇一样，是个冤案。

模仿电影里的行动，是一切童年必有的乐事。比如现在的电影，多有拳争武斗，孩子们一招一式地学来，个个都像一方帮主。几十年前的电影呢，无非是打仗的、反特的、入敌营去侦察的；枪林弹雨，出生入死，严刑拷打，宁死不屈，最后必是胜利大反攻，咱的炮火愤怒而且猛烈，歼敌无数。因而，曾有一代少年由衷地向往那样的烽火硝烟。（"首长，让我们上前线吧，都快把人憋死了！""怎么，着急了？放心，有你们的仗打。"）是呀，打死敌人你就是英雄，被敌人打死你就还是英雄，这可是多么值得！故而冲锋号一响，银幕上炮火横飞——一批年轻人撂倒了另一批年轻人，一些被怀念的恋人消灭了另一些被怀念的恋人——场内立刻一片欢腾。是嘛，少男少女们花钱买票是为什么来的？开心，兴奋，自由欢叫，激情涌泄。这让我想通了如今的"追星族"。少年狂热古今无异，给他个偶像他就发烧，终于烧到哪儿去就不好说。比如我们这一代，忽然间就烧进了"文化大革命"。

"文化大革命"了，造反了，大批判了，电影是没得看了，电影院全关张了，电影通通有问题了。电影厂也不再神秘，敞开大门，有请各位帮忙造反。有一回去北影看大字报，发现昔日的偶像都成了"黑帮"，看来看去心里怪怪的。"黄世仁"和"穆仁智"一类倒也罢了，可"洪常青"和"许云峰"等怎么回事？一旦弯在台上挨斗，可还是那般大义凛然？明白明白，要把演员和角色择开，但是明白归明白，心里还是怪怪的。

电影院关张了几年，忽有好消息传来：要演《列宁在十月》了，要演《列宁在一九一八》了。"阿芙乐尔"号的炮声又响了，这一回给咱送来了什么？人们一遍遍地看（否则看啥），一遍遍复习里面的台词（久疏幽默），一遍遍欣赏其中的芭蕾舞片断（多短的裙子和多美的其他），一遍遍凝神屏气看瓦西里夫妇亲吻（这两口子胆儿可真大）。在我的印象里，就从这时，国人的审美立场发生着动摇，竭力在炮火狼烟中拾捡温情，在一个执意不肯忘记仇恨的年代里思慕着爱恋。

《艳阳天》是停顿了若干年后中国的第一部国产片。该片上演时我已坐上轮椅，而且正打算写点儿什么。票很难买，电影院门前彻夜有人排队。托了人，总算买到一张票，我记得清楚，是早场五点多的，其他场次要有更强大的"后门"。

还是交道口，还是那条路，沿途的老墙上仍有粉笔画的波浪，真可谓代代相传。一夜大雪未停，事先已探知手摇车不准入场，母亲便推着那辆自制的轮椅送我去。那是我的第一辆轮椅，是父亲淘换了几根钢管回来求人给焊的，结构不很合理，前轮总不大灵活。雪花纷纷地还在飞舞，在昏黄的路灯下仿佛一群飞蛾。路上的雪冻成了一道道冰凌，母亲推得沉重，但母亲心里快乐。（因为那是一条永远快乐的路吗？）母亲知道我正打算写点儿什么，又知道我跟长影的一位导演有着通信，所以她觉得推我去看这电影是非常必要的，是一件大事。怎样的大事呢？我们一起在那条快乐的雪路上跋涉时，谁也没有把握，唯朦胧地都怀着希望。她把我推进电影院，安顿好，然后回家。谢天谢地她不必在外面等我，命运总算有怜恤她的时候——交道口离我家不远，她只需送我来，只需再接我回去。

再过几年，有了所谓"内部电影"。据说这类电影"四人帮"时就有，唯内部得更为严格。现在略有松动。初时百姓不知，见夜色中开来些大小轿车，纷纷在剧场前就位，跳出来的人们神态庄重，黑压压地步入剧场，百姓还以为是开什么要紧的会。内部者，即级别够高、立场够稳、批判能力够强、为各种颜色都难毒倒的一类。再就是内部的内部，比如老婆，又比如好友。影片嘛，东洋西洋的都有，据说运气好还能撞上半裸或全裸的女人。据说又有洁版和全版之分，这要视内部的级别高低而定。然而没有不透风的墙呀——检票员不得已而是外部，放映员没办法也得是外部，可外部难免也有其内部，比如老婆，又比如好友。如此一算，全国人民就都有机会当一两回内部，消息于是不胫而走。再有这类放映时，剧场前就比较沸腾，比较火爆，也不知从哪儿涌出来这么多的内部和外部！广大青年们尤其想：裸体！难道不是我们看了比你们看了更有作用？有那么一个不太长久的时期，一张内部电影票，便是身份或者本领的证明。

"内部电影"风风火火了一阵子之后，有人也送了我一张票。"啥名儿？""没准儿，反正是内部的。"无风的夏夜，树叶不动，我摇了轮椅去看平生的第一回内部电影。从雍和宫到那个内部礼堂，摇了一个多钟头，沿街都是乘凉的人群。那时我身体真好，再摇个把钟头也行。然而那礼堂的台阶却高，十好几层，我喘吁吁地停车阶下，仰望阶上，心知凶多吉少。但既然来了，便硬着头皮喊那个检票人——请他从台阶上下来，求他帮忙想想办法让我进去。检票人听了半天，跑回去叫来一个领导。领导看看我："下不来？"我说是。

领导转身就走，甩下一句话："公安局有规定，任何车辆不准入内。"
倒是那个检票人不时向我投来抱歉的目光。我没做太多争取。我不
想多做争辩。这样的事已不止十回，智力正常如我者早有预料。只
不过碰碰运气。若非内部电影，我也不会跑这么远来碰运气。不过
呢，来一趟也好，家里更是闷热难熬。况且还能看看内部电影之盛
况，以往只是听说。这算不算体验生活？算不算深入实际？我退到
路边，买根冰棍坐在树影里瞧。于是想念起交道口，那儿的人都认
识我了，见我来了就打开太平门任我驱车直入——太平门前没有台
阶。可惜那儿也没有内部电影，那儿是外部。那儿新来了个小伙子，
姓项，那儿的人都叫他小项。奇怪小项怎么头一回见我就说："嘿哥
们儿，也写部电影吧，咱们瞧瞧。"

　　小项不知现在何方。

　　小项猜对了。小项那样说的时候，我正在写一个电影剧本。那
完全是因为柳青的鼓励。柳青，就是长影那个导演。第一次她来看
我就对我说："干吗你不写点儿什么？"她说中了我的心思，但是电
影，谁都能写吗？以后柳青常来看我，三番五次地总对我说："小
说，或者电影，我看你真的应该写点儿什么。"既然一位专业人士对
我有如此信心，我便悄悄地开始写了。既然对我有如此信心的是一
位导演，我便从电影剧本开始。尤其那时，我正在一场不可能成功
的恋爱中投注着全部热情，我想我必得做一个有为的青年。尤其我
曾爱恋着的人，也对我抱着同样的信心——"真的，你一定行"——
我便没日没夜地满脑子都是剧本了。那时母亲已经不在，通往交道
口的路上，经常就有一对暂时的恋人并步而行（其实是脚步与车
轮）。暂时，是明确的，而暂时的原因，有必要深藏不露——不告诉

别人，也避免告诉自己。但是暂时，只说明时间，不说明品质，在阳光灿烂的那条快乐的路上，在雨雪中的那家影院的门廊下，爱恋，因其暂时而更珍贵。在幽暗的剧场里他们挨得很紧，看那辉煌的银幕时，他们复习着一致的梦想：有一天，在那儿，银幕上，编剧二字之后，"是你的名字"——她说；"是呀但愿"——我想。

然而，终于这一天到来之时，时间已经远远地超过了暂时。我独自看那"编剧"后面的三个字，早已懂得：有为，与爱情，原是风马牛不相及的两个领域。但暂时，亦可在心中长久，而写作，却永远不能与爱情无关。

/ 珊珊 /

那些天珊珊一直在跳舞。那是暑假的末尾，她说一开学就要表演这个节目。

晌午，院子里很静。各家各户上班的人都走了，不上班的人在屋里伴着自己的鼾声。珊珊换上那件白色的连衣裙，"吱呀"一声推开她家屋门，走到老海棠树下，摆一个姿势，然后轻轻起舞。

"吱呀"一声我也从屋里溜出来。

"干什么你？"珊珊停下舞步。

"不干什么。"

我煞有介事地在院子里看一圈，然后在南房的阴凉里坐下。

海棠树下，西番莲开得正旺，草茉莉和夜来香无奈地等候着傍晚。蝉声很远，近处是"嗡嗡"的蜂鸣，是盛夏的热浪，是珊珊的喘息。她一会儿跳进阳光，白色的衣裙灿烂耀眼，一会儿跳进树影，纷乱的图案在她身上漂移、游动；舞步轻盈，丝毫也不惊动海棠树上入睡的蜻蜓。我知道她高兴我看她跳，跳到满意时她瞥我一眼，说："去！"——既高兴我看她，又说"去"，女孩子真是搞不清楚。

我仰头去看树上的蜻蜓，一只又一只，翅膀微垂，睡态安详。其中一只通体乌黑，是难得的"老膏药"。我正想着怎么去捉它，珊珊喘吁吁地冲我喊："嘿快，快看哪你，就要到了。"

她开始旋转，旋转进明亮，又旋转得满身树影纷乱，闭上眼睛仿佛享受，或者期待，她知道接下来的动作会赢得喝彩。她转得越来越快，连衣裙像降落伞一样张开，飞旋飘舞，紧跟着一蹲，裙裾铺开在海棠树下，圆圆的一大片雪白，一大片闪烁的图案。

"嘿，芭蕾舞！"我说。

"笨死你，"她说，"这是芭蕾舞呀？"

无论如何我相信这就是芭蕾舞，而且我听得出珊珊其实喜欢我这样说。在一个九岁的男孩看来，芭蕾并非一个舞种，芭蕾就是这样一种动作——旋转，旋转，不停地旋转，让裙子飞起来。那年我可能九岁。如果我九岁，珊珊就是十岁。

又是"吱呀"一声，小恒家的屋门开了一条缝，小恒蹑手蹑脚地钻出来。

"有蜻蜓吗？"

"多着呢！"

小恒屁也不懂，光知道蜻蜓，他甚至都没注意珊珊在干吗。

"都什么呀？"小恒一味地往树上看。

"至少有一只'老膏药'！"

"是吗？"

　　小恒又钻回屋里，出来时得意地举着一小团面筋。于是我们就去捉蜻蜓了。一根竹竿，顶端放上那团面筋，竹竿慢慢升上去，对准"老膏药"，接近它时要快要准，要一下子把它粘住。然而可惜，"老膏药"聪明绝顶，珊珊跳得如火如荼它且不醒，我的手稍稍一抖它就知道，立刻飞得无影无踪。珊珊幸灾乐祸。珊珊让我们滚开。

　　"要不看你就滚一边儿去，到时候我还得上台哪，是正式演出。"

　　她说的是"你"，不是"你们"，这话听来怎么让我飘飘然有些欣慰呢？不过我们不走，这地方又不单是你家的！那天也怪，老海棠树上的蜻蜓特别多。珊珊只好自己走开。珊珊到大门洞里去跳，把院门关上。我偶尔朝那儿望一眼，门洞里幽幽暗暗，看不清珊珊高兴还是生气，唯一缕无声的雪白飘上飘下，忽东忽西。

　　那个中午出奇地安静。我和小恒全神贯注于树上的蜻蜓。

　　忽然，一声尖叫，随即我闻到了一股什么东西烧焦了的味儿。只见珊珊飞似的往家里跑，然后是她的哭声。我跟进去。床上一块黑色的烙铁印，冒着烟。院子里的人都醒了，都跑来看。掀开床单，褥子也煳了，揭开褥子，毡子也黑了。有人赶紧舀一碗水泼在床上。

　　"熨什么呢你呀？"

　　"裙子，我的连……连衣裙都皱了。"珊珊抽咽着说。

　　"咳，熨完就忘了把烙铁拿开了，是不是？"

　　珊珊点头，眼巴巴地望着众人，期待或可有什么解救的办法。

　　"没事儿你可熨它干吗？你还不会呀！"

　　"一开学我……我就得演出了。"

　　"不行了，褥子也许还凑合用，这床单算是完了。"

　　珊珊立刻号啕。

"别哭了，哭也没用了。"

"不怕，回来跟你阿姨说清楚，先给她认个错儿。"

"不哭了珊珊，不哭了，等你阿姨回来，我们大伙儿帮你说说（情）。"

可是谁都明白，珊珊是躲不过一顿好打了。

这是一个传统得不能再传统的故事。"阿姨"者，珊珊的继母。

珊珊才到这个家一年多。此前好久，就有个又高又肥的秃顶男人总来缠着那个"阿姨"。说缠着，是因为总听见他们在吵架，一宿一宿地吵，吵得院子里的人都睡不好觉。可是，吵着吵着忽然又听说他们要结婚。这男人就是珊珊的父亲。这男人，听说还是个什么长。这男人我不说他胖而说他肥，是因他实在并不太胖，但在夏夜，他摆两条赤腿在树下乘凉，粉白的肉颤呀颤的，小恒说"就像肉冻"，你自然会想起肥。据说珊珊一年多前离开的，也是继母。离开继母的家，珊珊本来高兴，谁料又来到一个继母的家。我问奶奶："她亲妈呢？"奶奶说："小孩儿，甭打听。""她亲妈死了吗？""谁说？""那她干吗不去找她亲妈？""你可不许去问珊珊，听见没？""怎么了？""要问，我打你。"我嬉皮笑脸，知道奶奶不会打。"你要是问，珊珊可就又得挨打了。"这一说管用，我想那可真是不能问了。我想珊珊的亲妈一定是死了，不然她干吗不来找珊珊呢？

草茉莉开了。夜来香也开了。满院子香风阵阵。下班的人陆续地回来了。炝锅声、炒菜声就像传染，一家挨一家地整个院子都热闹起来。这时有人想起了珊珊。"珊珊呢？"珊珊家烟火未动，门上一把锁。"也不添火也不做饭，这孩子哪儿去了？""坏了，八成是怕挨打，跑了。""跑了？她能上哪儿去呢？""她跟谁说过什么没有？"众人议论纷纷。我看他们既有担心，又有一丝快意——给那个所谓"阿姨"点儿颜色看，让那个亲爹也上点儿心吧！

奶奶跑回来问我："珊珊上哪儿了你知道不？"

"我看她是找她亲妈去了。"

众人都来围着我问："她跟你说了？""她是这么跟你说的吗？""她上哪儿去找她亲妈，她说了吗？"

"要是我，我就去找我亲妈。"

奶奶喊："别瞎说！你倒是知不知道她上哪儿了？"

我摇头。

小恒说看见她买菜去了。

"你怎么知道她是买菜去了？"

"她天天都去买菜。"

我说："你屁都不懂！"

众人纷纷叹气，又纷纷到院门外去张望，到菜站去问，在附近的胡同里喊。

我也一条胡同一条胡同地去喊珊珊。走过老庙，走过小树林，走过轰轰隆隆的建筑工地，走过护城河，到了城墙边。没有珊珊，没有她的影子。我爬上城墙，喊她，我想这一下她总该听见了。但是晚霞淡下去，只有晚风从城墙外吹过来。不过，我心里忽然有了一个想法。

我下了城墙往回跑，我相信我这个想法一定不会错。我使劲跑，跑过护城河，跑过工地，跑过树林，跑过老庙，跑过一条又一条胡同，我知道珊珊会上哪儿，我相信没错她肯定在那儿。

小学校。对了，她果然在那儿。

操场上空空旷旷，操场旁一点儿雪白。珊珊坐在花坛边，抱着肩，蜷起腿，下巴搁在膝盖上，晚风吹动她的裙裾。

"珊珊。"我叫她。

珊珊毫无反应。也许她没听见？

"珊珊，我猜你就在这儿。"

我肯定她听见了。我离她远远地坐下来。

四周有了星星点点的灯光。蝉鸣却是更加热烈。

我说："珊珊，回家吧。"

可我还是不敢走近她。我看这时候谁也不敢走近她。就连她的"阿姨"也不敢。就连她亲爹也不敢。我看只有她的亲妈能走近她。

"珊珊，大伙儿都在找你哪。"

在我的印象里，珊珊站起来，走到操场中央，摆一个姿势，翩翩起舞。

四周已是万家灯火。四周的嘈杂围绕着操场上的寂静、空旷，还有昏暗，唯一缕白裙鲜明，忽东忽西，飞旋、飘舞……

"珊珊回去吧。""珊珊你跳得够好了。""离开学还有好几天哪，珊珊你就先回去吧。"我心里这样说着，但是我不敢打断她。

月亮爬上来，照耀着白色的珊珊，照耀她不停歇的舞步；月光下的操场如同一个巨大的舞台。在我的愿望里，也许，珊珊你就这么尽情尽意地跳吧，别回去，永远也不回去，但你要跳得开心些，别这么伤感，别这么忧愁，也别害怕。你用不着害怕呀珊珊，因为，因为再过几天你就要上台去表演这个节目了，是正式的……

　　但是结尾，是这个故事最为悲惨的地方：那夜珊珊回到家，仍没能躲过一顿暴打。而她不能不回去，不能不回到那个继母的家。因为她无处可去。

　　因而在我永远的童年里，那个名叫珊珊的女孩一直都在跳舞。那件雪白的连衣裙已经熨好了，雪白的珊珊所以能够飘转进明亮，飘转进幽暗，飘转进遍地树影或是满天星光……这一段童年似乎永远都不会长大，因为不管何年何月，这世上总是有着无处可去的童年。

/小恒/

　　我小时候住的那个院子里，只小恒和我两个男孩。我大小恒四岁，这在孩子差得就不算小，所以小恒总是追在我屁股后头，是我的"兵"。

　　我上了中学，住校，小恒平时只好混在一干女孩子中间；她们踢毽他也踢毽，她们跳皮筋他也跳皮筋，她们用玻璃丝编花，小恒便劝了这个劝那个，劝她们不如还是玩些别的。周末我从学校回来，小恒无论正跟女孩们玩着什么，必立即退出，并顺便表现一下男子汉的优越："咳这帮女的，真笨！"女孩们当然就恨恨骂，威胁说："小恒你等着，看明天他走了你跟谁玩！"小恒已经不顾，兴奋地追在我身后，汇报似的把本周院里院外的"新闻"向我细说一遍。比如谁家的猫丢了，可同时谁家又飘出炖猫肉的香味。我说："炖猫肉有什么特别的香味儿吗？"小恒挠挠后脑勺，把这个问题跳过去，又说起谁家的山墙前天夜里塌了，幸亏是往外塌的，差一点儿就往里塌，那样的话这家人就全完了。我说："怎么看出差一点儿就往里塌呢？"小恒再挠挠后脑勺，把这个问题也跳过去，又说起某某的爷爷前几天死了，有个算命的算得那叫准，说那老头要是能挺到开春就是奇迹，否则一定熬不过这个冬天。我忍不住大笑。小恒挠着后脑勺，半天才想明白。

小恒长得白白净净，秀气得像个女孩。小恒妈却丑，脸又黑。邻居们猜小恒一定是像父亲，但谁也没见过他父亲。邻居中曾有人问过："小恒爸在哪儿工作？"小恒妈啰里啰唆，顾左右而言他。这事促成邻居们长久的怀疑和想象。

小恒妈不识字，但因每月都有一张汇票按时寄到，她所以认得自己的姓名；认得，但不会写，看样子也没打算会写，凡需签名时她一律用图章。那图章受到邻居们普遍的好评——象牙的，且有精美的雕刻和镶嵌。有回碰巧让个退休的珠宝商看见，老先生举着放大镜瞅半天，神情渐渐肃然。老先生抬眼再看图章的主人，肃然间又浮出几分诧异，然后恭恭敬敬把图章交还小恒妈，说："您可千万收好了。"

小恒妈多有洋相。有一回上扫盲课，老师问："锄禾日当午，下一句什么？"小恒妈抢着说："什么什么什么土。""谁知盘中餐？""什么什么什么苦。"又一回街道开会，主任问她："'三要四不要'（一个卫生方面的口号）都是什么？"小恒妈想了又想，身上出汗。主任说："一条就行。"小恒妈道："晚上要早睡觉。"主任忍住笑再问："那，不要什么呢？""不要加塞儿，要排队。"

一九六六年春，大约就在小恒妈规规矩矩排队购物之时，"文化大革命"已悄悄走近。我们学校最先闹起来，在教室里辩论，在食堂里辩论，在操场上辩论——清华附中是否出了修正主义？我觉得这真是无稽之谈，清华附中从来就没走错过半步社会主义。辩论未果，六月，正要期末考试，北大出事了，北大确凿是出了修正主义。于是停课，同学们都去北大看大字报；一路兴高采烈——既不用考试了，又将迎来暴风雨的考验！未名湖畔人流如粥。看呀，看呀，我心里渐渐地郁闷——看来我是修正主义"保皇派"已成定局，因而我是反动阶级的孝子贤孙也似无可非议。唉唉！暴风雨呀暴风雨，从小就盼你，怎么你来了我却弄成这样？

有天下午回到家，坐着发呆，既为自己的立场懊恼，又为自己的出身担忧。这时小恒来了。几个星期不见，他的汇报已经"以阶级斗争为纲"了。

"嘿，知道吗？珊珊他爸有问题！"

"谁说？"

"珊珊她阿姨都哭了。"

"这新鲜吗？"

"珊珊她爸好些天都没回家了。"

"又吵架了呗。"

"才不是哪，人家说他是修正主义分子。"

"怎么说？"

"说他是资产阶级生活方式。"

"那倒是，他不是谁是？"

"街东头的辉子，知道不？他家有人在台湾！"

"你怎么知道的？"

"还有北屋老头，几根头发还总抹油，抽的烟特高级，每根都包着玻璃纸！"

"雪茄都那样，你懂个屁！"

"9 号的小文，她爸是地主。她爸叫什么你猜？徐有财。反动不反动？"

我不想听了。"小恒，你快成'包打听'了。"我想起奶奶的成分也是地主，想起我的出身到底该怎么算？那天我没在家多待，早早地回了学校。

学校里天翻地覆。北京城天翻地覆。全中国都出了修正主义！初时，阶级营垒尚不分明，我战战兢兢地混进革命队伍也曾去清华园里造过一次反，到一个"反动学术权威"家里砸了几件摆设，毁了几双资产阶级色彩相当浓重的皮鞋。但不久，非"红五类"出身者便不可造反，我和几个不红不黑的同学便早早地做了逍遥派。随后，班里又有人被揭露出隐瞒了罪恶出身，我脸上竭力表现着愤怒，心里却暗暗地发抖。可什么人才会暗暗地发抖呢？耳边便响起一句话现成的解释："让阶级敌人躲在阴暗的角落里去发抖吧！"

再见小恒时，他已是一身的"民办绿"（自制军装，唯颜色露出马脚，就好比当今的假冒名牌，或当初的阿 Q，自以为已是革命党）。我把他从头到脚看一遍，不便说什么，唯低头听他汇报。

"嘿不骗你，后院小红家偷偷烧了几张画，有一张上居然印着青天白日旗！"

"真的？"

"当然。也不知让谁看见给报告了，小红她舅姥爷这几天正扫大街哪。"

"是吗？"

"西屋一见，吓得把沙发也拆了。沙发里你猜是什么？全是烂麻袋片！"

四周比较安静。小恒很是兴奋。

"听说后街有一家，红卫兵也不知怎么知道的，从他们家的箱子里翻出一堆没开封的瑞士表，又从装盐的坛子里找出好些金条！"

"谁说的？"

"还用谁说？东西都给抄走了，连那家的大人也给带走了。"

"真的？"

"骗你是孙子。还从一家抄出了解放前的地契呢！那家的老头老太太跪在院子里让红卫兵抽了一顿皮带，还说要送他们回原籍劳改去呢。"

小恒的汇报轰轰烈烈，我听得胆战心惊。

那天晚上，母亲跟奶奶商量，让奶奶不如先回老家躲一躲。奶奶悄然落泪。母亲说："先躲过这阵子再说，等没事了就接您回来。"我真正是躲在角落里发抖了，不敢再听，溜出家门，心里乱七八糟地在街上走，一直走回学校。

几天后奶奶走了。母亲来学校告诉我：奶奶没受什么委屈，平平安安地走了。我松了一口气。但即便在那一刻，我也知道，这一口气是为什么松的。良心，其实什么都明白。不过，明白，未必就能阻止人性的罪恶。多年来，我一直躲避着那罪恶的一刻。但其实，那是永远都躲避不开的。

母亲还告诉我，小恒一家也走了。

"小恒？怎么回事？"

"从他家搜出了几大箱子绸缎，还有银圆。"

"怎么会？"

"完全是偶然。红卫兵本来是冲着小红的舅姥爷去的，然后各家看看，就在小恒家翻出了那些东西。"

几十匹绫罗绸缎，色彩缤纷华贵，铺散开，铺得满院子都是，一地金光灿烂。

小恒妈跪在院子中央，面如土灰。

银圆一把一把地抛起来，落在柔软的绸缎上，沉甸甸的但没有声音。

接着是皮带抽打在皮肉上的震响，先还零碎，渐渐地密集。

老海棠树的树荫下，小恒妈两眼呆滞一声不吭，皮带仿佛抽打着木桩。

红卫兵愤怒地斥骂。

斥骂声惊动了那一条街。

邻居们早都出来，静静地站在四周的台阶下。

街上的人吵吵嚷嚷地涌进院门，然后也都静静地站在四周的台阶下。

有人轻声问："谁呀？"

没人回答。

"小恒妈，是吗？"

没人理睬。

小恒妈哀恐的目光偶尔向人群中搜寻一回，没人知道她在找什么。

没人注意到小恒在哪儿。

没人还能顾及小恒。

是小恒自己出来的。他从人群里钻出来。

小恒满面泪痕，走到他妈跟前，接过红卫兵的皮带，"啪！啪啪！啪啪啪……"那声音惊天动地。

连那几个红卫兵都惊呆了。在场的人后退一步，吸一口凉气。

小恒妈一如木桩，闭上双眼，倒似放心了的样子。

"啪！啪啪！啪啪啪……"

没人去制止。没人敢动一下。

直到小恒手里的皮带掉落在地，掉落在波浪似的绸缎上。

小恒一动不动地站着。小恒妈一动不动地跪着。

老海棠树上，蜻蜓找到了午间的安歇地。一只蝴蝶在院中飞舞。蝉歌如潮。

很久，人群有些骚动，无声地闪开一条路。

警察来了。

绫罗绸缎扔上卡车，小恒妈也被推上去。

小恒这才哭喊起来："我不走，我不走！哪儿也不去！我一个人在北京！"

在场的人都低下头，或偷偷叹气。

一个老民警对小恒说："你还小哇，一个人哪儿行？"

"行！我一个人行！要不，大妈大婶我跟着你们行不？跟着你们谁都行！"

是人无不为之动容。

这都是我后来听说的。

再走进那个院子时，只见小恒家的门上一纸封条、一把大锁。

老海棠树已然枝枯叶落。落叶被阵阵秋风吹开，堆积到四周的台阶下，就像不久前屏息战栗的人群。

家里，不见了奶奶，只有奶奶的针线笸箩静静地躺在床上。

我的良心仍不敢醒。但那孱弱的良心，昏然地能够看见奶奶独自走在乡间小路上的样子。还能看见：苍茫的天幕下走着的小恒，前面不远，是小恒妈踽踽而行的背影。或者还能看见：小恒紧走几步，追上母亲，母亲一如既往地搂住他弱小且瑟缩的肩膀。荒风落日，旷野无声。

/老海棠树/

如果可能，如果有一块空地，不论窗前屋后，要是能随我的心愿种点儿什么，我就种两棵树。一棵合欢，纪念母亲。一棵海棠，纪念我的奶奶。

奶奶，和一棵老海棠树，在我的记忆里不能分开；好像她们从来就在一起，奶奶一生一世都在那棵老海棠树的影子里张望。

老海棠树近房高的地方，有两条粗壮的枝丫，弯曲如一把躺椅，小时候我常爬上去，一天一天地就在那儿玩。奶奶在树下喊："下来，下来吧，你就这么一天到晚待在上头不下来了？"是的，我在那儿看小人书，用弹弓向四处射击，甚至在那儿写作业，书包挂在房檐上。"饭也在上头吃吗？"对，在上头吃。奶奶把盛好的饭菜举过头顶，我两腿攀紧树桠，一个海底捞月把碗筷接上来。"觉呢，也在上头睡？"没错。四周是花香，是蜂鸣，春风拂面，是沾衣不染的海棠花雨。奶奶站在地上，站在屋前，老海棠树下，望着我；她必是羡慕，猜我在上头是什么感觉，都能看见什么？

但她只是望着我吗？她常独自呆愣，目光渐渐迷茫，渐渐空荒，透过老海棠树浓密的枝叶，不知所望。

春天，老海棠树摇动满树繁花，摇落一地雪似的花瓣。我记得奶奶坐在树下糊纸袋，不时地冲我叨唠："就不说下来帮帮我？你那小手儿糊得多快！"我在树上东一句西一句地唱歌。奶奶又说："我求过你吗？这回活儿紧！"我说："我爸我妈根本就不想让您糊那破玩意儿，是您自己非要这么累！"奶奶于是不再吭声，直起腰，喘口气，这当儿就又呆呆地张望——从粉白的花间，一直到无限的天空。

或者夏天，老海棠树枝繁叶茂，奶奶坐在树下的浓荫里，又不知从哪儿找来了补花的活儿，戴着老花镜，埋头于床单或被罩，一针一线地缝。天色暗下来时她冲我喊："你就不能劳驾去洗洗菜？没见我忙不过来吗？"我跳下树，洗菜，胡乱一洗了事。奶奶生气了："你们上班上学，就是这么糊弄？"奶奶把手里的活儿推开，一边重新洗菜一边说："我就得一辈子给你们做饭？就不能有我自己的工作？"这回是我不再吭声。奶奶洗好菜，重新捡起针线，从老花镜上缘抬起目光，又会有一阵子愣愣的张望。

有年秋天，老海棠树照旧果实累累，落叶纷纷。早晨，天还昏暗，奶奶就起来去扫院子，"唰啦——唰啦——"院子里的人都还在梦中。那时我大些了，正在插队，从陕北回来看她。那时奶奶一个人在北京，爸和妈都去了干校。那时奶奶已经腰弯背驼。"唰啦唰啦"的声音把我惊醒，赶紧跑出去："您歇着吧我来，保证用不了三分钟。"可这回奶奶不要我帮。"咳，你呀！你还不懂吗？我得劳动。"我说："可谁能看得见？"奶奶说："不能那样，人家看不看得见是人家的事，我得自觉。"她扫完了院子又去扫街。"我跟您一块儿扫行不？""不行。"

这样我才明白，曾经她为什么执意要糊纸袋，要补花，不让自己闲着。有爸和妈养活她，她不是为挣钱，她为的是劳动。她的成分随了爷爷算地主。虽然我那个地主爷爷三十几岁就一命归天，是奶奶自己带着三个儿子苦熬过几十年，但人家说什么？人家说："可你还是吃了那么多年的剥削饭！"这话让她无地自容。这话让她独自愁叹。这话让她几十年的苦熬忽然间变成屈辱。她要补偿这罪孽。她要用行动证明。证明什么呢？她想着她未必不能有一天自食其力。奶奶的心思我有点儿懂了：什么时候她才能像爸和妈那样，有一份名正言顺的工作呢？大概这就是她的张望吧，就是那老海棠树下屡屡的迷茫与空荒。不过，这张望或许还要更远大些——她说过：得跟上时代。

所以冬天，所有的冬天，在我的记忆里，几乎每一个冬天的晚上，奶奶都在灯下学习。窗外，风中，老海棠树枯干的枝条敲打着屋檐，摩擦着窗棂。奶奶曾经读一本《扫盲识字课本》，再后是一字一句地念报纸上的头版新闻。在《奶奶的星星》里我写过：她学《国歌》一课时，把"吼声"念成"孔声"。我写过我最不能原谅自己的一件事：奶奶举着一张报纸，小心地凑到我跟前，"这一段，你给我说说，到底什么意思？"我看也不看就回答："您学那玩意儿有用吗？您以为把那些东西看懂，您就真能摘掉什么帽子？"奶奶立刻不语，唯低头盯着那张报纸，半天半天目光都不移动。我的心一下子收紧，但知已无法弥补。"奶奶。""奶奶！""奶奶——"我记得她终于抬起头时，眼里竟全是惭愧，毫无对我的责备。

但在我的印象里，奶奶的目光慢慢地离开那张报纸，离开灯光，离开我，在窗上老海棠树的影子那儿停留一下，继续离开，离开一切声响甚至一切有形，飘进黑夜，飘过星光，飘向无可慰藉的迷茫与空荒……而在我的梦里，我的祈祷中，老海棠树也便随之轰然飘去，跟随着奶奶，陪伴着她，围拢着她；奶奶坐在满树的繁花中，满地的浓荫里，张望复张望，或不断地要我给她说说："这一段到底是什么意思？"——这形象，逐年地定格成我的思念，和我永生的痛悔。

/孙姨和梅娘/

柳青的母亲，我叫她孙姨，曾经和现在都这样叫。在这期间，有一天我忽然知道了，她是三四十年代一位很有名的作家——梅娘。

最早听说她，是在一九七二年底。那时我住在医院，已是寸步难行；每天唯两个盼望，一是死，一是我的同学们来看我。同学们都还在陕北插队，快过年了，纷纷回到北京，每天都有人来看我。有一天，他们跟我说起了孙姨。

"谁是孙姨？"

"瑞虎家的亲戚，一个老太太。"

"一个特棒的老太太，五七年的右派。"

"右派？"

"现在她连工作都没有。"

好在那时我们对右派已经有了理解。时代正走到接近巨变的时刻了。

"她的女儿在外地，儿子病在床上好几年了。"

"她只能在外面偷偷地找点儿活儿干，养这个家，还得给儿子治病。"

"可是邻居们都说，从来也没见过她愁眉苦脸唉声叹气。"

"瑞虎说，她要是愁了，就一个人在屋里唱歌。"

"等你出了院，可得去见见她。"

"保证你没见过那么乐观的人。那老太太比你可难多了。"

我听得出来，他们是说"那老太太比你可坚强多了"。我知道，同学们在想尽办法鼓励我，刺激我，希望我无论如何还是要活下去。但这一回他们没有夸张，孙姨的艰难已经到了无法夸张的地步。

那时我们都还不知道她是梅娘，或者不如说，我们都还不知道梅娘是谁；我们这般年纪的人，那时对梅娘和梅娘的作品一无所知。历史常就是这样被割断着、湮灭着。梅娘好像从不存在。一个人，生命中最美丽的时光竟似消散得无影无踪。一个人丰饶的心魂，竟可以沉默到无声无息。

两年后我见到孙姨的时候，历史尚未苏醒。

某个星期天，我摇着轮椅去瑞虎家——东四六条流水巷，一条狭窄而曲折的小巷，巷子中间一座残损陈旧的三合院。我的轮椅进不去，我把瑞虎叫出来。春天，不冷了，近午时分阳光尤其明媚，我和瑞虎就在他家门前的太阳地里聊天。那时的北京处处都很安静，巷子里几乎没人，唯鸽哨声时远时近，或者还有一两声单调且不知疲倦的叫卖。这时，沿街墙，在墙阴与阳光的交界处，走来一个老太太，尚未走近时她已经朝我们笑了。瑞虎说这就是孙姨。瑞虎再要介绍我时，孙姨说："甭了，甭介绍了，我早都猜出来了。"她嗓音敞亮，步履轻捷，说她是老太太实在是因为没有更恰当的称呼吧；转眼间她已经站在我身后抚着我的肩膀了。那时她五十多接近六十岁，头发黑而且茂密，只是脸上的皱纹又多又深，刀刻的一样。她问我的病，问我平时除了写写还干点儿什么。她知道我正在学着写小说，但并不给我很多具体的指点，只对我说："写作这东西最是不能急的，有时候要等待。"倘是现在，我一定就能听出她是个真正的内行了；二十多年过去，现在要是让我给初学写作的人一点儿忠告，我想也是这句话。她并不多说的原因，还有，就是仍不想让人知道那个云遮雾罩的梅娘吧。

她跟我们说笑了一会儿，拍拍我的肩说"下午还有事，我得做饭去了"，说罢几步跳上台阶走进院中。瑞虎说，她刚在街道上干完活儿回来，下午还得去一户人家帮忙呢。"帮什么忙？""其实就是当保姆。""当保姆？孙姨？"瑞虎说就这还得瞒着呢，所以她就到离家很远的地方去当保姆，越远越好，要不人家知道了她的历史，谁还敢雇她？

她的什么历史？瑞虎没说，我也不问。那个年代的人都懂得，话说到这儿最好止步；历史，这两个字，可能包含着任何你想得到和想不到的危险，可能给你带来任何想得到和想不到的灾难。一说起那个时代，就连"历史"这两个字的读音都会变得阴沉、压抑。以至于我写到这儿，再从记忆中去看那条小巷，不由得已是另外的景象——阳光暗淡下去，鸽子瑟缩地蹲在灰暗的屋檐上，春天的风卷起尘土，卷起纸屑，卷起那不死不活的叫卖声在小巷里流窜；倘这时有一两个伛背弓腰的老人在奋力地打扫街道，不用问，那必是"黑五类"，比如右派，比如孙姨。

其实孙姨与瑞虎家并不是亲戚，孙姨和瑞虎的母亲是自幼的好友。孙姨住在瑞虎家隔壁，几十年中两家人过得就像一家。曾经瑞虎家生活困难，孙姨经常给他们援助，后来孙姨成了"右派"，瑞虎的父母就照顾着孙姨的孩子。这两家人的情谊远胜过亲戚。

我见到孙姨的时候她的儿子刚刚去世。孙姨有三个孩子，一儿两女。小女儿早在她劳改期间就已去世。儿子和小女儿得的是一样的病，病的名称我曾经知道，现在忘了，总之在当时是一种不治之症。残酷的是，这种病总是在人二十岁上下发作。她的一儿一女都是活蹦乱跳地长到二十岁左右，忽然病倒，虽四处寻医问药，但终告不治。这样的母亲可怎么当啊！这样孤单的母亲可是怎么熬过来的呀！这样的在外面受着歧视、回到家里又眼睁睁地看着一对儿女先后离去的母亲，她是靠着什么活下来的呢？靠她独自的歌声？靠那独自的歌声中怎样的信念啊！我真的不敢想象，到现在也不敢问。要知道，那时候，没有谁能预见到"右派"终有一天能平反啊。

如今，我经常在想起我的母亲的时候想起孙姨。我想起我的母亲在地坛里寻找我，不由得就想起孙姨，那时她在哪儿并且寻找着什么呢？我现在也已年过半百，才知道，这个年纪的人，心中最深切的祈盼就是家人的平安。于是我越来越深地感受到了我的母亲当年的苦难，从而越来越多地想到孙姨的当年，她的苦难唯加倍的深重。

我想，无论她是怎样一个坚强而具传奇色彩的女性，她的大女儿一定是她决心活下去并且独自歌唱的原因。

她的大女儿叫柳青。毫不夸张地说，她是我写作的领路人。并不是说我的写作已经多么好，或者已经能够让她满意，而是说，她把我领上了这条路，经由这条路，我的生命才在险些枯萎之际豁然地有了一个方向。

一九七三年夏天我出了医院，坐进了终身制的轮椅，前途根本不能想，能想的只是这终身制终于会怎样结束。这时候柳青来了。她跟我聊了一会儿，然后问我："你为什么不写点儿什么呢？我看你是有能力写点儿什么的。"那时她在长影当导演，于是我就迷上了电影，开始写电影剧本。用了差不多一年时间，我写了自以为可以拍摄的三万字，柳青看了说不行，说这离能够拍摄还差得远。但她又说："不过我看你行，依我的经验看你肯定可以干写作这一行。"我看她不像是哄我，便继续写，目标只有一个——有一天我的名字能够出现在银幕上。我差不多是写一遍寄给柳青看一遍，直到有一天她告诉我："这一稿真的不错，我给叶楠看了他也说还不错。"我记得这使我第一次有了自信，并且从那时起，彩蛋也不画了，外语也不学了，一心一意地只想写作了。

大约就是这时，我知道了孙姨是谁，梅娘是谁；梅娘是一位著名老作家，并且同时就是那个给人当保姆的孙姨。

又过了几年，梅娘的书重新出版了，她送给我一本，并且说"现在可是得让你给我指点指点了"，说得我心惊胆战。不过她是诚心诚意这样说的。她这样说时，我第一次听见她叹气，叹气之后是短暂的沉默。那沉默中必上演着梅娘几十年的坎坷与苦难，必上演着中国几十年的坎坷与苦难。往事如烟，年轻的梅娘已是耄耋之年了，这中间，她本来可以有多少作品问世呀。

现在，柳青定居在加拿大。柳青在那儿给孙姨预备好了房子，预备好了一切，孙姨去过几次，但还是回来。那儿青天碧水，那儿绿草如茵，那儿的房子宽敞明亮，房子四周是果园，空气干净得让你想大口大口地吃它。孙姨说那儿真是不错，但她还是回来。

她现在一个人住在北京。我离她远，又行动不便，不能去看她，不知道她每天都做些什么。有两回，她打电话给我，说见到一本日文刊物上有评论我的小说的文章，"要不要我给你翻译出来？"再过几天，她就寄来了译文，手写的，一笔一画，字体工整，文笔老到。

瑞虎和他的母亲也在国外。瑞虎的姐姐时常去看看孙姨，帮助做点儿家务事。我问她："孙姨还好吗？"她说："老了，到底是老了呀，不过脑子还是那么清楚，精神头儿旺着呢！"

/M的故事/

多年以前，一个夏天的中午，阵雨之后阳光尤其灿烂，在花园里，一群孩子跳跳唱唱地像往常那样游戏。

有个七岁的小姑娘，M，正迷恋着写字；她蹲在路旁的水洼边，用手指蘸着雨水，在已经干燥的路面上写她刚刚学会的字。可能是写不好，也可能是写到一半，字迹就让炽热的阳光吸干了，小姑娘有些扫兴。她离开那儿。

走到树荫下的一道矮墙边，她已经又快乐起来。她爬上矮墙。

她坐在矮墙上荡着双腿，欣赏她的糖纸，一张张地翻看，把最暗淡的排在最后，在最可心的上面亲一下。可能是那矮墙还有些潮湿，很凉，她想换个姿势蹲着。但这过程中她发现站在矮墙上的感觉其实更好，蹲下了又站起来。高高地站在那矮墙上，没来由地让她兴奋，她喊："嘿——，看我呀你们！"

孩子们都驻足看她，向她仰起羡慕的笑脸。大概是这感觉让她有所联想，七岁的小姑娘整理一下衣裙，快乐地宣布："我是毛主席！"

孩子们似乎也都激动，仰着笑脸向她围拢。

但是，一个个笑脸忽然僵滞，笑容慢慢收敛。

因为有个声音说："M，你反动！"

整整那一个夏天，M的全家都在担忧。

尤其傍晚，窗外，院子里，孩子们依旧唱唱跳跳地玩耍；忽不知是谁想起了M，想起了她的"罪行"，或是想起了"声讨"的快乐，于是乎孩子们齐声地喊："M，反动！M，反动！M，反动……"虽不过是孩子们别出心裁的游戏，M全家却听得胆战心惊。

全家人唯低头吃着晚饭，谁也不说话。

"反动！反动！反动……"那声音随晚风一浪一浪飘进家中，撞上屋中的死寂，一声声都似尖厉，拖着空旷的回音。

晚饭草草结束。

洗碗的声音轻得不能再轻。

随后，家里的灯都熄掉。

月光开始照耀。"声讨"仍在继续。

全家人这儿一个那儿一个坐在月影里，默默地听着，不去反驳，不去制止。爸和妈偶尔去窗边望望，只盼那孩童的游戏自生自灭，唯恐引得大人们当真。

主要的问题是，从那天起，没有人跟 M 玩了。

从那天开始，小姑娘 M 害怕起大喇叭的广播，怕广播中会出现她的名字。

那时候广播喇叭无处不在，吊在楼顶，悬在杆头，或藏在茂密的树冠里。

那个夏天剩下的日子，七岁的小姑娘常常独自走进花园，对着寂静的花草，对着飞舞的蜜蜂和蝴蝶，对着风，祈祷，对着太阳诉说自己的无辜，或忠诚。

"那天我错了，但我不是那样想的。"

"我真的不是那样想的，向毛主席保证！"

"我是怎么想的，毛主席他不会不知道。"

她听见蝉歌唱得悠然，平静，心想大概不会有什么事了。

她听见大喇叭里正播放着《大海航行靠舵手》，心想，看来不会有事了。

她知道，一般出事前总是播放"拿起笔做刀枪"那样的歌，歌一完，广播里就会说出一个人的名字，说他干了什么和说了什么，说他是反革命。可现在没有，现在并没播放那样的歌。是吗？再听听。没错儿，现在又播放样板戏了。

小姑娘长长地吐一口气，坐下，看天边的晚霞慢慢暗淡下去。

但是，没人跟她玩了。这才是真正的恐惧。

她盼望着有人来跟她玩。但她盼望的并不是游戏的快乐，而是孩子们能够转变对她的态度。这才是真正的疑难。

一颗七岁的心，正在学着根据别人的脸色来判断自己的处境。

一颗七岁的心已经懂得，要靠赢得别人对你的好感，来改善自己的处境。

但是，有什么办法吗？

她想起家里还有一罐水果糖。无师自通，她有了一个小小的诡计：给孩子们发糖，孩子们就会来跟她玩了。每人发一块，他们就会重新喜欢她了。

爸和妈都不在家。她冲孩子们喊："喂——真的，我家有好多好多糖呢！"

糖罐放在柜顶上。她蹬着椅子，椅子上面再加个小板凳，孩子们围着她，向她仰起笑脸。她吃力地取下糖罐，心里又松一口气——本来还怕够不到那糖罐呢。

孩子们便跟她一起唱唱跳跳地玩了，像以前一样，唯比以前多出了一个目的。

"还有糖吗？"

"看，还多着呢。"

她再给每人都发一块。

孩子们慢慢忘记着"反动"的事，单记得那罐子里的糖果色彩繁多。

"我想再吃一块绿色的行吗？"

"紫色的，我还没吃过紫色的呢！"

又是每人一块。

那年月，糖果并不普通。所以爸爸把它放在了柜顶上。但七岁的小姑娘已经顾不得糖果的珍贵了，唯在心里感动着它们的作用。

工间操，妈妈回来了，她让孩子们躲在床下。妈妈走了，她把孩子们放出来。她怕孩子们离开，再给每人发一块，她怕孩子们一离开就会又想起"反动"。

孩子们很快就摸出了一个诀窍——以"离开"相威胁，或以"再来"相引诱，就能够一次次得到糖果。

甚至到了傍晚，孩子们要回家了，走到门口又站住。

"再吃最后一块吧？"

"行，那你们明天还来吗？"

"要不两块吧，最后的。"

"明天你们还来，行吗？"

多年以后，小姑娘早已成年，我把我写的这个故事给她看。看罢，她沉吟许久，竟出人意料地说：好像不是这样——

"好像不这么简单。好像有什么地方，不大对。"

"哪儿？"我问，"什么地方不对？"

她说是结尾。"我给他们糖，不是想让他们不走，不是想让他们再来，而是想让他们快走吧。最后再给你们每人两块，我是想让他们别再来了。"

"为什么？你不是害怕没人跟你玩吗？"

"噢，是呀……"

"那，为什么又不想让他们再来？"

"噢，太久了真是太久了，我自己都有点儿忘了。"

她慢慢地踱步，慢慢地追忆："因为，他们不走，他们就还会要。他们要是再来，我想他们一定还会要。可罐子里的糖，已经少了很多。"

"你是害怕妈妈发现？"

"不，我可能倒是希望她发现。她没发现，我心里反而难过。"

"最后呢，她发现了吗？"

"没有，她一直都没发现。"

"照理说她应该不难发现啊？"

"是呀。不过也许，她早就发现了。也许她是故意不发现的。"

/B老师/

B老师应该有六十岁了。他高中毕业来到我们小学时，我正上二年级。小学，都是女老师多，来了个男老师就引人注意。引人注意还因为他总穿一身褪了色的军装；我们还当他是转业军人，其实不是，那军装有可能是抗美援朝的处理物资。

因为那身军装，还因为他微微地有些驼背，很少有人能猜准B老师的年龄。"您今年三十几？"或者："有四十吗，您？"甚至："您面老，其实您超不过五十岁。"对此B老师一概以微笑作答，不予纠正。

他教我们美术、书法，后来又教历史。大概是因为年轻，且多才多艺，他又做了我们的大队总辅导员。

自从他当了总辅导员，我记得，大队日开始过得正规：出旗，奏乐，队旗绕场一周，然后各中队报告人数，唱队歌，宣誓，各项仪式一丝不苟。队旗飘飘，队鼓咚咚，我们感到了从未有过的庄严。B老师再举起拳头，语气昂扬："准备着，为共产主义事业而奋斗！"孩子们齐声应道："时刻准备着！"那一刻蓝天白云，大伙儿更是体会了神圣与骄傲。

自从他当了总辅导员，大队室也变得整洁、肃穆。"星星火炬"挂在主席像的迎面。队旗、队鼓陈列一旁。四周的墙上是五颜六色的美术字，"好好学习天天向上"一类。我们几个大队委定期在那儿开会，既知重任在肩，却又无所作为。

B老师要求我们"深入基层"，去各中队听取群众意见。于是乎，学习委员、劳动委员、文体委员、卫生委员，以及我这个宣传委员，一干人马分头行动。但群众的意见通常一致：没什么意见。

宣传委员负责黑板报。我先在版头写下三个美术字：黑板报（真是废话）。再在周围画上花边。内容呢，无非是"好人好事""表扬与批评"，以及从书上摘来的"雷锋日记"，或从晚报上抄录的谜语。两块黑板，一周一期，都靠礼拜日休息时写满。

春天，我们在校园里种花。同学们从家里带来种子，撒在楼前楼后的空地上。B老师钉几块木牌，写上字，插在松软的土地上：让祖国变成美丽的大花园。

秋天我们收获向日葵和蓖麻。虽然葵花瘦小，蓖麻子也只一竹篓，但仪式依然庄重。这回加了一项内容：由一位漂亮的女大队委念一篇献词。然后推选出几个代表，捧起葵花和竹篓，队旗引路，去献给祖国。祖国在哪儿？曾是我很久的疑问。

那时的日子好像过得特别饱满、色彩斑斓，仿佛一条充盈的溪水，顾自欢欣地流淌，绝不以为梦想与实际会有什么区别。

B老师也这样，算来那时他也只有二十一二岁，单薄的身体里仿佛有着发散不完的激情。

"五一"节演节目，他扮成一棵大树，我们扮成各色花朵。他站在我们中间，贴一身绿纸，两臂摇呀摇呀似春风吹拂，于是我们纷纷开放。他的嗓音圆润、高亢："啊，春天来了，山也绿了，水也蓝了。看呀孩子们，远处的浓烟那是什么？"花朵们回答："是工厂里炉火熊熊！是田野上烧荒播种！是时代的车轮滚滚向前！""想想吧，桃花，杏花和梨花，你们要为这伟大的时代做些什么？""努力学习，健康成长，为人类贡献甘甜的果实！"

新年又演节目，这回他扮成圣诞老人——不知从哪儿借来一件老皮袄，再用棉花贴成胡子，脚下是一双红色的女式雨靴。舞台灯光忽然熄灭，再亮时圣诞老人从天而降。孩子们拥上前去。圣诞老人说："猜猜孩子们，我给你们带来了什么礼物？"有猜东的，有猜西的，圣诞老人说："不对都不对，我给你们送来了共产主义的宏伟蓝图！"——这台词应该说设计不俗，可是坏了，共产主义蓝图怎么是圣诞老人送来的呢？又岂可从天而降？在当时，大约学校里批评一下也就作罢，可据说后来，"文革"中，这台词与B老师的出身一联系，便成了他的一条大罪。

B老师的相貌，怎么说呢？在我的印象里有些混乱。倒不是说他长得不够有特点，而是因为众人多以为他丑——脖子过于细长，喉结又太突出；可我无论如何不能苟同。当然我也不能不顾事实一定说他漂亮，故在此问题上我态度暧昧。比如"白鸡脖"这外号在同学中早有流传，但我自觉自愿地不听，不说，不笑。

实在有人向我问起他的相貌特征，我最多说一句"他很瘦"。

在我看来，他的脖子和他的瘦，再加上那身褪色的军装，使他显得尤其朴素；他的脖子和他的瘦，再加上他的严肃，使他显得格外干练；他的脖子和他的瘦，再加上他的微笑，又让他看起来特别厚道、谦和。

是的，B老师没有缺点——这世界上曾有一个少年就这么看。

我甚至暗自希望，学校里最漂亮的那个女老师能嫁给他。姑且叫她G吧。G老师教音乐，跟B老师年纪相仿，而且也是刚从高中毕业。这不是很好吗？G老师的琴弹得好，B老师的字写得好，G老师会唱歌，B老师会画画，这还有什么可说？何况G老师和B老师都是单身，都在北京没有家，都住在学校。至于相貌嘛，当然应该担心的还是B老师。

可是相貌有什么关系？男人看的是本事。B老师的画真是画得好，在当年的那个少年看来，他根本就是画家。他画雷锋画得特别像。他先画了一幅木刻风格的，这容易，我也画过。他又画了一幅铅笔素描的，这就难些，我画了几次都不成。他又画了一幅水粉的，我知道这有多难，一笔不对就全完，可是他画得无可挑剔。

他的宿舍里，一床、一桌、一个脸盆，此外就只有几管毛笔、一盒颜料、一大瓶墨汁。除了画雷锋，他好像不大画别的；写字也是写雷锋语录，行楷篆隶，写了贴在宿舍的墙上。同学中也有几个爱书法的，写了给他看。B 老师未观其字先慕其纸："嘁，生宣！这么贵的纸我总共才买过两张。"

当年的那个少年一直想不通，才华出众如 B 老师者，何以没上大学？我问他，他打官腔："雷锋也没上过大学呀，干什么不是革命工作？"我换个方式问："您本来是想学美术的吧？"他苦笑着摇头，终于说漏了："不，学建筑。"我曾以为是他家境贫困，很久以后才知道，是因为出身，他的出身坏得不是一点儿半点儿。

礼拜日我在学校写板报，常见他和 G 老师一起在盥洗室里洗衣服，一起在办公室里啃烧饼。可是有一天，我看见只剩了 B 老师一人，他坐办公桌前看书，认真地为自己改善着伙食——两个烧饼换成了一包点心。

"G 老师呢？"

"回家了。"

"老家？"

"欸——"他伸手去接一块碎落的点心渣，故这"欸"字拐了一个弯。点心渣到底是没接住，他这才顾上补足后半句："她在北京有家了。"

"她家搬北京来了？"

B 老师笑了，抬眼看我："她结婚了。"

G 老师结婚了？跟谁？我自知这不是我应该问的。

B 老师继续低头享受他的午餐。

可是，这就完了？就这么简单？那，B 老师呢？我愣愣地站着。

B 老师说："板报写完了？"

"写完了。"

"那就快回家吧，不早了。"

多年后，我摇了轮椅去看 B 老师，听别的老师说起他的婚姻，说他三十几岁才结婚，娶了个农村妇女。

"生活嘛，当然是不富裕，俩孩子，一家四口全靠他那点儿工资。"

"不过呢，还过得去。"

"其实呀，曾经有个挺好的姑娘喜欢他，谈了好几年，后来散了。"

"为什么？咳，还说呢！人家没嫌弃他，他倒嫌弃了人家。女方出身也不算好，他说咱俩出身都不好将来可怎么办？他是指孩子，怕将来影响孩子的前途。"

"那姑娘人也好，长得也好，大学毕业。人家瞧上了你，你倒还有条件了！"

"那姑娘还真是瞧上他了，分手时哭得呀……"

"我们所有的老师都劝他，说出身有什么关系？你出身好？"

"你猜他说什么？他说，我要是出身好我干吗不娶她？"

"B 老师呀，可真是聪明一世，糊涂一时。"

"要我说呀，他是聪明了一时，糊涂了一世！"

"也不知是赌气还是怎的，他就在农村找了一个。这个出身可真是好极了，几辈子的贫农，可是没文化，你说他们俩坐在一块儿能有多少话说？"

"他肯定还是忘不了先前那个姑娘。大伙儿有时候说起那姑娘，他就躲开。"

"不过现在他也算过得不错，老婆对他挺好，一儿一女也都出息。"

"B 老师现在年年都是模范教师，区里的，市里的。"

七几年我见过他一回，那身军装已经淘汰，他穿一件洗得透明的"的确良"，赤脚穿一双塑料凉鞋。

正是"批林批孔"、批"师道尊严"的年代。他站在楼前的花坛边跟我说话，一群在校的学生从旁走过，冲他喊："白鸡脖，上课啦！"他和颜悦色地说："上课了还不赶紧回教室？"我很想教训教训那帮孩子，B 老师劝住我："咳没事，这算什么？"

八几年夏天我又见过他一回，"的确良"换成一件 T 恤衫，但还是赤脚穿一双塑料凉鞋。这一回，不管是学生还是老师，都恭恭敬敬地叫他 B 校长了。

"B 校长，该走了！"有人催他。

"有个会，我得去。"他跳上自行车，匆匆地走了。

催他去开会的那个老师跟我闲聊。

"B 校长入党了，知道吗？"

"怎么，他才入党呀？"在我的印象里 B 老师早就是党员了。

"是呀，想入党想了一辈子。B 校长，好人哪！可世界找不着这么好的人！"

那老师说罢背起手，来回踱步，看天，看地，脸上轮换着嘲笑和苦笑。

我听出他话里有话，问："怎么了？"

"怎么了？"他站住，"百年不遇，偏巧又赶上涨工资！"

"那怎么了，好事呀？"

"可名额有限，群众评选。你说现在这事儿邪不邪？有人说你老B既然入了党还涨什么工资？你不能两样儿全占着……"

这老师有点儿神经质，话没说完时已然转身撤步，招呼也不打，唯远远地在地上留下一口痰。

/庄子/

"庄子哎！回家吃饭嘞——"我记得，一听见庄子的妈这样喊，处处的路灯就要亮了。

很多年前，天一擦黑，这喊声必在我们那条小街上飘扬，或三五声即告有效，或者就要从小街中央一直飘向尽头，一声声再回来，飘向另一端。后一种情况多些，这时家家户户都已围坐在饭桌前，免不了就有人叹笑：瞧这庄子，多叫人劳神！有文化的人说：庄子嘛，逍遥游，等着咱这街上出圣人吧。不过此庄子与彼庄子毫无牵连，彼庄子的"子"读重音，此庄子的"子"发轻声。此庄子大名六庄。据说他爹善麻将，生他时牌局正酣，这夜他爹手气好，一口气已连坐五庄，此时有人来报："道喜啦，带把儿的，起个名吧。"他爹摸起一张牌，在鼻前闻闻，说一声："好，要的就是你！"话音未落把牌翻开，自摸和！六庄因而得名。

庄子上边俩哥俩姐。听说还有几个同父异母的哥姐，跟着自己的母亲住在别处。就是说，庄子他爹有俩老婆——旧社会的产物，但解放后总不能丢了哪个不管。俩老婆生下一大群孩子。庄子他爹一个普通职员，想必原来是有些家底的，否则敢养这么多？后来不行了，家底渐渐耗尽了吧，庄子的妈——三婶，街坊邻居都这么叫她——便到处给人做保姆。

我不记得见过庄子的父亲，他住在另外那个家。三婶整天在别人家忙活，也不大顾得上几个孩子，庄子所以有了自由自在的童年。哥姐们都上学去了，他独自东游西逛。庄子长得俊，跟几个哥姐都不像。街坊邻居说不上多么喜欢他，但庄子绝不讨人烦，他走到谁家就乐呵呵地在谁家玩得踏实，人家有什么活儿他也跟着忙，扫地，浇花，甚至上杂货铺帮人家买趟东西。人家要是说"该回家啦庄子，你妈找不着你该担心了"，他就离开，但不回家，唱唱跳跳继续他的逍遥游。小时候庄子不惹事，生性腼腆，懂规矩。三婶在谁家忙，他一个人玩腻了就到那家院门前朝里望，故意弄出一些声响；那家人叫他进来，他就跑。三婶说"甭理他，冻不着饿不着的没事儿"，但还是不断朝庄子跑去的方向望。那家人要是说"庄子哎快过来，看我这儿有什么好吃的"，庄子跑走一会儿就还回来，回来还是扒着院门朝里望，故意弄出些响声。倘那家人是诚心诚意要犒赏他，比如说抓一把糖给他，庄子便红了脸，一边说着"不要，我们家有"，一边把目光转向三婶。三婶说"拿着吧，边儿吃去，别再来讨厌了啊"，庄子就赶紧揪起衣襟，或撑开衣兜。有一回人家故意逗他："不是你们家有吗，有了还要？"谁料庄子脸上一下子煞白，揪紧衣襟的手慢慢松开，愣了一会儿，扭头跑去再没回来。

庄子比我小好几岁，他上了小学我已经上中学；我上的是寄宿学校，每星期回家一天，不常看见他了。然后是"文革"，然后是插队。

插队第一年冬天回北京，在电影院门前碰见了庄子。其时他已经长到跟我差不多高了，一身正宗"国防绿"军装，一辆锰钢车，脚上是白色"回力"鞋，那是当时最时髦的装束，狂，份儿。"份儿"的意思，大概就是有身份吧。我还没认出他，他先叫我了。我一愣，不由得问："哪儿混的这套行头？"他"咳"一声，岔开话茬儿："买上票了？"我说人忒多，算了吧。正在上演的是《列宁在一九一八》，里面有几个《天鹅湖》中的镜头，引得年轻人一遍一遍地看，票于是难买。据说有人竟看到八遍，到后来不看别的，只看那几个镜头；估摸"小天鹅"快出来了才进场，举了相机等着，一俟美丽的大腿勾魂摄魄地伸展，黑暗中便是一片"喊哩咔嚓"按动快门的声音。对"文革"中长大的一代人来说，这算得人体美的启蒙一课。庄子又问："要几张？"我说："你有富余的？"他摇摇头："要就买呗。"我说："谁挤得上去谁买吧，我还是拉倒。"庄子说："用得着咱挤吗？等那群小子挤上了帮你买几张不得了？""哪群小子？"庄子朝售票口那边扬了扬下巴："都是哥们儿的人。"售票口前正有一群"国防绿"横拥竖挤吆三喝四，我明白了，庄子是他们的头儿。我不由得再打量他，未来的庄子绝非蛮壮鲁莽的一类，当是英武、风流、有勇有谋的人物。"怎么着，没事跟咱们一块儿玩玩儿去？"他说。我没接茬儿，但我懂，这"玩玩"必是有异性参与的，或是要谋求异性参与的。

插队三年，又住了一年多医院，两条腿彻底结束了行程，我坐着轮椅再回到那条小街上，其时庄子正上高中。我找不到正式工作，在家待了些日子就到一家街道工厂去做临时工。那小工厂的事我不止一次写过：三间破旧的老屋里，一群老太太和几个残疾人整天趴在仿古家具上涂涂抹抹，画山水楼台，画花鸟鱼虫，画才子佳人，干一天挣一天的钱。我先是一天八毛，后来涨到一块。

老屋里阴暗潮湿，我们常坐到屋前的空地上去干活。某日庄子上学从那小工厂门前过，看见我，已经走过去了又掉头回来，扶着我的轮椅叹道："甭说了哥，这可真他妈不讲理。"确实是甭说了，我无言以答。庄子又说："找他们去，不能这么就算完了吧？""都找了，劳动局、知青办，没用。""操！丫怎么说？""人家说全须儿全尾儿的还管不过来呢。""哥，咱打丫的你说行不行？"我说："你先上学去吧，回头晚了。"他说："什么晚不晚的，那也叫上学？"大概那正是"批林批孔"、批"师道尊严"的时候。庄子挨着我坐下，从书包里摸出一包"大中华"。我说："你小子敢抽这个？"他说："人家给的，就两根儿了，正好。"我停下手里的活，陪他把烟抽完。烟缕随风飘散，我不记得我们还说了些什么。后来他站起来，把烟屁一蹾，一弹，弹上屋顶，说一声"谁欺负你，哥，你说话"，跳上自行车急慌慌地走了。

庄子走后，有个影子一歪一拧地凑过来，是鲇（黏）鱼。鲇鱼的大名叫得挺古雅，可惜记不得了，总之那样的名字后头若不跟着"先生"二字，似乎这名字就还没完。鲇鱼——这外号起得贴切，他拄着根拐杖四处流窜，影子似的总给人捉不住的感觉，而且此人好崇拜，他要是待见谁就整天在谁身边絮叨个没完，黏得很。

鲇鱼说："怎么着哥们儿，你也认识庄子？"我说是，多年的邻居，"你也认识他？"鲇鱼一脸的自豪："那是，我们哥儿俩深了。再说了，这一带你打听打听去，庄子！谁不知道？"我问为什么。他踢踢庄子刚才扔掉的烟盒说："瞧见没有，什么烟？"我心里一惊："怎么，庄子他……拿人东西？""我操，哥们儿你丫想哪儿去了？

庄子可不干那事。拂爷（北京土语：小偷）见了庄子，全他妈尿！""怎么呢？""这我不能跟你说。"不说拉倒，我故意埋头干活。我知道鲇鱼忍不住，不一会儿他又凑过来："狂不狂看米黄，瞅见庄子穿的什么裤子没？米黄的毛哔叽！哪儿来的？""哪儿来的？""这我不能告诉你。""不说就一边儿去！""嘿别，别介呀。其实告诉你也没事，你跟庄子也是哥们儿，甭老跟别人说就行。""快说！""你想呀，三婶哪儿有钱给他买这个？拂爷那儿来的。操你丫真他妈老外！这么说吧，拂爷的钱反正也不是好来的，懂了吧？"我还是没太懂，拂爷的钱凭什么给庄子？"庄子给他们戳着。""戳着？""就是帮他们打架。""跟谁打，警察？""哥们儿存心是不？不跟你丫说了。""那你说跟谁打？""拂爷一个个头日脑的，想吃他们的人多了。比方说你是拂爷……""你才是哪！""操，你丫怎怎爱急呀？我是说比方！打个比方你是个拂爷，要是有人欺负你跟你要钱呢？不是吹的，你提提庄子的大名就全齐了。""你是说六庄？""那还有假？谁不服？不服就找地方儿练练。""庄子，他能打架？"鲇鱼又是一脸的不屑："那是！""没听说他有什么功夫呀？""咳，俗话说了，软的怕硬的，硬的怕不要命的。""真是看不出来，庄子小时候蔫儿着呢。""操你丫老说小时候干吗？小时候你丫知道你丫现在这下场吗？""我说你嘴里干净点儿行不？""我操，我他妈说什么了？""听着，鲇鱼，你的话我信不信还两说着呢。""嘿，不信你看看庄子脑袋去，这儿，还有这儿，一共七针，不信你问问他那是怎么回事。""怎么回事？""算了，反正你丫也不信。""说！""跟大砖打架留下的。""大砖是谁？""唉，看来真得给你丫上一课了。哥们儿什么烟？""'北海'的。""别噎死谁，你丫留着自个儿抽吧。"鲇鱼点起一支"香山"。

据鲇鱼说，庄子跟大砖在护城河边打过一架。他说："大砖那孙子不是东西，要我也得跟丫磕。"据鲇鱼说，大砖曾四处散布，说庄子那身军装不是自己家的，是花钱跟别人买的，庄子他妈给人当保姆，他们家怎么可能有四个兜的军装（指军官的上装）？大砖说花钱买的算个屁呀，小市民，假狂！这话传到了庄子耳朵里，鲇鱼说庄子听了满脸煞白，转身就找大砖约架去了。大砖自然不能示弱，这种时候一尿，一世威名就全完了。鲇鱼说："那时候大砖可比庄子有名，丫一米八六，又高又奘，手倍儿黑。"据他说，那天双方在护城河边拉开了阵势，天下着雨，大伙儿等了一阵子，可那雨邪了，越下越大。大砖说："怎么着，要不改个日子？"庄子说："甭，下刀子也是今儿！"于是两边的人各自退后十步，庄子和大砖一对一开练，别人谁也不许插手。鲇鱼说——

庄子问："怎么练吧？"

大砖说："我从来听对方的。"

庄子说："那行！你不是爱用砖头吗？你先拍我三砖头，哪儿全行，三砖头我没趴下，再瞧我的。"庄子掏出一把刮刀，插在旁边的树上。

大砖说："我操，哥们儿，砖头能跟刮刀比吗？"

庄子说："要不咱俩调个过儿，我先拍你？"

大砖这时候就有点儿含糊。鲇鱼说："丫老往两边瞅，准是寻思着怎么都够呛。"

庄子说："嘿，麻利点儿。想省事儿也成，你当着大伙儿的面说一声，你那身皮是他妈狗脱给你的。"

大砖还是愣着，回头看他的人。鲇鱼说："操这孙子一瞧就不行，丫也不想想，都这会儿了谁还帮得了你？"

庄子说："怎么着倒是？给个痛快话儿，我可没那么多工夫陪你！"

大砖已无退路。他抓起一块砖头，走近庄子。庄子双腿叉开，憋一口气，站稳了等着他。鲇鱼说大砖真是了，谁都还没看明白呢，第一块就稀里糊涂拍在了庄子肩上。庄子胡噜胡噜肩膀，一道血印子而已。

庄子说："哥们儿平时没这么臭吧？"

庄子的人就起哄。鲇鱼说："这一哄，丫大砖好像才醒过闷儿来。"

第二块算是瞄准了脑袋，咔嚓一声下去，庄子晃了晃差点儿没躺下，血立刻就下来了。血流如注，加上雨，很快庄子满脸满身就都是血了。鲇鱼说："哥们儿你是没见哪，又是风又是雨的，庄哥们儿那模样儿可真够吓人的。"

庄子往脸上抹了一把，甩甩，重新站稳了，说："快着，还有一下。"

鲇鱼说行了，这会儿庄子其实已经赢了，谁狂谁全看出来了。鲇鱼说："丫大砖一瞧那么多血，连抓住砖头的手都哆嗦了，丫还玩个屁呀。"

最后一砖头，据鲇鱼说拍得跟棉花似的，跟蔫儿屁似的。拍完了，庄子尚无反应，大砖自己倒先大喊一声。鲇鱼说："那一声倒是惊天动地，底气倍儿足。"

庄子这才从树上拔下刮刀，说："该我了吧？"

大砖退后几步。庄子把刀在腕子上蹭了蹭，走近大砖。双方的人也都往前走几步，屏住气。然后……鲇鱼说："然后你猜怎么着？丫大砖又是一声喊，我操那声喊跟他妈娘们儿似的，然后这小子撒腿就跑。"

据说大砖一直跑进护城河边的树丛，直到看不见他的影子了还能听见他喊。

这就完了！鲇鱼说："大砖丫这下算是栽到底了，永远也甭想抬头了。"

庄子并不追，他知道已经赢了，比捅大砖一刀还漂亮。据说庄子捂住伤口，血从指头缝里不住地往外冒，他冲自己的人晃晃头说："走，缝几针呗。"

可是后来庄子跟我说："你千万别听鲇鱼那小子瞎嘞嘞。"

"瞎嘞嘞什么？"

"根本就没那些事。"

"没哪些事？"

"操，丫鲇鱼嘴里没真话。"

"那你头上这疤是怎么来的？"

"哦，你是说打架呀？我当什么呢！"

"怎么着，听你这话茬儿还有别的？"

"没有，真的没有。我也就是打过几回架，保证没别的。"

"那'大中华'呢？还有这裤子？"

"我操，哥你把我想成什么了？烟是人家给的，这裤子是我自己买的！"

"你哪儿来那么多钱？"

"哎哟喂哥，这你可是伤我了，向毛主席保证这是我一点儿一点儿攒了好几年才买的。妈的鲇鱼这孙子，我不把丫另一条腿也打瘸了算我对不住他！"

"没鲇鱼的事。真的，鲇鱼没说别的。"

庄子不说话。

"是我自己瞎猜的。真的，这事全怪我。"

庄子还是不说话，脸上渐渐白上来。

"你可千万别找鲇鱼去，你一找他，不是把我给卖了吗？"

庄子的脸色缓和了些。

"看我的面子，行不？"

"嗯。"庄子点上一支烟，也给我一支。

"说话算数？"

"操我就不明白了，我不就穿了条好裤子吗，怎么啦？招着谁了？合算像我们这样的家……操，我不说了。"

"像我们这样的家"——这话让我心里"咯噔"一下，觉着真是伤到他了。直到现在，我都能看见庄子说这话时的表情：沮丧，愤怒，几根手指捏得"嘎嘎"响。自他死后，这句话总在我耳边回荡、震响，日甚一日。

"没有没有，"我连忙说，"庄子你想哪儿去了？我是怕你……"

"我就是爱打个架哥你得信我，第一我保证没别的事，第二我决不欺负人。"

"架也别打。"

"有时候由不得你呀哥，那帮孙子没事丫拱火！"

"离他们远点儿不行？"

我们不出声地抽烟。那是个闷热的晚上，我们坐在路灯下，一丝风都没有，树叶蔫蔫地低垂着。

"行，我听你的。从下月开始，不打了。"

"干吗下月？"

"这两天八成还得有点儿事。"

"又跟谁？什么事？"

"不能说，这是规矩。"

"不打了，不行？"

"不行，这回肯定不行。"

谁想这一回就要了庄子的命。

一九七六年夏天，庄子死于一场群殴。混战中不知是谁，一刀恰中庄子心脏。

那年庄子十九岁，或者还差一点儿不到。

最为流传的一种说法是：为了一个女孩。可鲇鱼说绝对没那么回事，"操我还不知道？要有也是雪儿一头热。"

雪儿也住在我们那条街上，跟庄子是从小的同学。庄子在时我没太注意过她，庄子死后我才知道她就是雪儿。

雪儿也是十九岁，这个季节的女孩没有不漂亮的。雪儿在街上坦然地走，无忧地笑，看不出庄子的死对她有什么影响。

庄子究竟为什么打那一架，终不可知。

庄子入殓时我见了他的父亲——背微驼，鬓花白，身材瘦小，在庄子的遗体前站了一会儿就离开了。

庄子穿的还是那件军装上衣，那条毛哔叽裤子。三婶说他就爱这身衣裳。

/比如摇滚与写作/

如今的年轻人不会再像六庄那样，渴慕的仅仅是一件军装，一条米黄色的哔叽裤子。如今的年轻人要的是名牌，比如鞋，得是"耐克""锐步""阿迪达斯"。大人们多半舍不得。家长们把"耐克"一类颠来倒去地看，说："啥东西，值得这么贵？"他们不懂，春天是不能这样计算的。

我的小外甥没上中学时给什么穿什么，一上中学不行了，在"耐克"专卖店里流连不去。春风初动，我看他快到时候了。那就挑一双吧。他妈说："捡便宜的啊！"可便宜的都那么暗淡、呆板，小外甥不便表达的意思是：怎么都像死人穿的？他挑了一双色彩最为张扬、造型最奇诡的，这儿一道斜杠，那儿一条曲线，对了，他说"这双我看还行"。大人们说："这可哪儿好？多闹得慌！"他们又不懂了，春天要的就是这个，要的就是张扬。

大人们其实忘了，春天莫不如此，各位年轻时也是一样。曾经，军装就是名牌。六十年代没有"耐克"，但是有"回力"。"回力"鞋，忘了吗？商标是一个张弓搭箭的裸汉；买得起和买不起它的人想必都渴慕过它。我还记得我为能有一双"回力"，曾是怎样地费尽心机。有一天母亲给我五块钱，说："脚上的鞋坏了，买双新的去吧。"我没买，五块钱存起来，把那双破的又穿了好久。好久之后母亲看我脚上的鞋怎么又坏了，"穿鞋呀还是吃鞋呀你？再买一双去吧。"母亲又给我五块钱。两个五块加起来我买回一双"回力"。母亲也觉出这一双与众不同，问："多少钱？"我不说，只提醒她："可是上回我没买。"母亲愣一下："我问的是这回。"我再提醒她："可这一双能顶两双穿，真的。"母亲瞥我一眼，但比通常的一瞥要延长些。现在我想，当时她心里必也是那句话：这孩子快到时候了。母亲把那双"回力"颠来倒去地看，再不问它的价格。料必母亲是懂得，世上有一种东西，其价值远远超过它的价格。这儿的价值，并不止于

"物化劳动"，还物化着春天整整一个季节的能量。

能量要释放，呼喊期待着回应，故而春天的张扬务须选取一种形式。这形式你别担心它会没有；没有"耐克"有"回力"，没有"回力"还会有别的。比如，没有"摇滚乐"就会有"语录歌"，没有"追星族"就会有"红卫兵"，没有耕耘就有荒草丛生，没有春风化雨就有了沙尘暴。一个意思。春天按时到来，保证这颗星球不会死去。春风肆意呼啸，鼓动起狂妄的情绪，传扬着甚至是极端的消息，似乎，否则，冬天就不解冻，生命便难以从中苏醒。

你听那"摇滚乐"和"语录歌"都唱的什么？没有什么不同，你要忽略那些歌词直接去听春天的骚动，听它的不可压抑，不可一世，听它的雄心勃勃但还盲目。你看那摇滚歌手和语录歌群，同样的声嘶力竭，什么意思？春光迷乱！春光迷乱但绝不是胡闹，别用鄙薄的目光和嘴角把春天一笔勾销。想想亚当和夏娃走出伊甸园时的惊讶与好奇吧。想想那条魔魔道道的蛇，它的谗言，它的诱惑，在这繁华人世的应验吧。想想春风若非强劲，夏天的暴雨可怎样来临？想想最初的生命之火若非猛烈，如何能走过未来秋风萧瑟的旷野（譬如一头极地的熊，或一匹荒原的狼）？因而想想吧，灵魂一到人间便被囚入有限的躯体，那灵魂原本就是多少梦想的埋藏，那躯体原本就是多少欲望的储备！

因而年轻的歌手没日没夜地叫喊，求救般地呼号。灵魂尚在幼年，而春天，生命力已如洪水般暴涨；那是幼小的灵魂被强大的躯体所胁迫的时节，是简陋的灵魂被豪华的躯体所蒙蔽的时节，是喑哑的灵魂被喧腾的躯体所埋没的时节。

　　万物生长，到处都是一样，大地披上了盛装。一度枯寂的时空，突然间被赋予了一股巨大的能量，灵魂被压抑得喘不过气来，欲望被刺激得不能安宁。我猜那震耳欲聋的摇滚并不是要你听，而是要你看。灵魂的谛听牵系得深远那要等到秋天，年轻的歌手目不暇接，现在是要你看。看这美丽的有形多么辉煌，看这无形的本能多么不可阻挡，看这天赋的才华是如何表达这一派灿烂春光。年轻的歌手把自己涂抹得标新立异，把自己照耀得光怪陆离，他是在说：看呀——我！

　　我？可我是谁？

　　我怎样了？我还将怎样？

　　我终于又能怎样呢？

　　先别这样问吧，这是春天的忌讳。虽不过是弱小的灵魂在角落里的暗自呢喃，但在春天，这是一种威胁，甚至侵犯。春天不理睬这样的问题，而秋天还远着呢！秋天尚远，这是春天的佳音，春天的鼓舞，是春风中最为受用的恭维。

　　所以你看那年轻的歌手吧，在河边，在路旁，在沸反盈天的广场，在烛光寂暗的酒吧，从夜晚一直唱到天明。歌声由惆怅到高亢，由枯疏到丰盈，由孤单而至张狂（但是得真诚）……

　　终至于捶胸顿足，呼天抢地，扯断琴弦，击打麦克风（装出来的不算），熬红了眼睛，眼睛里是火焰，喊哑了喉咙，喉咙里是风暴，用五彩缤纷的羽毛模仿远古，然后用裸露的肉体标明现代（倘是装出来的，春风一眼就能识别），用傲慢然后用匍匐，用嚣叫然后用乞求，甚至用污秽和丑陋以示不甘寂寞，与众不同……直让你认出那是无奈，是一匹牢笼里的困兽（这肯定是装不出来的）！——但，是什么，到底是什么被困在了牢笼？其实春天已有察觉，已经感到：我，和我的孤独。

我，将怎样？

我将投奔何方？

怎样，你才能看见我？我才能走进你？

那无奈，让人不忍袖手一旁。但只有袖手一旁。不过慢慢地听吧，你能听懂，其实是那弱小的灵魂正在成长，在渴望，在寻求，年轻的歌手一直都在呼唤着爱情。从夜晚到天明一直呼唤着的都是：爱情。自古而今一切流传的歌都是这样：呼唤爱情。自古而今的春天莫不如此。被有形的躯体，被无形的本能，被天赋的才华困在牢笼里的，正是那呢喃着的灵魂，呢喃着，但还没有足够的力量。

于是，年轻的恋人四处流浪。

心在流浪。

春天，所有的心都在流浪，不管人在何处。

都在挣扎。

在河边。在桥上。在烦闷的家里，不知所云的字行间。在寂寞的画廊，画框中的故作优雅。阴云中有隐隐的雷声，或太阳里是无依无靠的寂静。在熙熙攘攘的街头，目光最为迷茫的那一个。

空空洞洞的午后。满怀希望的傍晚。在万家灯火之间脚步匆匆，在星光满天之下翘首四顾。目光洒遍所有的车站，看尽中年人漠然的脸——这帮中年人怎都那样儿？走过一盏盏街灯。数过十二个钟点。踩着自己的影子，影子伸长然后缩短，伸长然后缩短……一家家店铺相继打烊。到哪儿去了呀你？你这个浑蛋！

（你这个冤家——自古的情歌早都这样唱过）

细雨迷蒙的小街。细雨迷蒙的窗口。细雨迷蒙中的琴声。

直至深夜。

春风从不入睡。

一个日趋丰满的女孩。一个正在成形的男子。

但力量凶猛，精力旺盛，才华横溢一天二十四小时都是早晨八九点钟的太阳。

跟警察逗闷子。对父母撒谎。给老师提些没有答案的问题。在街上看人打架，公平地为双方数点算分。或混迹于球场，道具齐备，地地道道的"足球流氓"。

也把迷路的儿童送回家，但对那些家长没好气："我叫什么？哥们儿这事可归你管？"或搀起摔倒在路边的老人，背他回家，但对那些儿女也没好气："钱？那就一百万吧，哥们儿我也算发回财。"

不知道中年人怎都那样儿？

不知道中年人是不是都那样儿？

剩下的他们都知道。

一群鸽子，雪白，悠扬。一群男孩和女孩疯疯癫癫五光十色。

鸽子在阳光下的楼群里吟咏，徘徊。男孩和女孩在公路上骑车飞跑。

年年如此，天上地下。

太阳地里的老人闭目养神，男孩和女孩的事他了如指掌——除了不知道还要在这太阳底下坐多久，剩下的他都知道。

一个日趋丰满的女孩，一个正在成形的男子——流浪的歌手，抑或流浪的恋人——在瓢泼大雨里依偎伫立，在漫天大雪中相拥无语。

大雨和大雪中的春风，抑或大雨和大雪中的火焰。

老人躲进屋里。老人坐在窗前。老人看得怦然心动，看得嗒然若失：我们过去多么规矩，现在的年轻人呀！

曾经的禁区，现在已经没有。

但，现在真的没有了吗？

亲吻，依偎，抚慰，阳光下由衷地袒露，月光中油然地嘶喊，一次又一次，呻吟和颤抖，鲁莽与温存，心荡神驰，但终至束手无策……

肉体已无禁区。但禁果也已不在那里。

倘禁果已因自由而失——"我拿什么献给你，我的爱人？"

春风强劲，春风无所不至，但肉体是一条边界——你还能走进哪里，还能走进哪里？肉体是一条边界，因而一次次心荡神驰，一次次束手无策。一次又一次，那一条边界更其昭彰。

无奈的春天，肉体是一条边界，你我是两座囚笼。

倘禁果已被肉体保释——"我拿什么献给你，我的爱人？"

所有的词汇都已苍白。所有的动作都已枯槁。所有的进入，无不进入荒茫。

一个日趋丰满的女孩，一个正在成形的男子，互相近在眼前但是：你在哪儿？

你在哪儿呀——

群山响遍回声。

群山响彻疯狂的摇滚，春风中遍布沙哑的歌喉。

整个春天，直至夏天，都是生命力独享风流的季节。长风沛雨，艳阳明月，那时田野被喜悦铺满，天地间充斥着生的豪情，风里梦里也全是不屈不挠的欲望。那时百花都在交媾，万物都在放纵，蜂飞蝶舞、月移影动也都似浪言浪语。那时候灵魂被置于一旁，就像秋天尚且遥远，思念还未成熟。那时候视觉呈一条直线，无暇旁顾。

不过你要记得，春天的美丽也正在于此。在于纯真和勇敢，在于未通世故。

设若枝丫折断，春天唯努力生长。设若花朵凋残，春天唯含苞再放。设若暴雪狂风，但只要春天来了，天地间总会飘荡起焦渴的呼喊。我还记得一个伤残的青年，是怎样在习俗的忽略中，摇了轮椅去看望他的所爱之人。

也许是勇敢，也许不过是草率，是鲁莽或无暇旁顾，他在一个早春的礼拜日起程。摇着轮椅，走过融雪的残冬，走过翻浆的土路，走过滴水的屋檐，走过一路上正常的眼睛，那时，伤残的春天并未感觉到伤残，只感觉到春天。摇着轮椅，走过解冻的河流，走过湿润的木桥，走过满天摇荡的杨花，走过幢幢喜悦的楼房，那时，伤残的春天并未有什么卑怯，只有春风中正常的渴望。走过喧嚷的街市，走过一声高过一声的叫卖，走过灿烂的尘埃，那时，伤残的春天毫无防备，只是越走越怕那即将到来的见面太过俗常……就这样，他摇着轮椅走进一处安静的宅区——安静的绿柳，安静的桃花，安静的阳光下安静的楼房，以及楼房投下的安静的阴影。

但是台阶！你应该料到但是你忘了，轮椅上不去。

自然就无法敲门。真是莫大的遗憾。

屡屡设想过她开门时的惊喜，一路上也还在设想。

便只好在安静的阳光和安静的阴影里徘徊，等有人来传话。

但是没人。半天都没有一个人来。只有安静的绿柳和安静的桃花。

那就喊她吧。喊吧，只好这样。真是大煞风景，亏待了一路的好心情。

喊声惊动了好几个安静的楼窗。转动的玻璃搅乱了阳光。你们这些幸运的人哪，竟朝夕与她为邻！

她出来了。

可是怎么回事？她脸上没有惊喜，倒像是惊慌："你怎么来了？"

"啊老天，你家可真难找。"

她明显心神不定："有什么事吗？"

"什么事？没有哇？"

她频频四顾："那你……"

"没想到走了这么久……"

她打断你："跑这么远干吗，以后还是我去看你。"

"咳，这点儿路算什么？"

她把声音压得不能再低："嘘——今天不行，他们都在家呢。"

不行？什么不行？他们？他们怎么了？噢……是了，就像那台阶一样你应该料到他们！但是忘了。春天给忘了。尤其是伤残，给忘了。

她身后的那扇落地窗，里边，窗帷旁，有张紧张的脸，中年人的脸，身体埋在沉垂的窗帷里半隐半现。你一看他，他就埋进窗帷，你不看他，他又探身出现——目光严肃，或是忧虑，甚至警惕。继而又多了几道同样的目光，在玻璃后面晃动。一会儿，窗帷缓缓地合拢，玻璃上只剩下安静的阳光和安静的桃花。

你看出她面有难色。

"哦，我路过这儿，顺便看看你。"

你听出她应接得急切："那好吧，我送送你。"

"不用了，我摇起轮椅来，很快。"

"你还要去哪儿？"

"不。回家。"

但他没有回家。他沿着一条大路走下去，一直走到傍晚，走到了城市的边缘，听见旷野上的春风更加肆无忌惮。那时候他知道了什么？那个遥远的春天，他懂得了什么？那个伤残的春天，一个伤残的青年终于看见了伤残。

看见了伤残，却摆脱不了春天。春风强劲也是一座牢笼，一副枷锁，一处炼狱，一条命定的路途。

盼望与祈祷。彷徨与等待。以至漫漫长夏，如火如荼。

必要等到秋天。

秋风起时，疯狂的摇滚才能聚敛成爱的语言。

在《我与地坛》里有这样一段话：

> 要是有些事我没说，地坛，你别以为是我忘了，我什么也没忘，但是有些事只适合收藏。不能说，也不能想，却又不能忘。它们不能变成语言，它们无法变成语言，一旦变成语言就不再是它们了。它们是一片朦胧的温馨与寂寥，是一片成熟的希望与绝望，它们的领地只有两处：心与坟墓。比如说邮票，有些是用于寄信的，有些仅仅是为了收藏。

终于一天，有人听懂了这些话，问我："这里面似有个爱情故事，干吗不写下去？"

"这就是那个爱情故事的全部。"

在那座废弃的古园里你去听吧，到处都是爱情故事。到那座荒芜的祭坛上你去想吧，把自古而今的爱情故事都放到那儿去，就是这一个爱情故事的全部。

"这个爱情故事，好像是个悲剧？"

"你说的是婚姻，爱情没有悲剧。"

对爱者而言，爱情怎么会是悲剧？对春天而言，秋天是它的悲剧吗？

"结尾是什么？"

"等待。"

"之后呢？"

"没有之后。"

"或者说，等待的结果呢？"

"等待就是结果。"

"那，不是悲剧吗？"

"不，是秋天。"

夏日将尽，阳光悄然走进屋里，所有随它移动的影子都似陷入了回忆。那时在远处，在北方的天边，远得近乎抽象的地方，仔细听，会有些极细微的骚动正仿佛站成一排，拉开一线，嗡嗡嘤嘤跃跃欲试，那就是最初的秋风，是秋风正在起程。

近处的一切都还没有什么变化。人们都还穿着短衫，摇着蒲扇，暑气未消草木也还是一片葱茏。唯昆虫们似有觉察，迫于秋天的临近，低吟高唱不舍昼夜。

在随后的日子里，你继续听，远方的声音逐日地将有所不同：像在跳跃，或是谈笑，舒然坦荡阔步而行，仿佛歧路相遇时的寒暄问候，然后同赴一个约会。秋风，绝非肃杀之气，那是一群成长着的魂灵，成长着，由远而近一路壮大。

秋风的行进不可阻挡，逼迫得太阳也收敛了它的宠溺，于是乎草枯叶败落木萧萧，所有的躯体都随之枯弱了，所有的肉身都遇到了麻烦。强大的本能，天赋的才华，旺盛的精力，张狂的欲望和意志，都不得不放弃了以往的自负，以往的自负顷刻间都有了疑问。心魂从而凸显出来。

秋天，是写作的季节。

一直到冬天。

呢喃的絮语代替了疯狂的摇滚，流浪的人从哪儿出发又回到了哪儿。

天与地，山和水，以至人的心里，都在秋风凛然的脚步下变得空阔、安闲。

落叶飘零。

或有绵绵秋雨。

成熟的恋人抑或年老的歌手，望断天涯。

望穿秋水。

望穿了那一条肉体的界线。

那时心魂在肉体之外相遇，目光漫溲得遥远。

万物萧疏，满目凋敝。强悍的肉身落满历史的印迹，天赋的才华闻到了死亡的气息，因而灵魂脱颖而出，欲望皈依了梦想。

本能，锤炼成爱的祭典——性，得禀天意。

细雨欷歔如歌。

落叶曼妙如舞。

衰老的恋人抑或垂死的歌手，随心所欲。

相互摸索，颤抖的双手仿佛核对遗忘的秘语。

相互抚慰，枯槁的身形如同清点丢失的凭据。

这一向你都在哪儿呀——

群山再度响遍回声，春天的呼喊终于有了应答：

我，就是你遗忘的秘语。

你，便是我丢失的凭据。

今夕何年？

生死无忌。

秋天，一直到冬天，都是写作的季节。

一直到死亡。

一直到尘埃埋没了时间，时间封存了往日的波澜。

那时有一个老人走来喧嚣的歌厅，走到沸腾的广场，坐进角落，坐在一个老人应该坐的地方，感动于春风又至，又一代人到了时候。不管他们以什么形式，以什么姿态，以怎样的狂妄与极端，老人都已了如指掌。不管是怎样的嘶喊，怎样的奔突和无奈，老人知道那不是错误。你要春天也去谛听秋风吗？你要少男少女也去看望死亡吗？不，他们刚刚从那儿醒来。上帝要他们涉过忘川，为的是重塑一个四季，重申一条旅程。他们如期而至。他们务必要搅动起春天，以其狂热，以其嚣张，风情万种放浪不羁，而后去经历无数夏天中的一个，经历生命的张扬，本能的怂恿，爱情的折磨，以及才华横溢却因那一条肉体的界线而束手无策！以期在漫长夏天的末尾，能够听见秋风。而这老人，走向他必然的墓地。披一身秋风，走向原野，看稻谷金黄，听熟透的果实砰然落地，闻浩瀚的葵林掀动起浪浪香风。祭拜四季；多少生命已在春天夭折，已在漫漫长夏耗尽才华，或因伤残而熄灭于习见的忽略。祭拜星空；生者和死者都将在那儿会聚，浩然而成万古消息。写作的季节老人听见：灵魂不死——毫无疑问。

/想念地坛/

想念地坛，主要是想念它的安静。

坐在那园子里，坐在不管它的哪一个角落，任何地方，喧嚣都在远处。近旁只有荒藤老树，只有栖居了鸟儿的废殿颓檐、长满了野草的残墙断壁，暮鸦吵闹着归来，雨燕盘桓吟唱，风过檐铃，雨落空林，蜂飞蝶舞草动虫鸣……四季的歌咏此起彼伏从不间断。地坛的安静并非无声。

有一天大雾迷漫，世界缩小到只剩了园中的一棵老树。有一天春光浩荡，草地上的野花铺铺展展开得让人心惊。有一天漫天飞雪，园中堆银砌玉，有如一座晶莹的迷宫。有一天大雨滂沱，忽而云开，太阳轰轰烈烈，满天满地都是它的威光。数不尽的那些日子里，那些年月，地坛应该记得，有一个人，摇了轮椅，一次次走来，逃也似的投靠这一处静地。

一进园门，心便安稳。有一条界线似的，迈过它，只要一迈过它便有清纯之气扑来，悠远、浑厚。于是时间也似放慢了速度，就好比电影中的慢镜，人便不那么慌张了，可以放下心来把你的每一个动作都看看清楚，每一丝风飞叶动，每一缕愤懑和妄想、盼念与惶茫，总之把你所有的心绪都看看明白。

因而地坛的安静，也不是与世隔离。

那安静，如今想来，是由于四周和心中的荒旷。一个无措的灵魂，不期而至竟仿佛走回到生命的起点。

记得我在那园中成年累月地走，在那儿呆坐，张望，暗自地祈求或怨叹，在那儿睡了又醒，醒了看几页书……然后在那儿想："好吧好吧，我看你还能怎样！"这念头不觉出声，如空谷回音。

谁？谁还能怎样？我，我自己。

我常看那个轮椅上的人和轮椅下他的影子，心说我怎么会是他呢？怎么会和他一块儿坐在了这儿？我仔细看他，看他究竟有什么倒霉的特点，或还将有什么不幸的征兆，想看看他终于怎样去死，赴死之途莫非还有绝路？那日何日？我记得忽然我有了一种放弃的心情，仿佛我已经消失，已经不在，唯一缕轻魂在园中游荡，刹那间清风朗月，如沐慈悲。于是乎我听见了那恒久而辽阔的安静。恒久，辽阔，但非死寂，那中间确有如林语堂所说的，一种"温柔的声音，同时也是强迫的声音"。

我记得于是我铺开一张纸，觉得确乎有些什么东西最好是写下来。那日何日？但我一直记得那份忽临的轻松和快慰，也不考虑词句，也不过问技巧，也不以为能拿它去派什么用场，只是写，只是看有些路单靠腿（轮椅）去走明显是不够。写，真是个办法，是条条绝路之后的一条路。

只是多年以后我才在书上读到了一种说法：写作的零度。

　　《写作的零度》，其汉译本实在是有些磕磕绊绊，一些段落只好猜读，或难免还有误解。我不是学者，读不了罗兰·巴特的法文原著应当不算是玩忽职守。是这题目先就吸引了我，这五个字，已经契合了我的心意。在我想，写作的零度即生命的起点，写作由之出发的地方即生命之固有的疑难，写作之终于的寻求，即灵魂最初的眺望。譬如那一条蛇的诱惑，以及生命自古而今对意义不息的询问。譬如那两片无花果叶的遮蔽，以及人类以爱情的名义、自古而今的相互寻找。譬如上帝对亚当和夏娃的惩罚，以及万千心魂自古而今所祈盼着的团圆。

　　"写作的零度"，当然不是说清高到不必理睬纷繁的实际生活，洁癖到把变迁的历史虚无得干净，只在形而上寻求生命的解答。不是的。但生活的谜面变化多端，谜底却似亘古不变，缤纷错乱的现实之网终难免编织进四顾迷茫，从而编织到形而上的询问。人太容易在实际中走失，驻足于路上的奇观美景而忘了原本是要去哪儿，倘此时灵机一闪，笑遇荒诞，恍然间记起了比如说罗伯-格里耶的《去年在马里昂巴》，比如说贝克特的《等待戈多》，那便是回归了"零度"，重新过问生命的意义。零度，这个词用得真好，我愿意它不期然地还有着如下两种意思：一是说生命本无意义，零嘛，本来什么都没有；二是说，可平白无故地生命他来了，是何用意？虚位以待，来向你要求意义。一个生命的诞生，便是一次对意义的要求。荒诞感，正就是这样的要求。所以要看重荒诞，要善待它。不信等着瞧，无论何时何地，必都是荒诞领你回到最初的眺望，逼迫你去看那生命固有的疑难。

　　否则，写作，你寻的是什么根？倘只是炫耀祖宗的光荣，弃心魂一向的困惑于不问，岂不还是阿Q的传统？倘写作变成潇洒，变成了身份或地位的投资，它就不要嘲笑喧嚣，它已经加入喧嚣。尤其，写作要是爱上了比赛、擂台和排名榜，它就更何必谴责什么"霸权"？它自己已经是了。我大致看懂了排名的用意：时不时地抛出一份名单，把大家排比得就像是梁山泊的一百零八，被排者争风吃醋，排者乘机拿走的是权力。可以玩味的是，这排名之妙，商界倒比文坛还要醒悟得晚些。

这又让我想起我曾经写过的那个可怕的孩子。那个矮小瘦弱的孩子，他凭什么让人害怕？他有一种天赋的诡诈——只要把周围的孩子经常地排一排座次，他凭空地就有了权力。"我第一跟谁好，第二跟谁好……第十跟谁好"和"我不跟谁好"，于是，欢欣者欢欣地追随他，苦闷者苦闷着还是去追随他。我记得，那是我很长一段童年时光中恐惧的来源，是我的一次写作的零度。生命的恐惧或疑难，在原本干干净净的眺望中忽而向我要求着计谋；我记得我的第一个计谋，是阿谀。但恐惧并未因此消散，疑难却因此更加疑难。我还记得我抱着那只用于阿谀的破足球，抱着我破碎的计谋，在夕阳和晚风中回家的情景……那又是一次写作的零度。零度，并不只有一次。每当你立于生命固有的疑难，立于灵魂一向的祈盼，你就回到了零度。一次次回到那儿正如一次次走进地坛，一次次投靠安静，走回到生命的起点，重新看看，你到底是要去哪儿？是否已经偏离亚当和夏娃相互寻找的方向？

想念地坛，就是不断地回望零度。放弃强力，当然还有阿谀。现在可真是反了！——面要面霸，居要豪居，海鲜称帝，狗肉称王，人呢？名人，强人，人物。可你看地坛，它早已放弃昔日荣华，一天天在风雨中放弃，五百年，安静了；安静得草木葳蕤，生气盎然。土地，要你气熏烟蒸地去恭维它吗？万物，是你雕栏玉砌就可以挟持的？疯话。再看那些老柏树，历无数春秋寒暑依旧镇定自若，不为流光掠影所迷。我曾注意过它们的坚强，但在想念里，我看见万物的美德更在于柔弱。"坚强"，你想吧，希特勒也会赞成。世间的语汇，可有什么会是强梁所拒？只有"柔弱"。柔弱是爱者的独信。柔弱不是软弱，软弱通常都装扮得强大，走到台前骂人，退回幕后出汗。柔弱，是信者仰慕神恩的心情，静聆神命的姿态。想想看，倘那老柏树无风自摇岂不可怕？要是野草长得比树还高，八成是发生了核泄漏——听说切尔诺贝利附近有这现象。

我曾写过"设若有一位园神"这样的话，现在想，就是那些老柏树吧；千百年中，它们看风看雨，看日行月走人世更迭，浓荫中唯供奉了所有的记忆，随时提醒着你悠远的梦想。

但要是"爱"也喧嚣，"美"也招摇，"真诚"沦为一句时髦的广告，那怎么办？唯柔弱是爱愿的识别，正如放弃是喧嚣的解剂。人一活脱便要嚣张，天生的这么一种动物。这动物适合在地坛放养些时日——我是说当年的地坛。

回望地坛，回望它的安静，想念中坐在不管它的哪一个角落，重新铺开一张纸吧。写，真是个办法，油然地通向着安静。写，这形式，注定是个人的，容易撞见诚实，容易被诚实揪住不放，容易在市场之外遭遇心中的阴暗，在自以为是时回归零度。把一切污浊、畸形、歧路，重新放回到那儿去检查，勿使伪劣的心魂流布。

有人跟我说，曾去地坛找我，或看了那一篇《我与地坛》去那儿寻找安静。可一来呢，我搬家搬得离地坛远了，不常去了。二来我偶尔请朋友开车送我去看它，发现它早已面目全非。我想，那就不必再去地坛寻找安静，莫如在安静中寻找地坛。恰如庄生梦蝶，当年我在地坛里挥霍光阴，曾屡屡地有过怀疑：我在地坛吗？还是地坛在我？现在我看虚空中也有一条界线，靠想念去迈过它，只要一迈过它便有清纯之气扑面而来。我已不在地坛，地坛在我。

二○○二年五月十三日完成
二○○六年三月陈希米补记

诗歌篇

生命之花在黑夜里开放
在星光的隙间，千遍万遍
　　讲述爱的寓言。
白色的鸟群便从黑暗中聚拢
于曦光微明的水面——
　　无边无际地飞开

●●● **今晚我想坐到天明**

黑夜有一肚子话要说

清晨却忘个干净

白昼疯狂扫荡

喷洒农药似的

喷洒光明。于是

犹豫变得剽悍

心肠变得坚硬

祈祷指向宝座

语言显露凶光……

今晚我想坐到天明

坐到月影消失

坐到星光熄灭

从万籁俱寂一直坐到

人声泛起。看看

白昼到底是怎样

  开始发疯……

●●● 另外的地方

时至今日

箴言都已归顺

那只黑色的鸟儿，在笼中

能说会道。

一张雄心勃勃的网上

消息频传

真理战胜真理

子弹射中子弹。

这时你要闭上双眼

置身别处，否则

光芒离你太近

喧嚣震破耳鼓。

话语覆盖话语

谎言揭露谎言

诸神纷至沓来

白昼会抹杀黑暗。

但你要听，以孩子的惊奇

或老人一样的从命

以放弃的心情

从夕光听到夜静。

在另外的地方

以不合要求的姿势

听星光全是灯火，遍野行魂

白昼的昏迷在黑夜哭醒。

而雨，知道何时到来

草木恪守神约

于意志之外

从南到北绿遍荒原。

风不需要理由

耕耘不需要理由

阳光和时间都不需要它

上帝说好呀，此外无言。

●●● 最后的练习

最后的练习是沿悬崖行走
梦里我听见，灵魂
像一只飞虻
在窗户那儿嗡嗡作响
在颤动的阳光里，边舞边唱
眺望即是回想

谁说我没有死过？
出生以前，太阳
已无数次起落
悠久的时光被悠久的虚无
吞并，又以我生日的名义
卷土重来

午后，如果阳光静寂
你是否能听出，往日
已归去哪里？

在光的前端或思之极处

时间被忽略的存在中

生死同一

●●● 节　日

呵，节日已经来临

请费心把我抬稳

躲开哀悼

挽联、黑纱和花篮

最后的路程

要随心所愿

呵，节日已经来临

请费心把这囚笼烧净

让我从火中飞入

烟缕、尘埃和无形

最后的归宿

是无果之行

呵，节日已经来临

听远处那热烈的寂静

我已跳出喧嚣

谣言、谜语和幻影

最后的祈祷

是爱的重逢

●●● 遗　物

如果清点我的遗物
请别忘记这个窗口
那是我常用的东西
我的目光
我的呼吸、我的好梦
我的神思从那儿流向世界
我的世界在那儿幻出奇景
我的快乐
从那儿出发又从那儿回来
黎明、夜色都是我的魂灵

如果清点我的遗物
请别忘记这棵老树
那是我常去的地方
我的家园
我的呼喊、我的沉默
我的森林从那儿轰然扩展

我的扩展从那儿通向空冥

我的希望

在那儿生长又在那儿凋零

萌芽、落叶都是我的痴情

如果清点我的遗物

请别忘记这片天空

那是我恒久的眺望

我的祈祷

我的痴迷、我的忧伤

我的精神在那儿羽翼丰满

我的鸽子在那儿折断翅膀

我的生命

从那儿来又回那儿去

天上、地下都是我的飞翔

如果清点我的遗物

请别忘记你的心情

那是我牵挂的事呵

我的留恋

我的灵感、我的语言

我的河流从你的影子里奔涌

我的波涛在你的目光中平静

我的爱人

没有离别却总是重逢

我是你的你也是我的——路程

●●● 希米，希米

希米，希米
我怕我是走错了地方
谁想却碰上了你！
你看那村庄凋敝
旷野无人、河流污浊
城里天天在上演喜剧。

希米，希米
是谁让你来找我的
谁跟你说我在这里？
你听那脚步零乱
呼吸急促、歌喉沙哑
人都像热锅上的蚂蚁。

希米，希米
见你就像见到家乡
所有神情我都熟悉。

看你笑容灿烂

高山平原、风里雨里

还是咱家乡的容仪。

希米，希米

你这顺水漂来的孩子

你这随风传来的欣喜。

听那天地之极

大水浑然、灵行其上

你我就曾在那儿分离。

希米，希米

那回我启程太过匆忙

独自走进这陌生之乡。

看这山惊水险

心也空荒，梦也恓惶

夜之望眼直到白昼茫茫。

希米，希米

你来了黑夜才听懂期待

你来了白昼才看破樊篱。

听那光阴恒久

在也无终，行也无极

陌路之魂皆可以爱相期？

●●● 永 在

我一直要活到我能够
坦然赴死，你能够
坦然送我离开，此前
死与你我毫不相干。

此前，死不过是一个谣言
北风呼号，老树被
拦腰折断，是童话中的
情节，或永生的一个瞬间。

我一直要活到我能够
入死而观，你能够
听我在死之言，此后
死与你我毫不相干。

此后，死不过是一次迁徙
永恒复返，现在被

未来替换，是度过中的
音符，或永在的一个回旋。

我一直要活到我能够
历数前生，你能够
与我一同笑看，所以
死与你我从不相干。

●●●　预言者

迷迷荡荡的时间呵
已布设好多少境遇！
偷看了上帝剧本的
预言者，心中有数。

因之一切皆有可能
而我只能在此，像
一名年轻的号手，或
一位垂暮的琴师。

应和那时间借以铺陈的
音乐，剧中情节，或
舞中之姿，以及预言者
未及偷看的，无限神思。

●●● 生 辰

这世界最初的声音被谁听去了？

水在沙中嘶喊，风

　自魂中吹拂

无以计数的虚无

如同咒语，惊醒了

　一个以"我"为据的角度。

天使的吟唱，抑或

诸神的管弦，那声音

　铺开欲海情天

浪涌云飞，也许是

　思之所极的寂寞

　梦之所断的空荒

未来与过去，模铸进

　一个名为"尘世"的玩具。

一阵不可企及的钟声里

一方透明的隔离后面——

玻璃的沁凉与沉实，被

　感觉到的时刻

天使和魔鬼相约而至，跳入

一个孩子的眼睛

　他的皮肤

　他的身体

　他的限定，和他

不可限定的痴迷……

一条小街，无来由地

作为开端，就像

老祖母膝下的线团

　滚开去，滚开去……

数不清的惊奇牵连成四季

　冬去春来

　花落花开

编织出一个球体的表面

河汉迢迢

关山漫漫

或缠绕成——比如说

潘多拉的应许

斯芬克斯的诘问。

但那最初的声音里，你可听见

早已写下了最终的消息？

不过要等到秋天，等到

金风如舞

细雨如歌

方可悉闻她的旋律。是呀

老祖母早已心知肚明，而你

要记住她的表情

要跟随她的姿态

当一切都皈依了永恒复返

你或许才能听清，老祖母

默然而知或怡然哼唱的

那个曲调。

●●● 秋天的船

我躺倒在甲板
枕断桅残樯，听浪
依旧传达水的消息——
　　连绵不断
　　连绵不断……
浸入我的行船。秋天
多么安静、畅朗、舒然
让人潜心体会，沉没的
　　每一个深度
　　每一次瞬间
像浪一样，回归
　　水的心田……

淹没即是皈依
我久已的盼望——
　　在忘川之滨
　　看水色天魂……

秋风不止于收获，而在它

　　镇定的节奏

　　沉缓的歌吟

内容并不要紧，虽说

在所难免，就像我已漂泊了

　　上万个暑夜寒晨。

多少次欲沉又浮，都只为

那节奏尚未降临；心绪

　　慌张，不能听清那

　　深处的思问。

而如今，在这张苍老的琴上

随处一敲，便都是

　　美妙的弦音……

在遥远的春天

第一次传闻死的消息

我曾注目一个老人——

　　混浊的眸光

　　伛偻的脊背，以及

背后深阔的天际……

你惊诧于他的坦然，直到
四季更迭，死神的嗤笑
响进我的每一个骨节
方才幡然醒悟，他
并不在看，而只是听
听那无死无碍的风呵
　　吹响落叶
　　吹散浮云
　　吹动浪的玄想，吹醒
无处不在的——歌神

和弦，适合这个季节
　　疏缓，深稳，回荡
　　似天地应合……
顾自弹拨，顾自
前行，每一步都是
　　宿命的歌唱
怒放的春花和夏天的苦雨
一切歧途，都因之
　　得以匡正。

但是仔细听吧——就像

那位老人，你是否听出

死即迁徙

在却无穷

始终就是一件事呀：你

和我，死也不能逃离。

●●● 鸽　子

所有窗外都是它们的影子

所有梦里都是它们的吟哦

像撕碎的纸屑，飞散的

　　那些格子，和那些

　　词不达意的文字……

被囚禁的欲望羽化成仙

触目惊心，一片雪白

　　划过阴沉的天际

在楼峰厦谷人声鼎沸的地方

　　彻日徘徊。

峭立千仞的楼崖上

孤独的心在咕咕哼唱

　　眺望方舟。

那洪水已平息了数千年

但在它们眼里

　　却从未结束

汪洋，浩瀚，苍茫……

最是善辨方向的这些鸟儿呵

在拥挤不堪的欢庆声中

　　四处流浪……

一遍遍起飞又一遍遍降落

中了魔法似的，一圈又一圈

　　徒劳而返。

风中伫立，雨中谛听

风雨中是否残留着

祖先的消息？风雨中

你是否想起了，数千年

　　淡忘的归途？

说一件最简单的事吧

你我之间，到底隔着什么？

每一双望眼都是一只孤单的

鸽子，每一行文字都是一群

　　眺望的精灵。

期期艾艾，吟吟咏咏

漫天飘洒的可是天堂中

祭祀的飞花？抑或菩提树
　已枝叶飘零？

那绵长的哨音响自童年
　历长风沛雨
　过大漠群山
而如今，已思绪疏缓
响在我暮年的每一个
　宁静瞬间。
于是我看见——
　窗外是它们牵连的身影
　梦里是它们浩渺的吟哦
于是我听到——
　所有的吟哦都在呼唤
　所有的呼唤全是情缘
情缘入梦，化作白色鸟群
在苍茫的水面上，汇合成
　古老的哀歌。

这哀歌，唤醒童年的信仰
白色的鸟群，一代代
承载着转世的鸽魂。
归途如梦，还是
　梦即归途？不过
这流浪的心呵，真有必要
询问终点吗？梦却忘记了
　梦的缘由。
幸而鸽魂不散，哀歌不停
要我听从那由来已久的
投奔，抑或永恒的轮回
　心欲靠拢
　梦即交融
生命之花在黑夜里开放
在星光的隙间，千遍万遍
　讲述爱的寓言。
白色的鸟群便从黑暗中聚拢
于曦光微明的水面——
　无边无际地飞开

无边无际地漫展

无边无际于

在之无穷……

●●● 不实之真

我们是相互独立的
　　　一个个宇宙
我们出自被分裂的
　　　同一个神

西绪福斯猜中了
　　　斯芬克斯的谜语
救世之神来传布
　　　创世之神的旨意

　　　因而，我是永行之魂
你，是我向往的我们
他，是我们轮回的路
这游戏是，创世发明

　　　玩偶，是玩偶的游戏
路途，是路途的标记

无限，是有限的眺望
有限与无限互为证据

可能性，使戏剧归于想
不现实，使音乐可以观
画中遍布着远方的声音
梦的自由，在不实之真

从而我们走进这
相互交叠的宇宙
继而仰望那
万法归一的神

天父令开始再到开始
神子说徒劳未必徒劳
众生的脚步轮回不止
圣灵的降临可在随时

●●● 冬妮娅和尼采

寒冷的火焰和炽热的冰霜
我都受够了。如今只盼
在那条细雨迷蒙的小街上
小酒店滴水的屋檐下
相遇我久别的一位小学同学
他众所周知的名字是：尼采。

小街中央的那座老房子
曾住着我童年的冬妮娅。
也是这样的雨中，我躲在
小酒店的橱窗后，等她出来
看她那双红色的小雨靴
优雅地走过，路上的泥泞。

但我害怕我的幼儿园，害怕
一个骨瘦如柴的孩子。一个
骨瘦如柴的孩子给所有的孩子

排座次；一个骨瘦如柴的孩子
让所有的孩子卑躬屈膝。唯有
冬妮娅和尼采，能对他嗤之以鼻。

寒冷的火焰和炽热的冰霜
让那可怕的孩子长大到
比比皆是；而我步履蹒跚
也已是老态龙钟。这一条
细雨迷蒙的回家的路呵
让我魂牵梦绕，走尽终生。

美丽的冬妮娅，她还在吗？
还有我那位智慧的尼采同学……

●●● **葛里戈拉**

葛里戈拉　快救救我吧

请在来的路上　染红晚霞

将星光布满天穹

让晚风吹过面颊

葛里戈拉　快救救我吧

请在来的路上　放出花香

将故事洒进树影

让月光遍地如霜

葛里戈拉　快救救我吧

请在来的路上　唤醒流萤

将童谣教给蟋蟀

让田间处处蛙鸣

葛里戈拉　快救救我吧

请在来的路上　疏浚银河

将云彩铺进梦里

让夜神唱响天国

葛里戈拉　快救救我吧

请在来的路上　想想办法

将天真留给孩子

让英雄都能回家

葛里戈拉　葛里戈拉

请你即刻上路　人都病了

●●● 我　在

我在我里面想：我是什么？
我是我里面的想。我便
飞出我，一次次飞出在
别人的外面想：他是什么？

这一切正在发生
想它时，已成为过去。
这一切还将发生
想它时，便构成现在。

仰望一团死去的星云
亿万年前的葬礼，便在
当下举行。于是我听见
未来的，一次次创生。

一次次创生我里面的想
飞出我，创生他外面的问。
一九五一年便下起一九五七年的

雪

往日和未来，都刮着今天的风。

【诗后语】本人于诗，实属"票友"。以上姑
且称为诗的文字，修修改改历时总也在十年以上，
故每一首都不能确定其完成日期。仰慕诗歌已久，
偶尔自娱自乐而已；终不怕献丑的原因，全在林
莽老兄与蓝野老弟的鼓励。

二○○九年五月二日

图书在版编目（CIP）数据

我与地坛：插图版 / 史铁生著. —长沙：湖南文艺出版社，2016.12
（2023.10重印）
ISBN 978-7-5404-7808-7

Ⅰ.①我… Ⅱ.①史… Ⅲ.①散文集－中国－当代 Ⅳ.①I267

中国版本图书馆CIP数据核字（2016）第236265号

上架建议：名家经典/当代散文

WO YU DITAN：CHATU BAN

我与地坛：插图版

作　　者：史铁生
出 版 人：陈新文
责任编辑：薛　健　刘诗哲
监　　制：于向勇
策划编辑：楚　静
营销编辑：王　凤
内文插图：吴冠中
版式设计：潘雪琴
封面设计：仙 境 李 洁
出版发行：湖南文艺出版社
　　　　　（长沙市雨花区东二环一段508号　邮编：410014）
网　　址：www.hnwy.net
印　　刷：三河市天润建兴印务有限公司
经　　销：新华书店
开　　本：875mm × 1230mm　1/32
字　　数：240千字
印　　张：9.5
版　　次：2016年12月第1版
印　　次：2023年10月第12次印刷
书　　号：ISBN 978-7-5404-7808-7
定　　价：56.00元

若有质量问题，请致电质量监督电话：010-59096394
团购电话：010-59320018